나는 살고 싶다

김 성 종

장편추리소설

「이 도서의 국립중앙도서관 출판예정도서목록(CIP)은
서지정보유통지원시스템 홈페이지(http://seoji.nl.go.kr)와
국가자료공동목록시스템(http://www.nl.go.kr/kolisnet)에서
이용하실 수 있습니다.(CIP제어번호: CIP2018013074)」

이 소설의 초판본은 1981년 소설문학사에서 발행되었습니다

나는 살고 싶다

김 성 종
장편추리소설

도서
출판 남도

차 례

아내가 외박을 했다   7

이혼해 주세요   26

나는 죽이지 않았다   53

탈 옥   79

화려한 폭발   104

아내의 남자   130

나는 살고 싶다   164

웅장한 일출   193

두 여자   211

재 수사   239

네 개의 방   264

나이트클럽 댄서   283

여장 남자   304

작가 김성종

　　대하소설 「여명의 눈동자」로 전 국민의 사랑을 받았던 한국
의 대표적 추리소설 작가 김성종의 「나는 살고 싶다」를 출간하
게 되었다. 김성종 씨는 전남 구례에서 출생, 연세대학교 정외
과를 졸업했다.

　　1969년 조선일보 신춘문예에 단편소설 「경찰관」이 당선된
이후 1991년 현대문학에 소설 추천 완료 받았으며, 1994년 한
국일보 장편공모에 「최후의 증인」이 당선되면서 저력을 보여
주었다. 제2회 한국추리문학 대상 외에 봉생문화상을 수상한
바 있으며 50여 편의 장편 및 단편 추리소설집을 출간했다.

　　현재 부산 해운대에서 <추리문학관>을 운영하면서 집필에
전념하고 있다.

아내가 외박을 했다

아내가 외박을 했다. 선전 포고를 한 것이다. 결혼 생활은 이제 끝장이 난 것이나 다름없다.

벽시계가 막 열 두 점을 치고 있었다. 그는 꼼짝 않고 소파에 앉아 있었다. 담배에 불을 붙이면서 힐끗 시계를 본다.

탁자 위에 놓인 텔레비전 화면에서 태극기가 펄럭인다. 방송 시간 종료를 알리는 애국가가 흘러나온다. 그는 손을 뻗어 채널을 2로 돌렸다. AFKN(주한 미군 방송) 영화시간이다.

금발의 미녀가 벌거벗고 샤워를 하고 있다. 밤이다. 방문이 소리 없이 열리면서 침입자가 나타났다. 얼굴은 보이지 않고 하체만 보인다. 손에 장갑을 끼었는데, 오른손에서 무엇인가 번쩍이고 있다. 이발용 면도칼이다.

화면을 응시하는 그의 눈이 광기를 띠며 번뜩인다.

욕탕을 향해 침입자의 그림자가 다가선다. 욕탕으로 뛰어든다. 왼손으로 여자의 목을 휘어감고 면도칼을 높이 쳐든다. 칼날이 번쩍인다. 처절한 비명과 함께 미녀의 얼굴이 화면 가득히 일그러진다. 검은 핏물이 샤워에 씻겨 흘러간다.

텔레비전을 끄고 일어섰다. 입에서 저절로 신음 소리가 흘러나왔다. 일그러진 금발 미녀의 얼굴이 아내의 얼굴과 교차된다. 비명소리가 들려온다.

먹이를 찾는 개처럼 실내를 왔다 갔다 했다. 너무 조용하다. 무서울 정도로 조용하다.

아내가 없기 때문일까. 고독감이 덮쳐 온다.

아내는 영영 가 버린 것일까. 다른 사나이의 품으로 가 버린 것일까.

아내의 태도가 이상해진 것을 느끼기는 벌써 오래 전부터였다. 그러나 못난 남편 주제에 별 생각을 다 한다고 흘려 넘겨 버리곤 했었다. 그런데 그것이 지금 현실로 나타난 것이다.

그들이 결혼한 것은 5년 전이었다. 대학 동기인 그들은 학교를 졸업하자마자 바로 결혼해 버렸다. 같은 스물네 살 동갑내기였다.

여자는 상류 가정 출신이었다. 아버지가 재벌이었으므로 얼마든지 좋은 곳으로 시집갈 수가 있었다. 그러나 그녀는 사랑한다는 이유 하나만으로 가난한 시골 출신 청년과 결혼했다.

남자의 입장에서 볼 때는 호박이 덩굴째 굴러들어온 것이다. 가난밖에 모르고 자란 그는 시골에서 뛰쳐나와 이를 악물고 대학에 진학했다. 고생쯤이야 각오한 터여서 아르바이트가 될 만

한 것이면 무엇이나 닥치는 대로 했다. 그런대로 대학 생활을 꾸려 나갈 수가 있었다.

그러나 그것으로 좋은 장래가 약속된다는 보장은 없었다. 문제는 두뇌를 어떻게 개발하느냐에 달려 있었다. 그의 전공은 경제학이었다. 일류 대학이라 머리 좋은 학생들이 많았다. 그의 두뇌는 보통 이상이었지 썩 좋은 편은 못되었다. 그것을 커버할 길은 노력밖에 없었다. 그는 무서운 집념으로 파고들었다.

노력에 대한 보상은 눈에 띄게 나타났다. 하위로 입학했던 그는 2학년 때 중간 그룹으로 뛰어올랐고, 3학년 때는 상위 그룹으로, 4학년 때는 단연 톱으로 부상했다. 두뇌를 혹사한 덕분으로 쟁취한 고지였다.

자연 여학생들의 시선이 그에게 쏠렸다. 행동반경을 넓힐 필요성을 느끼고 뒤늦게 그룹 활동에 참가했다.

<평화를 위한 모임>이라는 그 그룹에는 여학생 회원이 상당수 있었는데, 그가 입회하자 모두가 호의적인 반응을 보여 왔다. 가난한 대학생과 부잣집 딸이 동등한 인격으로 접촉할 수 있는 그 기회를 그는 최대한 이용했다. 졸업해 버리면 그 기회도 사라져 버리는 것이다. 대학생이란 하늘의 별도 딸 수 있는 무한한 가능성의 존재인 것처럼 오인되기 때문에 공주님과도 접촉이 가능한 것이다.

여학생들과의 접촉에도 그는 인내와 노력을 보였다. 혼기를 앞둔 여학생들은 하나같이 공부 잘하고 성실한 그에게 보다 빨

리 접근하려고 애를 썼다. 그가 가난한 시골 농민 출신이라는 사실 따위는 그녀들의 눈에는 결점이기는커녕 오히려 매력으로 보였다.

여럿 중에 미모나 재력이 뛰어난 여학생이 있었다. 성악 전공인 4학년 여학생이었는데 그녀만은 그에게 별로 호감을 보이지 않고 있었다. 그는 그녀를 점찍고 거기에 도전했다. 단단히 무장하고 있는 여자를 정복한다는 것은 쉬운 일이 아니었다. 접근할수록 여자는 뒷걸음질 쳤다.

그러나 그는 낙심하지 않고 집요하게 그녀를 추적했다. 결코 흐트러지지 않는 자세로 끈질기게 도전했다.

여자의 가슴에 마침내 작은 변화가 일기 시작했다. 그녀는 그의 집요한 추적을 일종의 성실로 받아들였다. 저 정도의 열의와 성실을 갖춘 남자라면 일생을 맡길 만하다고 생각하기에 이르렀다.

그녀가 사랑을 고백한 것은 4학년 그 해 가을이었다. 바다가 보이는 호텔 방에서 그는 드디어 여자를 정복한 다음 승리의 한숨을 내쉬었다.

여자에게는 부모가 정해 준 남자가 있었다. 큰 재벌의 둘째 아들로서 미국의 예일 대학에서 정치학 박사 코스를 밟고 있는 젊은이였다. 그러나 그녀는 그 젊은이를 물리치고 가난한 시골 출신의 그에게 장래를 약속했다.

이듬해 졸업하자마자 그들은 결혼식을 올렸다. 화제의 꽃을 피운 결혼식이었다. 모두가 그들을 축복했다. 그는 그 결혼으로 출세의 지름길을 보장받은 셈이었다.

그러나 아직 한 고비가 남아 있었다. 국가가 모든 젊은이들에게 부여한 국방의 의무였다. ROTC출신인 그는 2년만 복무하면 끝나는 일이었으므로 사실 그에게는 별로 대수로울 게 못 되었다.

결혼 1개월 만에 그는 소위 계급장을 달고 일선 부대의 소대장으로 나갔다. 다시 3개월 후에 특수 훈련을 받고 월남으로 파병되었다.

무엇인가 불안의 기미가 보인 것은 이때부터였다. 우는 것 같기도 하고 웃는 것 같기도 한 아내의 전송을 받으며 떠나올 때 그는 기분이 별로 좋지 않았다.

수송선이 망망한 대해 속으로 들어섰을 때 가슴속에 무엇인가 응어리진 것이 느껴졌다. 그것은 어둠 속에서 발광체처럼 반짝이고 있었다. 불안이었다. 별일 없겠지. 1년만 고생하면 된다. 그는 이렇게 자위했다.

그러나 1년 후 그는 전혀 딴 사람으로 변해져 있었다. 외견상으로는 손끝 하나 다치지 않은 건강한 모습이었다. 그러나 분명히 달라진 것이 있었다. 아내만이 그 비밀을 알고 있다.

그는 말이 없어지고 음울한 모습으로 변해 갔다.

더욱 놀라운 것은 만기제대 후 장인이 경영하는 회사를 물리치고 이름도 없는 조그만 무역 회사에 들어간 사실이었다.

장인은 하나밖에 없는 사위를 크게 키울 생각이었다. 주위의 모든 사람들도 그것을 당연한 것으로 생각하고 있었다. 그 역시 1년 전만 해도 그럴 생각이었다.

그런데 제대 후 그는 장인의 호의를 뿌리치고 전혀 엉뚱한 데로 가 버린 것이다. 다른 사람들로서는 도저히 이해할 수 없는 짓이었다.

장인의 신세를 지지 않으려는 남자다운 뱃심에서 그런 것이라면 얼마든지 이해할 수 있는 일이다. 그러나 불행하게도 그런 것이 아니었다. 그것은 도피였다. 그는 도망치고 있었다.

결국 아내가 그렇게 된 것은 전적으로 그의 책임이었다. 그는 그것을 인정했다. 그러나 그렇다고 아내가 외박을 하다니, 참을 수 없는 일이었다.

창문을 열고 찬 공기를 깊이 들이마셨다. 패자만이 느낄 수 있는 쓰라린 고통이 가슴을 타고 흘러내린다. 분노로 몸이 떨리면서 눈앞이 흐려진다. 그가 재생할 기회를 주지 않고 아내는 그를 버린 것이다. 그럴 수는 없다. 앉아서 고스란히 치욕을 당할 수는 없다.

꼬박 뜬눈으로 밤을 새운 최태오(崔太五)는 식사도 거른 채 충혈된 눈으로 출근했다. 그리고 여느 날과 다름없이 조용히 앉아 일을 시작했다.

아내로부터 전화가 온 것은 12시경이었다. 그는 숨을 죽이고 아내의 말을 기다렸다.

「드릴 말씀이 있어요.」

아내의 목소리는 떨리고 있었다. 그는 침을 꿀컥 삼켰다.

「말해 봐.」

「전화로는 곤란해요. 지금 그쪽으로 가겠어요.」

「알았어.」

한 시간 후 그는 사무실을 나와 지하 다방으로 내려갔다.

아내는 구석진 자리에 창백한 얼굴로 앉아 있었다. 약간 겁에 질린 듯 한 얼굴이었으나 단단히 결심하고 나온 듯 어떤 결의 같은 것이 엿보였다.

「식사나 하러 가지.」

그는 앉지도 않고 말했다. 그리고 돌아서서 먼저 밖으로 나왔다. 그 뒤를 아내가 고개를 숙인 채 따라왔다.

그들은 어느 일식 집 2층 방으로 들어갔다.

식사가 오는 동안 내내 긴장과 침묵이 흘렀다. 그는 아내를 외면한 채 연거푸 담배만 피워 대고 있었다. 아내는 시선을 밑으로 내리고 있었다.

식사가 들어오자 그는 아무 말 없이 다가앉아 수저를 들었다. 아내는 그대로 꼼짝하지 않았다. 그는 혼자서 먹기 시작했다. 모래알을 씹듯이 천천히 소리 없이 입을 놀렸다. 마치 저주스러운 것을 씹는 것 같은 모습이었다.

「죄송해요.」

아내가 마침내 입을 열었다. 그는 잠자코 식사를 계속했다.

「용서해 주세요.」

「……」

「어쩔 수 없었어요.」

그를 바라보는 아내의 눈에 눈물이 괴었다. 그러나 그녀는 용케 눈물이 나오려는 것을 참아 냈다.

「어쩔 수 없었어요.」

「……」

목구멍으로 넘어오려는 울부짖음을 그는 꿀컥 삼켰다. 마음대로 짖어 봐라, 하고 그는 속으로 말했다.

「저는 각오하고 왔어요.」

흰 셔츠에 감싸인 아내의 큰 젖가슴이 출렁거린다. 검은 머리채가 앞으로 흘러내렸다. 가늘고 긴 흰 손이 머리채를 뒤로 쓸어 넘겼다.

그는 토하고 싶다고 생각했다.

「노력해 보았지만 이젠 하는 수 없어요. 우리는 더 이상 결합될 수 없는가 봐요.」

「……」

「결혼한 지 5년이 됐어요. 제대하신 지는 3년이 됐고요. 군에 계실 때를 빼놓고 지난 3년 동안 우리는 한 지붕 밑에서 함께 살아 왔어요. 그런데도…… 저한테는 아직 태기가 없어요.」

「그럴 수밖에 없지. 우리는 한 번도 관계를 안 가졌으니까.」

그는 수저를 놓고 담배를 피워 물었다. 손끝이 조금 떨리고 있었다.

「제 심정이 어떻다는 거…… 한번쯤 생각해 보셨어요?」

마침내 아내가 흐느껴 울기 시작했다. 그의 표정이 심하게 일그러졌다.

「비참할 거라는 거 나도 알고 있어.」

「왜, 왜 제가 비참해져야죠?」

「……」

분노로 그의 얼굴이 시뻘겋게 달아올랐다. 뚫어질 듯 아내를 노려보던 조그만 두 눈이 점점 흐려지고 있었다. 아내는 몸을 도사렸다.

그것은 처음 보는 얼굴이었다. 남편의 그런 얼굴을 보기는 처음이었다.

「비참하기는 나도 마찬가지야. 내가 더 비참해. 그렇지만 우리는 사랑으로 그것을 극복해 왔어.」

「극복해 온 게 아니에요. 참아 온 거예요. 어쩔 수 없었기 때문에……」

「그래서 어떻다는 거지?」

「더 이상 비참해지는 건 싫어요.」

「그래서 외박했나?」

「네, 그랬어요.」

「용감하군. 나를 더 이상 비참하게 만들지 마.」

「제 탓이 아니에요.」

「기회를 줘. 기회를 주면……」

「3년 동안이나 기회를 주었어요. 그래도 실패했어요. 더 이상 어떻게 기다리라는 거예요?」

아내는 탁자 위에 엎드려 어깨를 들썩이며 더욱 격렬하게 흐느껴 울었다. 아내를 바라보는 그의 표정은 차갑게 굳어 있었다. 미동도 하지 않고 그는 아내가 울음을 그치기를 기다렸다.

아내의 울음소리가 문득 벼랑에 부딪치는 파도 소리 같다고 생각했다. 그의 얼굴 위로 음울한 그림자가 내려 덮였다.

「용서해 주세요! 전 떠나겠어요!」

그 목소리는 파도를 타고 멀리서 들려오는 듯했다.

「다른 남자가 저를 기다리고 있어요.」

그는 놀라지 않았다. 시선을 내리고 가만히 자신의 손을 내려다보았다. 전혀 다른 사람의 손처럼 보였다. 옛날같이 투사다운 손이 아니었다. 패자의 손답게 힘이 없어 보였다. 그는 고개를 번쩍 들었다.

「이혼해 달라는 건가?」

「……」

아내는 눈물을 닦으며 고개를 끄덕였다.

「나는 어디로 가지?」

「생활 보장은 해 드리겠어요.」

「위자료를 요구하는 게 아니야. 난 갈 데가 없어. 월남으로 다시 가고 싶지만 전쟁은 끝났어.」

「허락해 주세요.」

「다른 놈과 외박하고 와서 남편한테 이혼해 달라고 하다니, 뻔뻔스럽기 짝이 없군. 미국식 스타일인가?」

말소리는 조용했다. 그러나 분노를 억제하는 억눌림 같은 것이 배어 있었다.

「용서해 주세요.」

「간통죄로 고소해 버릴까?」

「그렇게 하시더라도 저는 죄를 달게 받겠어요.」

「간통죄로 고소당하면 나하고는 자동적으로 이혼이 되겠지. 수법치고는 교묘하고 악랄하군.」

「오해하지 마세요.」

「이혼은 안 돼!」

돌처럼 차가운 눈이 아내를 노려보았다. 아내의 표정도 차갑게 굳어졌다. 흐느끼던 조금 전의 표정과는 딴판이었다. 자신의 의사를 관철시키고야 말겠다는 분명한 의지가 엿보였다.

「허락해 주실 줄 알았어요.」

「천만에! 잘못 생각한 거야!」

「저를 어떡하실 생각이세요?」

「파뿌리가 될 때까지 함께 살 생각이야.」

「그럴 수는 없어요! 전 참을 수 없어요!」

「……」

「저한테 뭘 원하시는 거예요?」

「원하는 건 없어.」

「전 부정한 여자예요! 당신을 남편으로 모실 자격을 이미 상실했어요!」

「나도 이미 자격을 상실했어. 그렇지만 이혼할 수는 없어!」

두 사람의 시선이 불꽃을 튀기며 부딪쳤다. 애정의 기미 같은 것은 전혀 느껴지지 않는 시선이었다.

「그럼 할 수 없어요. 전…… 저 갈 데로 가겠어요. 전 아기를 가지고 싶어요!」

「다른 놈과 놀아나겠다는 거지?」

「아무렇게나 생각하세요.」

그녀가 백을 들고 일어서는 것과 동시에 그의 손이 획 날았다. 아내의 뺨에서 철썩하는 소리가 났다.

그녀는 헝클어진 머리를 쓸어 올리며 고개를 쳐들었다. 코에서 피가 흐르고 있었다. 손수건을 꺼내 조용히 코피를 닦았다. 눈물이 한 방울 볼을 타고 흘러내렸다.

석고처럼 창백하게 굳은 얼굴로 그녀는 밖으로 사라졌다. 다시는 돌아오지 않겠다는 결의를 보이며 말없이 가 버렸다. 냉기 서린 아내의 뒷모습을 바라보며 그는

「개 같은 년.」

하고 중얼거렸다.

그의 소대는 밀림을 뚫고 전진하고 있었다. 한낮이라 밀림

속은 땅 속처럼 찌는 듯이 더웠다. 걸음을 옮길 때마다 땀에 젖은 군복이 뱀처럼 감겨 왔다.

소대는 모두가 지쳐 있었다. 다섯 시간 동안을 쉬지 않고 걸어오는 길이었다. 밀림 속이라 행군속도는 거북이처럼 느렸다.

지난밤 작전에 참가하고 돌아오던 도중에 베트콩의 기습을 받고 멀리 우회해 오는 것이었다. 지난밤의 전투는 격렬했었다. 그러나 이쪽의 사상자는 별로 없었다.

전과는 의외로 컸다.

월남에 온 후 거의 매일이다시피 전투에 임하고 있었다. 그 때마다 새로운 불안이 엄습하곤 했다. 거기에서 헤어나려고 무진 애를 써 보았다. 만용이라고 해도 좋을 만큼 위험을 무릅쓰고 싸워 보았다.

그러나 아무리 해도 불안을 떨쳐 버릴 수는 없었다.

그는 잠시 휴식을 취하기 위해 부하들에게 정지하라는 신호를 보냈다.

바로 그때 앞에서 총소리가 들려 왔다. 비명 소리도 들려 왔다. 척후병 중 하나가 헐레벌떡 뛰어왔다.

「뭐야?」

「적, 적입니다!」

「왜 혼자 왔어?」

「죽었습니다.」

총에 맞아 죽은 다른 척후병을 생각하며 어린 병사는 눈물을 흘렀다.

사방에서 콩 볶듯이 총소리가 들려 왔다. 집중 사격을 당하고 있는 것이 분명했다. 포위된 것을 알자 병사들의 얼굴에 불안이 나타났다. 병사들은 술렁거리기 시작했다.

소대장인 이상 이럴 때는 앞장서지 않으면 안 된다. 그는 부하들을 향해 명령을 내렸다.

「착검!」

병사들은 일제히 총 끝에 대검을 꽂았다. 백병전에 대비하기 위해서였다.

많은 전투를 치러 왔지만 백병전은 처음이었다. 모두가 불안한 눈으로 서로를 쳐다보았다.

그는 나무 뒤에 숨어서 응사했다. M16이 기세 좋게 불을 뿜었다. 여기저기서 비명소리가 들려 왔다. 포위망은 점점 두텁게 구축되고 있는 것 같았다. 한시라도 빨리 포위망을 뚫지 않으면 전멸당할 것 같았다.

그는 무전병에게 지원 요청을 하라고 지시했다. 한참 만에 응답이 왔다. 지원병을 보내겠다는 대답이었다. 조금 안심이 되었지만 적은 지원병이 오기 전에 이쪽을 해치울 속셈인지 맹렬히 공격을 가해 왔다.

그는 현명한 판단이 필요했다. 포위망은 점점 압축되고 있었다. 지원병이 올 때까지 기다리고 있다가는 전멸당할 것 같았다. 부하들이 비명을 지르며 쓰러져 가는 것을 보자 그는 눈이 뒤집혔다.

방향을 잡은 다음 한쪽 포위망을 뚫기로 결정했다. 특공대로 열 명을 뽑았다. 엄호 사격을 부탁한 다음 그는 특공대를 이끌고 적을 향해 돌진했다. 특공대 몇 명이 순식간에 쓰러지는 것이 보였다. 그러나 그는 멈추지 않고 계속 앞으로 달려갔다.

적이 보이는 순간 그는 엎드리면서 수류탄을 집어 던졌다. 그의 부하들도 수류탄을 던졌다. 불길이 치솟는 사이로 몸뚱이가 날아가는 것이 보였다.

「돌격!」

그는 외쳤다. 일어섰다. 달려갔다. 보이는 것을 향해 총검을 힘껏 찔렀다.

「아악!」

처절한 비명이 허공을 울렸다. 여자의 비명이었다. 배를 움켜쥐고 바동거리는 검은 짐승이 보였다. 모자가 벗겨지면서 검은 머리채가 흘러내렸다. 분명히 여자였다. 앳된 얼굴이었다. 눈을 뒤집으면서 몸을 비틀어 대고 있었다. 복부에서 검붉은 피가 분수처럼 터져 나오고 있었다. 배를 움켜쥔 손이 피에 흥건히 젖어 있었다. 공포가 엄습했다.

「야하!」

그는 소리치면서 여자 베트콩을 향해 다시 한 번 총검을 찔렀다. 입과 눈이 찢어질 듯이 벌어졌다. 부릅뜬 눈이 이쪽을 바라보고 있었다. 순간적이었지만 그처럼 무서운 눈을 보기는 처음이었다. 가슴속으로 전율이 스쳐 갔다. 가슴속으로 비수가 들어와 박히는 것 같았다.

그는 앞으로 다시 달려갔다. 닥치는 대로 찔렀다. 검은 색깔을 향해 무턱대고 총검을 뻗었다. 한참 동안 그러고 있는데 헬리콥터 소리가 들려 왔다. 동시에 함성이 일었다. 지원군이 도착한 것이다.

포위망은 급속도로 허물어졌다. 적이 물러가고 난 뒤 점검해 보니 아군의 피해는 상당히 컸다.

그는 다리에 가벼운 부상을 입고 병원에 입원했다가 1주일 후 퇴원했다.

그런데 그때부터 그에게 변화가 있었다. 휴가 때 사이공으로 나가 여자를 하나 샀는데, 관계를 가질 수가 없었다. 발기불능이었다.

여자와 관계를 가지려고 하면 그가 죽인 여자 베트콩의 모습이 떠오르는 것이었다. 배를 움켜쥐고 바동거리는 모습이 생생히 눈앞에 나타나는 것이었다. 검붉은 핏물 사이로 보이는 것이 있었다. 여자의 눈이었다. 무서운 눈이었다.

그 날 첫 번째 실패 이후 그는 틈만 있으면 여자를 샀다. 그러나 그때마다 실패했다. 무서운 눈이 항상 그를 노려보고 있었다. 그는 전전긍긍했다.

귀국 후에도 그런 상태가 계속되었다. 1년 동안 혼자 지내온 아내는 매일 밤 그에게 매달려 몸부림쳤다. 그러나 그는 아무 것도 할 수가 없었다.

심리적 충격에 있는 것 같다고 의사는 말했다. 그 자신도 그것을 인정했다. 그러나 여자 베트콩을 찔러 죽인 이야기는 하지 않았다.

아내와 잠자리를 같이하는 것이 나중에는 두려워졌다. 그는 될수록 아내를 피했고 외박이 잦아졌다. 모든 일에 소극적이 되어 갔다. 날이 갈 수록 말이 없어지고 음울한 모습으로 변해 갔다. 스스로 패배자의 옷을 입고 그늘진 곳에 몸을 감추었다.

과거처럼 출세하려고 발버둥치는 세속적인 의지 같은 것은 전혀 보이지 않았다. 열망이나 포부 같은 것은 이미 사라진 지 오래인 것 같았다.

장인이 권하는 좋은 자리마저 거절하고 조그만 무역 회사에 말단 사원으로 들어간 그는 처갓집 식구들을 만나는 것조차 꺼려했다.

그런 상태가 3년간 계속되었다. 그는 자신이 다시 일어설 수 있을 것이라고 생각했다. 그러나 3년이 지나도록 한 번도 아내와 관계를 맺을 수가 없었다.

절망하고 고뇌하면서 그는 남모르게 울기까지 했다. 그러나 빛은 보이지 않았다. 사랑하는 아내마저 그에게는 아무 도움이 되지 못했다.

아내의 불만이 쌓여 갔다. 나중에는 잠자리를 따로 하게 되었고 다정한 대화마저 끊어졌다. 아내는 외출해서 밤늦게 돌아오는 경우가 많아졌다. 그는 아무 말도 하지 않았다. 어렴풋이 눈치는 채고 있었지만 모든 것을 자신의 탓으로 돌리고 모른 체했다.

그러던 중 마침내 아내가 외박한 것이다. 그리고 이혼해 달라고 요구한 것이다.

재벌의 딸인 아내는 어디 가서도 불편을 느끼지 않고 풍족한 생활을 할 수 있을 것이다. 아내의 요구대로 이혼해 줄까.

세상에서 아내한테 버림받는 것처럼 비참한 일이 또 있을까. 날갯죽지 빠진 장닭처럼 어깨를 축 늘어뜨린 채 눈물을 흘리며 정처 없이 떠나야 한다.

아아, 생각만 해도 끔찍한 일이다. 그럴 수는 없다. 아내가 원망스럽다. 절망에 빠진 나를 버린 채 다른 남자한테 가다니 참을 수 없는 일이다. 치욕 중의 치욕이다.

성불능이라고 해서 남편을 버리는 아내는 용서받을 수 없다. 젊은 나이에 과부가 되어서도 평생을 수절하는 여자가 얼마나 많은가. 남편이 버젓이 두 눈을 뜨고 있는데, 다른 놈팽이와 놀아나다니 용서할 수 없다. 아내를 죽여 버리고 말겠다.

그것은 최초의 살의(殺意)였다. 그러나 증오 끝에 순간적으로 스쳐간 생각에 불과했다. 이혼할 수는 없다. 그는 중얼거렸다. 오후 내내 멍하니 앉아 있다가 그는 퇴근 시간에 맞추어 밖으로 나왔다. 갈 데라곤 집밖에 없었다.

그러나 집에 가는 대신 술을 사겠다고 친구를 하나 불러냈다. 별로 친하지도 않은 친구였지만 그는 아무나 붙잡고 외로움을 달래고 싶었다.

초저녁부터 술을 마시기 시작해서 몇 군데 술집을 돌았지만 그는 조금도 취하지 않았다. 친구가 끊임없이 주절대는 것을 멍하니 듣기만 했다.

친구와 헤어져 아파트에 돌아온 것은 밤 12시가 임박해서였다. 예상했던 대로 아내는 기다리고 있지 않았다.

30평짜리 아파트는 그 날 밤 따라 운동장처럼 넓어 보였다. 장인이 사준 고급 아파트였다. 집안은 어지럽기 짝이 없었다.

그는 옷을 입은 채 소파 위에 벌렁 드러누웠다. 눈을 감았지만 잠이 오지 않았다.

아내는 다른 남자의 품에 안겨 있을 것이다. 아름다운 육체로 남자를 녹이겠지. 망할 년, 죽여 버리고 말 테다.

두 번째 살의였다. 처음보다는 좀 강렬한 것이었다.

이혼해 주세요

영해(英咳)는 몸부림쳤다. 건장한 남자의 육체 밑에 깔려 신음소리를 내면서 몸부림쳤다. 감고 있는 그녀의 두 눈 사이로 희열의 눈물이 배어 나오고 있었다. 침대가 요란스럽게 흔들리고 있었다.

기룡(起龍)은 여자가 흥분에 떨며 몸부림치고 있는 모습을 여유 있게 내려다보며 천천히 그러다가 재빠르게, 또는 격렬하고 광포하게 그녀를 압박해 들어갔다.

「어때?」

남자가 속삭이듯 물었다.

「아, 몰라요.」

여자는 머리를 흔들었다. 머리칼이 뒤헝클어졌다. 그것을 남자의 손이 부드럽게 쓰다듬었다.

여자는 시종 눈을 감고 있었다. 눈을 뜨는 것이 싫었다. 파도를 타고 있다고 생각했다. 그대로 죽어 버리고 싶었다. 그것을 참으려니 자꾸만 신음 소리가 나왔다.

남자의 호흡이 거칠어지기 시작했다. 끝까지 여유 있는 태도를 취하기가 어려운 모양이었다. 온몸에 땀이 흐르기 시작했다. 땀방울이 뚝뚝 떨어졌다. 땀에 젖은 몸이 서로 뒤엉키자 미끈거렸다.

남자가 흑 하고 숨을 들이켰다. 몸이 움직임을 멈추고 갑자기 경직하는 것 같았다. 두 사람은 으스러지게 포옹한 채 한동안 움직이지 않았다.

이윽고 남자가 먼저 움직였다. 옆으로 스르르 미끄러져 내려오더니 천장을 보고 허무한 한숨을 내쉬었다.

여자는 여전히 눈을 감고 있었다. 쾌락의 순간을 놓치고 싶지 않아 꼼짝하지 않고 누워 있었다.

남자가 몸을 돌려 입술에 키스하자 비로소 눈을 뜨고 남자를 돌아보았다.

「사랑해요.」

「사랑해.」

여자는 남자의 품에 안기며 꿈꾸듯 미소했다. 남자의 손이 그녀의 몸을 부드럽게 어루만졌다. 다리 사이를 쓰다듬자 여자의 입에서 다시 얕은 신음 소리가 흘러나왔다.

「당신은 해도 해도 끝이 없는 여자군. 무슨 여자가 쉴 줄을 몰라. 나 같은 놈이나 되니까 당신을 당해 내지 웬만한 남자 같으면 모두 뻗어 버리겠는데……」

여자의 손이 남자의 그것을 어루만졌다.

「굶어서 그러나 봐요. 너무 오랫동안……」

「아내를 이렇게 굶겨 놓고도 이혼을 안 해 주겠다니 뻔뻔스
럽기 짝이 없는 친구군.」

「어떡하면 좋을지 모르겠어요.」

「내가 한 번 만나서 혼내 줄까?」

「어머, 안 돼요. 오히려 그이를 자극만 하게 돼요. 그이는 집
념이 강한 사람이에요. 고집불통이고…… 한다면 꼭 하는 사람
이에요.」

「그럼 어떡한다……」

두 사람은 움직임을 멈추고 침묵했다.

밖은 한낮이었다. 그들은 호텔 방에 들어 있었다.

남자가 팔을 뻗어 탁자 위의 담배를 집어 들었다. 그는 기분
좋게 연기를 내뿜었다. 커튼 사이로 흘러드는 햇빛을 받아 담배
연기가 푸르스름한 빛을 띠었다.

「그 친구가 만일 우리를 간통죄로 고소한다면 우리는 어떻
게 되지?」

「제 친구 중에 그런 경험을 가진 애가 있어요. 그렇지 않아도
그 애를 만나서 이야기를 들어 봤어요. 간통죄로 고소당하면 무
조건 구속된대요. 물론 간통 사실이 확인될 경우에 구속되는 거
지요. 그리고 고소당하면 자동적으로 이혼되는 거래요. 차라리
고소당하면 좋겠어요.」

「무슨 소리야? 감옥에 들어가는 게 그렇게 좋은가?」

「좋아서 그런 게 아니에요. 자동적으로 이혼이 되니까 그런 거지요. 조금만 고생하면 되는 거 아니에요?」

「그래도 감옥에 들어가는 건 싫어. 단 하루라도 싫어.」

그들이 만난 것은 한 달 전이었다.

남자는 서른다섯 살. 건장한 체격과 잘생긴 얼굴을 밑천으로 텔레비전 화면에 자주 등장하고 있는 탤런트였다. 이혼한 경력이 한 번 있었고 지금은 독신 생활을 하고 있는 처지였다.

친구의 소개로 그를 알게 된 여자는 가벼운 유혹에 마치 둑이 무너지듯 말려들어갔다. 사실 외간 남자의 유혹을 은근히 기다렸다고도 볼 수 있었다. 그만큼 그녀는 외로웠고 남자가 그리웠던 것이다.

불과 한 달 사이에 그들은 절대로 떨어질 수 없는 사이로 발전했다. 그들은 수없이 사랑한다는 말을 되풀이했고, 사랑의 보금자리를 마련하기 위해 공모했다. 그러나 장애물이 있었다. 여자의 현재 남편이 두 눈을 뜨고 버티고 있었던 것이다.

「그럼 어떡하죠?」

여자가 다시 절박한 소리로 물었다. 남자가 쩍 하고 입맛을 다셨다.

「설득을 해 봐야지.」

「들을 사람이 아니에요. 보통 사람하고는 달라요.」

「위자료를 두둑이 주면 되지 않을까?」

여자가 재벌의 딸이라는 것을 알고 하는 말이었다.

「그렇지 않아도 그 말을 비쳤더랬어요.」

「그래서?」

「듣지 않아요. 듣기는커녕 오히려 모욕을 느꼈나 봐요.」

「처음에는 누구나 다 그러겠지. 그렇지만 결국은 듣게 될 거야. 세상에 돈을 마다하는 사람이 있을 리가 있나. 지금은 자존심 때문에 뻗대 보는 거겠지.」

「그렇지 않아요. 돈에 욕심이 있었다면 벌써 아빠 회사에 들어가서 출세를 노렸을 거예요. 월남에 갔다 온 후로는 사람이 달라졌어요. 백팔십도로 달라졌어요. 위자료를 받고 순순히 물러날 사람이 아니에요. 아, 어쩌면 좋지.」

영해는 남자의 가슴에 마구 얼굴을 비벼댔다.

그때 남자가 조금 들뜬 목소리로 말했다.

「그럴 게 아니라 좋은 수가 있어.」

「뭐에요?」

「까짓것 해치워 버리지.」

「그게 무슨 말이에요?」

「없애 버리자 이거야.」

「어머나!」

영해는 남자의 품에서 상체를 일으키며 놀란 눈으로 정부를 내려다보았다. 탐스럽고 풍만한 젖가슴이 남자의 눈 위에서 흔들렸다. 기룡은 포도송이를 따먹듯이 그녀의 보랏빛 젖꼭지를 입 속에 집어넣고 빨았다.

「그 말 정말이세요?」

「농담이야.」

「아이, 놀리긴……」

눈을 흘기며 남자를 꼬집는다. 이윽고 까르르하고 웃음을 터뜨린다. 남자도 웃는다.

「여하튼 이러고만 있을 순 없어. 어떻게 해야지.」

그들은 웃음을 거두고 약속이나 한 듯 한숨을 내쉬었다.

윤영해의 남편 최태오는 갈수록 말이 없어지고 음울해져 갔다. 아내가 집에 들어오지 않은 지난 며칠 사이에 외모도 놀라울 정도로 변해 버렸다.

최태오의 얼굴은 수척해져 있었고 밤잠을 설친 탓으로 두 눈은 피로에 젖은 채 충혈되어 있었다. 가끔씩 그 눈이 무엇을 찾는 듯 무섭게 번뜩일 때가 있었다. 면도를 하지 않은 턱에는 수염이 덥수룩했다. 얼핏 보기에 삶에 대한 모든 의지를 잃어버린 폐인 같았다.

회사에서는 그의 그러한 변화에 대해 적지 않게 신경을 썼다. 그도 그럴 것이 그는 묵묵히 일만 하는 특출한 모범 사원이었던 것이다. 사장이 시간을 내어 그에게 무슨 걱정되는 일이 있느냐고 물었지만 그는 아무 일 없다고 가볍게 대꾸했다.

날이 갈수록 아내에 대한 저주와 증오감이 쌓여 갔다. 하루 일을 끝내고 아파트로 돌아와 그 텅 빈 쓰레기터 같은 집안에 들어앉으면 아내에 대한 증오감이 더욱 솟구치는 것이었다.

패배와 수모는 증오감으로 변했고, 그것은 다시 다른 형태로 변하려 하고 있었다. 그는 그것을 생각지 않으려고 애를 썼다. 그러나 그럴수록 더욱 마음은 한 곳으로 치달리고 있었다.

아내가 들어오지 않은 뒤로 그는 한 번도 집안 청소를 하지 않았다. 그럴 필요를 느끼지 않았기 때문이다. 그래서 집안은 온통 쓰레기투성이였다. 침대 시트는 구겨진 채 방바닥에까지 흘러내려 와 있었고, 여기저기에 입다 만 옷가지며 신발, 커피 잔, 재떨이, 휴지 조각들이 어지럽게 흩어져 있었다.

그 속에서 그는 방에 불도 켜지 않은 채 담배만 피워 대며 밤 늦게까지 고독과 씨름했다.

아내가 나간 지 1주일쯤 되는 날 그는 아내를 다시 한 번 만나 결판을 내야겠다고 생각했다. 그 결판이란 것이 무엇인지는 그 자신도 아직 알 수가 없었다. 다만 그대로 마냥 아내를 내버려 둘 수만은 없다는 생각이 들었고, 그래서 다시 한 번 아내와 부딪쳐 어떤 결정을 보아야겠다고 생각하게 된 것이다.

그가 그러한 생각을 하고 있을 때 마침 장모가 찾아왔다. 장모는 뚱뚱했고 얼굴에 가는 금테 안경을 끼고 있었다. 얼른 보기에도 귀티가 나는 부인이었다.

집안을 둘러보고 난 그녀는 눈물을 흘렸다. 그렇지만 자기 딸을 질책하지는 않았다.

「어쩌다가 이렇게 됐는가? 그 애한테 물어도 대답을 하지 않으니 알 수가 있는가. 장인양반도 걱정이 태산 같네. 딸 하나 있는 거 결혼해서 잘 살아 주길 바랐는데, 세상에 이게 뭔가? 도대체 뭣 때문에 이러는 건가?」

장모는 그 이유를 모르고 있는 것 같았다. 딸이 이야기해 주지 않았다면 모를 수밖에 없을 것이다. 그러나 조만간 어차피 알게 될 것이다. 아내는 아직 차마 그 이유를 장모에게 설명해 주지 못한 것 같았다.

「어제 갑자기 그 애가 집에 와서 울면서 하는 말이 자네와 갈라서야겠다고 하네. 아닌 밤에 홍두깨 격이지 세상에 그게 무슨 말인가? 도대체 왜 이러는 건가?」

장모는 그가 이유를 설명해 주기를 바라는 눈치였지만 그 역시 그것만은 말할 수가 없었다.

「이혼하든 안하든 좀 만나야겠습니다. 1주일 동안 만나지 못했습니다. 연락도 없었습니다. 그 사람 보시거든 저한테 좀 보내 주십시오.」

「알겠네. 그 애가 자네를 피한 대서야 말이 안 되지. 당사자들이 잘 알아서 하겠지만…… 하여간 실수가 있더라도 서로 이해하고 살아가도록 하게. 일생을 살아가다보면 별의별 일이 다 있다네.」

「잘 알았습니다.」

장모가 못마땅한 얼굴로 한숨을 내쉬며 돌아간 뒤 이튿날 저녁 때 그는 아내를 만날 수가 있었다.

퇴근해서 집으로 돌아오니 아내가 먼저 와서 그를 기다리고 있었다. 집안은 깨끗이 치워져 있었다.

그런데 그런 것보다도 현관 쪽에 가지런히 세워져 있는 두 개의 트렁크가 그의 시선을 끌었다. 아내가 자기의 필요한 물건들을 챙겨 놓은 것임을 단번에 알 수가 있었다.

그는 침착해지려고 애쓰면서 욕실로 들어가 손발을 씻었다. 부엌 쪽에서 음식 냄새가 풍겨 왔다. 아내는 그를 위해 마지막 식사를 만들고 있는 모양이었다. 그는 그 마지막 식사를 거들떠보지도 않았다.

식탁을 사이에 두고 마주앉아 두 사람은 상대를 쏘아보았다. 아내가 이내 눈물을 보였다. 그러나 흐느끼지는 않았다. 손등으로 눈물을 닦아 내면서 담배를 피워 문다. 아내가 담배를 피우는 것은 처음 보는 일이었다. 담배를 꼬나무는 폼이 서투르지 않은 것으로 보아 오래 전부터 몰래 피워 온 것 같았다.

그는 아내가 손닿을 수 없는 먼 곳으로 도망쳐 버렸음을 비로소 실감할 수가 있었다.

「그 문제…… 다시 한 번 생각해 보지.」

겨우 이렇게 말하면서 그는 자신의 무력함을 뼈저리게 느꼈다. 아내는 천천히 고개를 젓는다.

「죄송해요. 용서해 주세요.」

「섹스가 인생의 전부인가?」

쓸데없는 질문인 줄 알면서도 그는 이렇게 물었다.

「전 이제…… 당신을 사랑하지 않아요. 죄송해요.」

잔인한 말이다. 이보다 더 잔인한 말이 어디 있는가. 함께 살아온 아내로부터 이런 말을 듣다니, 그는 견딜 수가 없었다.

「사랑이라는 이름 하에 간통을 합리화시킬 셈인가?」

「저는 사실을 중요시해요.」

죄스러워하면서도 아내는 할 말을 다한다.

그는 몸이 떨리는 것을 느꼈다.

「사랑이라는 이름 하에 사람들은 뻔뻔스럽게 죄를 짓고 다니지. 마치 사랑이 지고의 가치이기나 한 듯이……」

「저한테는 그것이 가장 큰 문제예요.」

아내의 얼굴은 백짓장처럼 하얗다. 입술이 하얗게 바짝 말라 있다.

「나와 이혼하면 어떻게 하겠다는 거야?」

「다른 남자와 결혼할 거예요.」

「그 남자가 결혼해 주겠다고 하던가?」

「네, 기다리고 있어요. 우린 서로 사랑하고 있어요. 용서해 주세요.」

「아무리 사랑하는 사이라고 하지만 이혼 경력이 있는 당신을 그렇게 쉽게 아내로 맞을 수 있을까?」

「그 남자도 이혼한 적이 있어요.」

「그럼 자식도 있겠군?」

「딸이 하나 있어요. 그렇지만 그런 건 아무 문제도 아니에요.」

그는 참담한 마음을 보이지 않으려고 기를 쓰면서 계속 질문을 던졌다.

「그 사람은 몇 살이지?」

「서른다섯이에요..」

「뭐 하는 사람이야?」

「탤런트예요.」

「탤런트라구?」

그는 의외라는 듯 눈을 크게 떴다. 정말 의외였다. 아내가 영 종잡을 수 없는 여자라는 생각이 들었다.

「탤런트라면…… 미남이겠군. 처음부터 미남을 구할 것이지……」

「미남이기 때문에 그 남자를 사랑한 게 아니에요.」

「그럴 테지. 모든 면에서 다 좋은 남자겠지. 섹스도 좋을 테고……」

「……」

아내의 머리가 밑으로 떨어졌다.

주먹으로 아내의 머리통을 후려치고 싶다고 생각했다.

「그 남자 이름이 뭐지?」

「지금은 말씀드릴 수 없어요..」

「왜?」

「알아서 뭘 하려고 그러시죠?」

영해의 큰 두 눈이 공포로 굳어지는 듯했다. 그는 헛기침을
했다.

「한 번 만나고 싶어서 그래. 어떻게 생겨먹은 작자인지 보고
싶단 말이야.」

「그런 짓은 하지 마세요. 그 사람을 만나신다고 해서 우리 문
제가 해결되는 것은 아니에요. 우리 문제는 우리끼리 해결해야
해요. 그 사람은 아무 관계도 없어요.」

「아무 관계도 없다고? 자기 아내와 간통한 놈인데 아무 관계
가 없단 말이야?」

「그 사람의 존재를 떠나서 저는 당신과 이혼하려는 거예요.
다만 그 사람 때문에 이혼을 앞당기려는 것뿐이에요.」

「아무튼 좋아. 이혼은 안 돼! 어느 한 쪽이 죽기 전에는 갈라
설 수 없어!」

그는 주먹을 쥐고 흔들었다. 싱크대 위에 놓여 있는 식칼에
눈이 갔다. 얼른 시선을 돌려 어두운 창문을 바라보았다. 끓어
오르는 분노 때문에 눈물이 나오려고 했다.

아내가 조용히 일어섰다. 무거운 침묵이 흘렀다. 아내의 존
재가 깰 수 없는 바위처럼 느껴졌다. 말할 수 없이 잔인한 여자
라는 생각이 들었다.

「이혼해 주시지 않아도 좋아요. 저는 조용히 해결하려고 했

는데……」

「뭐가 어째?」

그는 벌떡 일어섰다. 검은 머리채가 아내의 얼굴을 반쯤 가리고 있다. 하얗고 갸름한 얼굴이다. 까만 두 눈이 두려움에 떨고 있다. 그러면서도 아내는 잔인하게 할 말을 다 쏟아냈다.

「여류 변호사한테 물어봤어요. 법적으로 충분히 이혼 사유가 된대요..」

충혈된 그의 두 눈이 흐릿해졌다. 그녀가 주춤하고 뒤로 물러섰다.

「법정으로 나를 끌어내겠다는 건가? 그리고 여러 사람들 앞에서 나한테 수모를 주겠다는 건가?」

목소리가 의외로 조용했다. 그는 어느 새 차갑게 가라앉아 있었다.

「저도 그러고 싶지는 않아요. 조용히 해결하고 싶어요. 그렇지만 당신이 반대하시니까……」

뒤로 몇 걸음 물러서다가 아내는 몸을 돌려 현관 쪽으로 걸어갔다.

문 여는 소리를 듣고 그는 아내를 쫓아갔다.

아내는 어두운 현관에 뻣뻣이 서 있었다. 그는 아내의 어깨 위에 가만히 손을 얹었다.

「시간 여유를 줘. 당신이 정 그렇다면 나도 조용히 해결할 수 있는 방법을 생각해 보겠어. 그때까지 좀 기다려 줘. 그 대신 우리의 관계를 남들한테 이야기하지 마. 절대 비밀로 해. 남들이 알면 난…… 고개를 들고 다닐 수 없기 때문에 그래.」

영해는 몸을 돌려 남편을 바라보았다. 그리고 고개를 끄덕거린 다음 갑자기 남편 가슴에 얼굴을 묻고 울음을 터뜨렸다.

「고마워요! 용서해 주세요! 전, 전 나쁜 여자예요. 용서해 주세요!」

「아니야. 모든 책임은 전적으로 나에게 있어.」「

그는 아내의 등을 쓰다듬어 주면서 그녀의 목을 비틀어 버리고 싶다고 생각했다.

<탤런트. 35세. 이혼한 경력이 있으며 두 사람 사이에 딸이 하나 있음>

이 정도의 자료라면 별로 힘들이지 않고 그놈을 찾아낼 수 있다. 어떻게 생긴 놈일까. 물론 미남이겠지. 나처럼 조그만 눈에 매부리코를 가지고 있지는 않겠지.

그런데 놈을 찾아 나서는데 있어서 유의할 점이 있다. 절대 이 쪽의 정체를 드러내서는 안 된다. 은밀히 아무도 모르게 놈을 찾아내야 한다.

토요일이었다. 오전 근무를 마친 그는 곧장 집으로 돌아와 있었다.

그는 담배를 한 대 피우고 나서 오전에 계획했던 일에 즉시 착수했다.

먼저 전화번호부를 뒤적여 탤런트 협회를 찾았다. 이윽고 메모지에 탤런트 협회 전호 번호를 적은 다음 수화기를 들고 다이얼을 돌렸다.

다르르 하고 신호가 가는데 전화를 받지 않는다. 모두 퇴근했을까. 한참 만에 신호가 떨어지면서 남자의 졸린 듯 한 목소리가 들려왔다.

「탤런트 협횝니다.」

「책임자 좀 바꿔 주시오.」

「어디십니까?」

「책임자 있어요, 없어요?」

「도대체 거기 어딥니까?」「

뷸쾌해하는 목소리다. 그는 기침을 했다.

「아, 여기 특수부인데……」

「네, 뭐라구요?」

그의 말을 아직 못 알아들은 모양이다. 그는 조금 목소리를 높였다.

「여긴 특별 수사부란 말입니다. 뭣 좀 조사할 게 있어서 그러는데……」

「아, 네에……」

말씨가 공손해진다. 마음을 가다듬고 방어 태세를 갖추겠지. 어느 기관의 특별 수사부인지 묻지도 않는다. 특별 수사부라는 말 자체에 공포감을 느낀 모양이다.

「탤런트에 대한 자료가 거기 비치되어 있나요?」

「무, 무슨 자료 말씀인가요?」

「인적 사항을 적어 놓은 것이면 돼.」

「네네, 그런 것이라면 있습니다.」

「좋아. 급해서 그러니까 전화로 좀 불러 주시오.」

「네네, 말씀하십시오.」

「그 협회에는 모든 탤런트가 한 사람도 빠짐없이 다 가입되어 있나요?」

「네네, 그렇습니다. 초년생 몇 사람만 빼놓고는……」

「알았어. 남자 탤런트 중 30세에서 40세까지의 탤런트를 골라내서 이름, 나이, 가족관계, 결혼 유무, 이혼 유무, 주소 등 인적 사항을 자세히 좀 불러 주시오.」

「네네, 잠깐 기다려 주십시오. 그런데 무슨 일로……」

「아, 그건 알 필요 없어요. 다음에 알게 될 거야. 참 당신 이름 뭐지?」

「저, 김일호라고 합니다. 총무 일을 보고 있습니다.」

「아, 그래. 그럼 당신도 탤런트인가?」

「네, 그렇습니다.」

「지금 몇 살인가?」

「스물여덟입니다.」

「아, 그럼 해당 안 되겠군. 30세에서 40세까지야.」

「네네, 잠깐 기다려 주십시오.」

대상을 30세에서 40세까지 넓게 잡은 것은 초점을 흐리게 하여 상대로 하여금 누구를 찾고 있는지 모르게 하기 위해서다. 마침내 상대가 한 명씩 불러 대기 시작했다. 그는 적당한 간격을 두고 전혀 엉뚱한 인물에 대해 이것저것 캐묻기도 했다.

「봐라구, 마흔 살이나 먹은 사람이 아직 결혼도 안했어? 이혼한 거 아니야?」

「아닙니다. 총각입니다. 그건 제가 보증합니다.」

「알았어. 자 다음……」

드디어 그가 찾던 인물이 나온 것은 10분쯤 지나서였다.

「나기룡, 35세……」

가족 관계에서 딸이 하나 있고, 이혼한 경력이 있다는 말에 그는 볼펜을 집어 들고 허리를 굽혔다. 주소와 전화번호를 적은 다음 더 이상 캐묻는 것을 삼가 했다.

나기룡 다음에 열 명쯤 더 있었지만 그가 찾고 있는 대상과는 모두 거리가 멀었다.

30분 후 그는 아파트를 나와 시내로 들어갔다. 택시 속에서 줄곧 한 가지 생각만 했다.

나기룡이라면 그도 화면에서 더러 본 적이 있는 탤런트다. 연속극 따위는 거의 보지 않기 때문에 탤런트의 이름을 줄줄이 알고 있지는 못했다. 그렇지만 인기 있는 주연 급 몇 명 정도는 알고 있다.

그가 다니고 있는 회사에 나기룡과 닮은 사원이 하나 있다.

그 직원을 놓고 여직원들이 수군거리는 것을 들은 적이 있었다. 나기룡 — 그리고 보니 요즘은 좀 자주 보는 편이다. 저녁 9시 뉴스에 앞서 화장품 광고에 나오고 있는 것이 생각난다. 신문 광고에도 등장하고 있다. 허우대가 크고 잘 생긴 놈이다. 개성 있는 얼굴은 아니다. 즉물적으로 생겨먹은 미남이다. 그 얼굴로 아내를 낚아챘겠지. 돈을 노리고 접근했겠지. 더러운 놈. 35세 이상은 살지 못하게 될 거다.

택시에서 내린 그는 안경점에 들러 선글라스를 두 개 샀다. 하나는 짙은 갈색으로, 다른 하나는 옅은 것으로 구입했다. 그 다음 안경점에 들어가 이번에는 검은 테의 돗수 없는 안경을 또 하나 샀다.

안경점을 나와 얼마쯤 걷다가 공중전화부스에 들어가 전화번호부를 뒤져 나기룡이 전속되어 있는 D방송국을 찾았다. 전화번호를 외운 다음 동전을 집어넣고 다이얼을 돌렸다.

「D방송입니까?」

「네, 그렇습니다.」

교환이 전화를 받는다.

「탤런트 나기룡 씨를 부탁합니다.」

「탤런트실로 돌려 드리겠습니다.」

곧 탤런트실이 나왔다. 여자가 받는다.

「나기룡 씨 계십니까?」

「지금 녹화 중인데요.」

껌을 짝짝 씹어댄다.

「몇 시쯤 끝납니까?」

「한 시간쯤 있으면 끝날 거예요. 누구시라고 할까요?」

「아, 네. 친굽니다. 다시 걸죠.」

택시를 타고 D방송국 스튜디오로 향했다. 짙은 색깔의 선글라스를 꺼내 썼다.

15분 후에 그는 D방송국 앞에서 차를 내렸다. 주위를 둘러보다가 길 건너 건물의 2층에 있는 중국 음식점에 시선이 멎었다. 길을 건너갔다.

2층으로 올라가 방을 하나 빌린 다음 음식을 시켜 놓고 D방송국 앞을 바라보았다. 옆방에서 여자의 킬킬거리는 웃음소리가 들려왔다. 합판으로 된 벽이 흔들렸다.

그는 들어온 맛있는 음식에는 손도 대지 않고 D방송국 앞을 주시했다.

30분이 지났다. 한 시간이 지났다. 그때 몇 명의 탤런트들이 밖으로 몰려나오는 것이 보였다. 나기룡은 그 사람들 속에 끼여 있었다.

길 가던 사람들이 걸음을 멈추고 서서 탤런트들을 바라본다. 당사자들은 무심한 표정을 짓는다. 사실은 그렇지 않으면서 무관심을 가장한다. 나기룡이 여러 사람과 악수를 나누고 길을 건너온다.

최태오는 이미 서 있었다. 아래층으로 내려와 계산을 치른 다음 선글라스를 끼고 문 쪽으로 다가갔다.

나기룡이 막 문 앞을 지나쳐 간다. 가슴을 펴고 당당히 걸어간다. 태오는 문을 밀고 밖으로 나갔다.

일정한 간격을 두고 그를 따라갔다.

시간은 오후 4시 가까이 되어 가고 있었다. 토요일 오후라 거리에는 사람들이 넘쳐흐르고 있었다.

나기룡의 뒷모습은 눈에 두드러지게 뛰어나 보였다. 덩치가 큰데다 산뜻한 콤비로 차려 입고 있어서 금방 눈에 띄었다.

놈은 봄볕을 즐기는 듯 천천히 걸어갔다. 15분쯤 그렇게 걷다가 S호텔 앞에서 걸음을 멈추고는 주위를 한번 휘둘러보았다. 그리고는 곧 호텔 문을 밀고 안으로 사라졌다.

실내에서 짙은 선글라스를 끼면 오히려 주목받게 된다. 그는 옅은 것으로 갈아 낀 다음 호텔 안으로 들어갔다.

S호텔은 개관한 지 두 달밖에 안 된 일류 매머드호텔이다. 일본인과 합작해서 지었다는 그 호텔은 시내 중심가에서 25층의 위용을 자랑하고 있다. 사람들은 그 호텔 앞을 지나칠 때마다 자신이 얼마나 초라하고 나약한 존재인가를 확인한다.

토요일이라 호텔 로비는 물론 커피숍까지 사람들로 꽉 차있다. 한 잔에 5백 원씩 하는 비싼 커피를 사 마시면서 사람들은 소비 대열에서 이탈하지 않으려고 기를 쓰고 있다. 으리으리한 일류 호텔에 출입함으로써 자신이 소외된 계층이 아니라고 굳이 자위하고 있는 것이다. 호텔 측은 경영면에서 사람들의 이러한 심리적인 측면도 고려해 넣고 있으리라.

나기룡이 엘리베이터 속으로 들어가는 것이 보였다. 최태오가 다가가기 전에 엘리베이터 문이 닫혔다.

그는 커피숍으로 가서 엘리베이터와 현관 출입문을 바라볼 수 있는 위치에 자리를 잡고 앉았다. 커피를 마시면서 뱃속이 뒤틀리는 것을 느꼈다. 손이 떨려 담배를 피울 수가 없었다.

아내는 미리 와서 그놈을 기다리고 있을 것이다. 목욕을 하고 침대 속에 들어가 놈이 나타나기를 기다리고 있겠지. 노크 소리와 함께 놈이 방안으로 들어선다. 아내가 요염한 자태로 일어나 앉으며 팔을 벌린다. 놈이 달려가 아내를 껴안는다. 연놈의 몸이 뒤엉킨다.

놈의 그것이 시뻘겋게 발기한다. 그것이 아내를 공격하기 시작한다. 아내가 희열에 찬 소리를 질러 댄다.

최태오는 한숨을 내쉬며 어금니를 지근지근 깨물었다. 왜 나의 그것이 발기하지 않을까. 내가 죽을 때까지도 그것은 발기하지 않을 것인가. 발기하지 않으면 나는 끝장이다. 나는 병신이나 다름없다.

갑자기 출입구 쪽을 향해 그의 눈이 번쩍했다. 아래위 하늘색 투피스를 입은 여인이 현관문을 밀고 막 안으로 들어서고 있었다. 아내였다. 꺼리는 기색도 없이 경쾌한 걸음걸이로 들어오고 있었다. 더없이 행복해 보이는 표정이다.

아내가 엘리베이터 앞에 섰다. 최태오는 엉거주춤 일어섰다.

아내의 모습이 엘리베이터 안으로 사라지는 것과 동시에 그는 커피숍에서 나왔다. 이제 아내와 나기룡이 호텔방에서 만나는 것은 분명한 사실로 드러났다. 어떻게 할까.

분노로 목이 타고 눈에서는 불이 이는 것 같았다. 무턱대고 엘리베이터를 탔다. 그러나 그들이 몇 층에서 내렸는지 알 수가 없었다. 25층까지 올라갔다.

25층은 스카이라운지였다. 거기도 사람들로 꽉 들어차 있었다. 그는 구석자리에 앉아서 주스를 한 컵 마셨다. 숨을 돌리고 담배를 한 대 피우고 나서 다시 엘리베이터를 탔다.

엘리베이터에서 내려 커피숍으로 들어가 두 잔째의 커피를 시켜 마셨다. 눈은 계속 엘리베이터 쪽을 주시하고 있었다.

한 시간이 지났다. 머릿속이 욱신거리기 시작했다. 소변을 누고 싶었으나 꾹 참고 기다렸다.

다시 또 한 시간이 지났다. 두 연놈 중 어느 쪽도 나타나지 않고 있었다. 얼마나 기막히게 즐기고 있을까, 하고 생각하니 견딜 수가 없었다. 급히 소변을 누고 자리에 돌아와 앉았다.

세 시간 가까이 지났을 때 마침내 아내와 나기룡의 모습이 나타났다. 엘리베이터에서 나온 그들은 꺼리는 기색도 없이 다정하게 붙어 서서 밖으로 나갔다.

날씨는 이미 어둑어둑해지고 있었다. 최태오는 옅은 선글라스를 벗고 돗수 없는 검은 테의 안경으로 갈아 꼈다. 끝까지 연놈들을 따라가 볼 생각이었다.

적당한 간격을 유지하고 미행에 나섰다.

아내와 정부는 격렬한 환희 뒤에 오는 피로와 평화로움에 젖어 느릿느릿 걸어가고 있었다. 세상에 부러울 것이 없는 남녀들인 것 같았다. 아내가 정부의 팔짱을 끼었다가 얼른 팔을 뽑는 것이 보였다.

저것들을 어떻게 죽일까? 죽일 경우 완전 범죄를 만들어야 한다. 완전 범죄란 없다고들 하지만 천만의 말씀이다. 완전 범죄란 얼마든지 가능한 것이다.

남녀가 냉면집으로 들어갔다. 이름 있는 냉면집이라 손님들이 항상 북적거리는 곳이었다. 땀을 흘렸으니 시원한 냉면을 먹고 싶겠지. 아내는 특히 냉면을 좋아한다.

문을 밀고 안으로 들어갔다. 두 사람이 막 자리를 잡고 앉는 것이 보인다. 이쪽 출입구 쪽을 향해 나란히 앉는다.

태오는 몰려 들어가는 단체 손님들 사이에 끼여 안쪽으로 깊숙이 들어갔다. 두 사람의 시야에서 완전히 벗어나자 몸을 돌려 그들의 뒷모습을 바라보았다.

남자가 식사를 시키고 있다. 아내가 오른손으로 머리칼을 쓸어 올리고 있다. 그들의 뒤쪽 좌석에서 손님들이 식사를 끝내고 막 일어서고 있다.

태오는 그쪽으로 다가가 조심스럽게 자리를 잡고 앉았다. 아내와 등을 댄 위치였다. 냉면을 하나 시키고 나서 담배를 꺼내 물었다. 아내와 등을 대고 앉아 있다고 생각하니 몸속으로 전율이 스쳐갔다.

나기룡이 길게 하품하는 소리가 들려온다. 뒤쪽으로 전 신경을 집중하고 귀를 기울였다.

「아, 노곤한데……」

「피곤하신가 봐요.」

녹아드는 것 같은 아내의 달콤한 목소리, 손이 떨려 담배를 피울 수가 없다.. 담배를 비벼 끄고 천장을 바라보았다.

「음, 피곤한데…… 이러다간 요절하겠어.」

「저 때문에 말이에요?」

「음, 당신 때문에…… 남자가 요절하는 건 대개 여자가 남자의 진을 빨아먹기 때문이야. 그런 면에서 여자는 흡혈귀라고 할 수 있지.」

「어머머, 그런 말이 어딨어요? 에이, 엉터리야.」

의자가 삐걱거린다. 꼬집는 모양이다. 남자가 소리를 죽이며 쿡쿡 웃는다. 톤이 굵은, 성악을 전공했으면 좋았을 것 같은 목소리다.

「어, 시원하다.」

냉면 국물을 꿀꺽꿀꺽 마시는 소리가 들려 온다.

「체중 좀 줄이세요.」

「왜?」

「너무 무거워서요. 죽겠어요.」

「해머로 두드리는 것 같아?」

「막 부서지는 것 같아요. 지금도 얼얼해요.」

「그래? 그것 참 미안한데……」

「아이, 미워 죽겠어.」

남자가 또 웃는다. 이번에는 제법 소리 내어 웃는다.

「아이, 남들이 들어요.」

「들으면 어때? 왜 웃는지 아나?」

냉면이 왔다. 태오는 국물을 소리 없이 마셨다.

「저기, 아기 가지면 어떡하죠?」

「어떡하긴,…… 낳아야지. 아주 기막힌 놈이 나올걸.」

이번에는 아내가 웃는다. 몹시 기분이 좋은 모양이다.

「아들을 원하세요?」

「이왕이면 아들이 좋지. 딸이라도 상관없어. 그런데 딸을 낳
으면 좀 문제가 있어.」

「무슨 문제요?」

「절세 미인이 나올 텐데 말이야…… 그렇게 되면 남자애들
이 서로 차지하겠다고 덤빌 거란 말이야. 그거 걱정이 돼서 어디
기를 수 있겠나?」

「어머머, 김칫국부터 마시네.」

아내가 다시 웃는다. 남자도 따라 웃는다. 태오는 냉면 육수
를 다시 마셨다. 목이 활활 타오르는 것 같았다.

「헌데 아기를 낳기 전에 먼저 정식으로 부부가 되어야 하지
않을까?」

남자가 갑자기 점잖은 목소리로 묻는다.

「알고 있어요. 잘 될 거예요.」

「어떻게 자신할 수 있어?」

「저에게 시간 여유를 달라고 그랬어요. 자기도 좋은 방향으로 해결하겠다고 그랬어요.」

「그러니까 이혼해 줄 의사가 있다 이 말인가?」

「네, 그런 것 같았어요.」

「그런 것 같다니, 무슨 말이 그래?」

「하여간 그 전처럼 안 된다고 딱 잡아떼지는 않았어요 자기도 더 이상 함께 살 수 없다는 거 알고 있을 거예요.」

「그 새끼, 시간 여유를 달라는 건 뭐야?」

「아이, 그렇게 화내지 마세요. 제가 갑자기 이혼하자고 그러니까 놀랐을 거 아니에요? 그 말 듣자마자 이혼장에 도장 찍어주는 남자가 어디 있겠어요? 시간 여유를 달라는 건 당연한 거 아니에요?」

「그 새끼, 남자답지 못하게 왜 우물쭈물해.」

「아이, 그러지 말아요.」

「왜? 그 사람 욕하니까 싫어?」

「저도 그 사람 보기 싫어요. 하지만……」

「하지만 뭐야?」

「한편으로 생각하면 불쌍하기도 해요.」

「흥, 역시 여자라 할 수 없군. 이것 봐. 동정할 일이 있고 동정해서는 안 될 일이 따로 있어. 불쌍한 건 당신 쪽이야. 당신은 그 치 때문에 초혼에 실패한 거야. 행복해야 할 당신이 몇 년 동안 독수공방으로 지냈다는 건 비참한 일이야. 당신은 더 이상 희생 돼서는 안 돼. 당신의 권리를 당당히 찾아. 동정할 데가 따로 있지, 그런 돼먹지 못한 거머리 같은 치한테 동정을 보내다니 정말 딱하군.」

「……」

아내는 침묵하고 있다.

「눈꼽만치도 동정을 보내지 마! 냉정할 데 가서는 냉정해야 해! 알았어?」

「네, 알았어요. 동정하지 않겠어요.」

다소곳이 대답한다. 절대 복종하겠다는 태도다.

「있다가 몇 시쯤 오실 거예요?」

「10시에 녹화가 모두 끝나니까 넉넉잡고 10시 반까지는 올 수 있어.」

「그때까지 나 혼자서 뭘 하지?」

「잠이나 자 두지 뭐.」

「호텔방에서 여자 혼자 남아서 남자를 기다리는 기분이 어떤 건지 아세요?」

「미안해. 빨리 돌아올게.」

그들의 입에서 그 호텔 몇 호실에 투숙하고 있다는 말은 나오지 않았다.

나는 죽이지 않았다

아내가 나기룡과 헤어져 S호텔 쪽으로 다가가는 것을 확인한 최태오는 걷잡을 수 없이 마음이 흔들렸다.

「죽여야 한다! 당장 죽여야 한다!」

가슴속에서는 정확한 목소리가 들려 왔다. 그밖에는 아무것도 들려오지 않았다.

「죽여 버리고 말테다! 갈가리 찢어 죽이고 말테야!」

분노와 증오로 눈에서 눈물까지 다 나왔다. 식당에서 주고받은 두 사람의 이야기를 생각하자 몸에 경련이 일었다.

시계를 보았다. 8시가 조금 지나고 있었다. 서둘러야 한다고 생각했다. 호텔 안으로 들어가는 아내 뒤를 따라 뛰다시피 걸어갔다.

프런트에 다가서 있는 아내의 뒷모습이 눈에 확 들어왔다. 프런트 계원이 고개를 끄덕이면서 뒤로 돌아선다. 열쇠함으로 손을 뻗는다. 위에서 세 번째 줄, 오른쪽에서 다섯 번째에 있는 함에서 열쇠를 꺼내 아내에게 내준다. 아내가 열쇠를 받아든다. 엘리베이터 쪽으로 다가간다. 이윽고 엘리베이터 안으로 사라진다. 완전히 혼자다.

엘리베이터 문이 닫히자 태오는 그쪽으로 다가갔다. 층수를 알리는 불빛을 바라보았다. 1 · 2 · 3 · 4 · 5 · · · · · 15 · · · · · 21 · 22 · 23 · 24 · 25 ·

15층에서 불빛이 잠시 머문 다음 25층까지 상승했다. 아내는 15층에서 내린 것이다.

이번에는 프런트 앞으로 다가갔다. 프런트 데스크 한쪽에는 호텔 안내 카드가 있었다. 그것을 집어 들고 들여다보았다.

그때 일본인 관광객 몇 명이 프런트로 몰려왔다. 그 바람에 프런트 계원 세 명은 일제히 일본인들을 상대했다. 그 틈을 이용해 태오는 재빨리 맞은편 벽 위에 가지런히 붙어 있는 열쇠함을 바라보았다. 각 열쇠함 밑에는 방의 번호가 적혀 있었다. 조그만 두 눈이 번개처럼 번호를 훑어보았다.

마침내 위에서 세 번째 줄, 오른쪽에서 다섯 번째 함에서 시선이 멎었다. <1520>이라는 숫자가 확대되어 들어왔다. 가슴이 뛰기 시작했다. 아내가 들어 있는 방의 번호를 알아 낸 이상 거기서 더 머뭇거릴 필요가 없었다.

밖으로 나와 택시 정류장 쪽으로 걸어가다 말고 가발 상점 앞에서 문득 걸음을 멈추었다.

상점 안에 젊은 여자가 혼자 앉아 있었다. 그는 안으로 들어서서 진열장에 놓여 있는 여러 가지 형태의 가발들을 들여다보았다.

「손님께서 사용하실 건가요?」

「네, 적당한 게 있으면 하나 써 볼까 하는데……」

그는 여자를 외면한 채 계속 진열장 안을 살폈다.

「손님께서는 가발 같은 거 사용하시지 않아도 되겠는데요.」

여주인은 고지식해 보였다. 유부녀인 것 같았다.

「귀를 덮을 정도의 장발을 하나 골라 주십시오.」

그는 정색을 하고 말했다. 여주인은 고개를 갸우뚱하면서 가발을 하나 꺼내 놓았다.

거울 앞에 다가서서 가발을 뒤집어쓴 그는 자신의 모습에 적지 않게 놀랐다. 전혀 다른 사나이 하나가 거기에 서 있었다. 안경까지 쓰고 있어서 자신이 보기에도 몹시 낯설어 보였다.

부르는 대로 값을 깎지 않고 지불했다. 여주인이 포장해 준 가발을 들고 이번에는 레저용품을 파는 가게로 갔다.

거기서 날카롭게 보이는 등산용 나이프를 하나 샀다. 길이가 20센티쯤 되는 미제 칼, 가죽 케이스 속에 넣도록 되어 있었다.

30분 후에 집에 도착했다. 9시 10분 전이었다. 아파트 안의 전등을 모두 켜 놓은 다음 창문의 커튼을 모두 걷었다. 그리고 전축을 요란스럽지 않을 정도로 틀어 놓았다. 창문도 조금씩 열어 놓았다.

수화기를 들고 S호텔로 다이얼을 돌렸다. 신호가 떨어지자 프런트를 돌려 달라고 부탁했다.

「네, 프런트입니다.」

「방을 하나 예약할까 하는데……」

될수록 점잖은 투로 말했다.

「어떤 방으로 쓰실 건가요?」

「아무 거라도 좋아요. 가능하면 더블이 좋겠는데……」

「네, 있습니다.」

「15층 정도에 하나 잡아 주시오.」

「꼭 15층이어야 합니까?」

「뭐, 꼭 그런 건 아니지만 15층 정도가 좋을 것 같아서 그러는 거요. 한 달 전에 15층 19호실에 숙박한 적이 있는데 아주 좋았어요. 이왕이면 그 방을 쓸 수 있으면 좋겠는데……」

「잠깐 기다려 주십시오. 15층 19호실이면…… 아, 비었습니다. 그런데 더블이 아니라 트윈입니다. 괜찮으실는지요?」

「아, 좋아요. 좋아.」

「저, 실례지만 존함을 말씀해 주십시오.」

「아, 이름…… 에, 또. 장홍식…… 자세한 것은 이따가 가서 적지.」

「네, 됐습니다. 감사합니다. 몇 시쯤 오시겠습니까?」

「10시까지 가겠소.」

「네, 기다리겠습니다. 시간을 지켜 주셨으면 감사하겠습니다. 손님이 밀리고 있어서……」

「아, 틀림없어요.」

전화를 끊고 나서 검정 양복으로 재빨리 갈아입었다. 나이프는 안주머니에 간직했다.

밖으로 나가기 전에 D방송 스튜디오로 전화를 걸었다. 탤런트 실로 바꿔 달라고 했다. 남자가 받았다.

「나기룡 씨 좀 부탁합니다.」

「지금 녹화 중인데요.」

「몇 시쯤 끝나는가요?」

「10시쯤 끝날 겁니다.」

전등과 전축을 켜 놓은 채 밖으로 나왔다. 일부러 10분쯤 멀리 걸어가 가게에서 면장갑을 한 켤레 샀다.

택시를 타고 S호텔로 향했다.

10시 10분 전에 호텔에 도착했다.

「아까 방을 하나 예약했는데……」

「성함이 어떻게 되시는가요?」

프런트 계원이 미소를 지으며 물었다.

「장홍식이라고 되어 있을 거요.」

「아, 네. 준비돼 있습니다. 15층 19호실을 예약하셨죠?」

「그래요.」

숙박 카드에 적당히 인적사항을 기입하고 요금을 치르자 웨이터가 앞장서서 그를 안내했다. 잠자코 웨이터를 따라 엘리베이터에 올랐다.

「혼자 주무실 건가요?」

웨이터가 묘하게 웃으며 물었다. 엘리베이터 안에는 그들뿐이었다. 태오는 고개를 끄덕거렸다.

「왜, 혼자 자면 안 되나?」

「아니, 그런 게 아니라 적적하실 것 같아서……」

「호텔에서는 그런 문제까지도 해결해 주나?」

「손님의 요청에 따라 해 드리고 있습니다.」

「아, 그래. 필요하게 되면 연락하지.」

「네, 언제라도 연락 주십시오.」

15층에 닿았다. 19호실은 왼쪽에 있었다. 카펫이 깔린 복도를 한참 걸어가자 19호실이 나왔다.

19호실 다음이 20호실이었다. 안으로 들어서면서 옆방 문에 붙어 있는 <1520>이라는 숫자를 다시 한 번 눈여겨보았다.

웨이터에게 천 원 짜리 한 장을 쥐어 주고 문을 닫아걸었다.

10시였다.

방안은 넓었다. 창문 쪽으로 침대가 두 개 나란히 놓여 있고 그 옆에 소파와 탁자가 있었다. 소형 전축과 텔레비전도 구비되어 있었다. 냉장고도 한 옆에 세워져 있었다. 카펫의 감촉이 부드러웠다. 10만 원짜리 방이니 그럴 만도 했다.

면장갑을 꺼내 손에 끼었다. 가만히 서서 옆방에 귀를 기울였다. 아무 소리도 들려오지 않는다.

아내는 바로 옆방에 있다. 남편이 이렇게 가까이 접근해 있는 줄은 생각지도 못하고 있을 것이다.

뭘 하고 있을까. 섹스를 위해 준비 작업을 하고 있겠지. 어떻게 하면 그것을 철저하고 완전하게 즐길 수 있을까 하고 궁리하고 있겠지.

갈보 같은 년, 쓰레기 같은 년, 조금만 기다려라.

살기로 눈이 번득이고 있었다. 스탠드의 전등만 켜 둔 채 다른 불은 모두 껐다.

소파에 앉아 나이프를 꺼냈다. 불빛을 받고 칼날이 번쩍거렸다. 찍어 보고 싶은 충동을 느끼게 하는 칼이었다. 손잡이를 쥐고 힘을 주었다. 손에 가득 잡힌다.

시계를 보았다. 10시 10분이었다.

나기룡은 지금 이쪽으로 오고 있을 것이다. 스튜디오에서 이곳까지 걸어서 15분쯤 걸릴 것이다. 늦어도 10시 30분까지 도착한다고 했다. 빠르면 5분 후에 놈은 도착할 것이다. 늦으면 20분 후다.

20분 이내에 놈은 도착한다. 문을 노크하겠지. 반응이 없자 문을 열고 안으로 들어서겠지. 그리고 시체를 발견하겠지.

놈은 살인 혐의로 체포된다. 체포되어야 한다. 함정은 완벽할 것이다. 놈은 덫을 향해 지금 걸어오고 있다.

10시 11분. 태오는 마침내 몸을 일으켰다. 불을 끄고 밖으로 나갔다. 복도를 살폈다. 아무도 없다. 죽은 듯이 고요하다.

조용히, 그러나 재빨리 1520호 문 앞으로 다가섰다. 문을 두드렸다. 아무 응답이 없다. 다시 두드렸다. 반응이 없다. 문을 밀어 보았다. 문이 소리 없이 열렸다. 잠들어 있는 모양이다.

방안은 어둠이다. 안으로 조용히 들어섰다. 뒤로 손을 뻗어 문을 닫았다.

저쪽 창가 침대 위가 희끄무레하게 보인다. 그 밖에는 아무것도 보이지 않는다.

이상한 냄새가 나는 것 같다. 비린내 같다. 웬 비린내일까. 온몸에 전율이 흐른다.

나이프를 단단히 쥐고 앞으로 한 발 다가섰다. 다리가 후들거렸다. 이왕 칼을 뺀 이상 정확히 죽여야 한다고 생각했다. 상처만 입히면 결국 이쪽이 당하고 만다.

여체의 곡선이 시트 위로 희미하게 드러나 보인다. 시트를 뒤집어쓰고 잠들어 있는 것 같다. 죽음이 다가오는 줄도 모르고 자고 있다. 꿈을 꾸고 있겠지. 무슨 꿈을 꾸고 있을까.

눈앞이 흐려 온다. 지금이라도 늦지 않다. 돌아서서 나갈 수 있다. 아내가 요구하는 대로 이혼해 주는 거다. 그리고 멀리 떠나는 거다. 세상에서 완전히 잊혀지는 거다.

못난 자식. 여기까지 와서 생각을 바꾸다니. 너는 그야말로 병신이구나. 병신이니까 도피하고 싶겠지. 아내가 놈팡이와 호텔 방에서 놀아나고 있는 데도 모른 체 하기냐. 뭐가 무섭지? 주저하지 말고 찔러! 콱 찔러! 심장을 찔러! 남편을 배반하는 년은 죽여도 좋아!

침대 앞으로 바싹 다가섰다. 칼 쥔 손을 높이 쳐들고 가슴 부분을 겨누었다. 나기룡이 곧 도착할 것이다. 그 전에 해치워야 한다.

그때 그의 시야에 변화가 일어났다. 침대 시트가 온통 얼룩져 있는 것이 보였다. 어둠 때문이려니 하고 생각했지만 그렇지가 않은 것 같았다. 희끄무레한 시트 색깔이 뒤죽박죽으로 얼룩져 있었다.

비로소 역겨운 비린내가 확 느껴졌다. 한쪽 팔이 침대 밑으로 축 늘어져 있는 것이 보였다.

뒤로 주춤주춤 물러섰다. 벽을 더듬어 스위치를 올렸다.

눈에 먼저 보인 것은 검붉은 핏빛이었다. 시트는 온통 피에 젖어 있었다. 뒤엉킨 머리칼, 피에 젖어 축 늘어진 팔, 나동그라진 탁자, 마구 흩어진 옷가지들이 눈앞을 스쳐 갔다.

카펫 위에 떨어져 있는 칼이 보인다. 피에 흠뻑 젖어 있었다. 자신이 들고 있는 칼을 들여다보았다. 피 한 방울 묻어 있지 않다. 칼날이 번쩍인다. 나는 저 여자를 죽이지 않았다.

무서운 눈으로 방안을 둘러보았다. 아무도 없다. 자기 혼자 서 있을 뿐이다. 손에 칼을 든 채 가발을 쓰고, 안경을 끼고 살인 현장에 서 있다. 공포가 엄습했다. 온몸이 굳어 버리는 것 같았다. 이럴 수가…… 세상에 이럴 수가……

주춤주춤 뒤로 물러나다가 홱 몸을 돌려 문을 열었다. 그가 밖으로 나서는 순간 누가 앞을 가로 막았다. 담당 웨이터였다.

태오는 창백하게 질린 얼굴로 웨이터를 바라보다가 그대로 지나쳐 엘리베이터 쪽으로 걸어갔다. 뛰어서는 안 된다.? 눈치 채지 못하게 침착하게 걸어가야 한다. 그때 웨이터가 뒤에서 그를 불렀다.

「손님! 손님!」

　뒤로 돌아섰다. 웨이터가 19호실을 가리켰다.

「손님 방은 이 방이 아닙니까? 20호실에는 왜 들어가셨죠?」

「……」

　무슨 말을 할 것인가. 가슴이 막히고 눈앞이 캄캄했다.

　엘리베이터 앞으로 다가섰다. 두 대의 엘리베이터 중 오른쪽 것은 올라오고 있었고 왼쪽 것은 내려가고 있었다. 하강하는 엘리베이터의 숫자판이 23을 가리키고 있었다. 상승 엘리베이터는 10을 보여 주고 있었다. 아아, 제발 빨리빨리 내려와라!

「손님, 잠깐!」

　웨이터가 20호실 문을 열어보고 있었다. 상승 엘리베이터가 와 닿았다.

「강도야! 도둑이야!」

　웨이터의 고함 소리가 복도를 울렸다.

　엘리베이터의 문이 열리고 건장한 사나이가 복도로 나왔다.

　나기룡이었다. 태오는 몸을 돌려 층계 쪽으로 미친 듯이 달려갔다.

「저놈 잡아라! 도둑이야!」

벽과 복도가 지진이라도 난 듯 그의 시야에서 흔들렸다. 모든 것이 춤추고 있었다. 뒤에서는 계속해서 고함 소리가 들려오고 있었다.

「저놈 잡아라!」

「도둑이야! 강도야!」

눈앞이 캄캄해져 왔다. 공포가 엄습했다. 마치 몸이 거친 파도에 휩쓸리는 것 같았다.

「제발 나를 구해 주십시오! 오, 하느님!」

신을 믿지 않는 그가 다급해지자 신을 찾고 있었다. 그러나 신은 그를 외면했다.

계단을 서너 개씩 뛰어내리던 그는 발을 잘 못 디뎌 나동그라지고 말았다. 정신을 차리고 일어서려는 그를 누가 뒤에서 걸어찼다. 그는 바닥에 머리를 처박고 쓰러졌다.

「죽여라!」

여러 사람들의 목소리가 한데 뒤엉켜 들려 왔다. 갑자기 전신에서 힘이 빠져 나갔다. 두 팔로 얼굴을 가리며 될수록 맞는 것을 피하려고 기를 썼다.

복부로, 가슴으로, 얼굴로 사정없이 발길질이 들어오고 있었다. 그들은 무자비하게 구타를 가해 오고 있었다.

태오는 자라처럼 몸을 움츠린 채 구석에 머리를 처박고 엎드려 있었다. 구두 뒤축이 사정없이 등판을 내리찍고 있었다.

「사람을 죽였어! 살인범이야!」

「뭐라구? 빨리 경찰에 연락해!」

「연락했습니다!」

자기와는 상관없는 것처럼 멀리서 아득하게 들려오는 것 같았다.

「일어나, 이새꺄!」

한 사람이 그의 머리채를 잡고 잡아당기자 가발이 벗겨져 나갔다.

「이새끼, 변장했군.」

일으켜 세워진 그는 때리는 대로 얻어맞으면서 흐느적거렸다. 안경이 벗겨지는 것과 동시에 턱으로 주먹이 날아왔다. 입안이 터지면서 피가 흘러내렸다. 팅팅 부어오른 얼굴은 온통 피투성이였다.

두 사람이 그의 호주머니에서 노끈을 찾아 손목을 뒤로 돌려 묶었다. 여차하면 때려죽일 듯이 모두가 몽둥이며 쇠파이프 같은 것들을 들고 있었다. 층계 위아래는 온통 구경꾼들로 꽉 들어차 있었다.

거구의 사나이 하나가 앞에 버티고 서서 계속 주먹을 날리고 있었다. 그때마다 태오는 비통한 신음 소리를 내곤 했다. 눈두덩이 부어오른 데다 눈에서 피가 흘러드는 바람에 앞이 잘 보이지가 않았다

겨우 눈을 뜨고 앞에 버티고 있는 사나이를 바라보았다. 다름 아닌 바로 나기룡이었다. 범인을 체포한 데 대해 자랑스러움

에 젖어 마음껏 주먹을 휘두르고 있었다. 그 잔혹스러운 눈초리에 태오는 전율하면서 얻어맞고 있었다.

이대로 맞아 죽을지도 모른다고 생각하면서 가물가물해지는 의식의 끝을 붙들고 있을 때 갑자기 날카로운 호각 소리가 들려 왔다. 흐릿한 시야 속으로 정복 경찰 수명이 뛰어들고 있는 것이 보였다.

그는 꿈을 꾸었다. 악몽이었다. 자신이 교수형에 처해지는 악몽이었다.

문이 열리고 누가 안으로 들어서는 소리가 들렸다. 발소리가 엇갈리는 것이 한 사람이 아닌 것 같았다.

「이 새 끼, 생각해 보라니까 잠자고 있어?」

등짝을 후려치는 바람에 그는 책상 위에 처박고 있던 머리를 쳐들었다. 강렬한 불빛이 눈을 후빌 듯이 파들어 왔다. 눈을 가늘게 뜨고 맞은편을 바라보았다.

맞은편 어둠 속에 두 사람이 서 있는 것 같은데, 어두워서 잘 보이지가 않았다.

갓을 씌운 스탠드의 불빛은 곧장 그를 향해 쏟아지고 있었다. 밝은 불빛이 그렇게 괴롭고 위압적일 줄은 미처 몰랐었다.

「이거 한번 보라구.」

신문이 앞으로 던져졌다. 자신과 아내의 사진이 크게 실려 있었다.

－ S호텔 15층에서 미모의 여인 피살, 범인은 남편 －

큼직한 제호가 눈에 확 들어왔다. 기사를 읽기 시작했다. 그러나 벌레가 우글거리는 것 같을 뿐 아무것도 눈에 들어오지가 않았다.

「생각해 봤어?」

「……」

그는 고개를 저었다. 어둠 속에서 두 사나이가 움직였다. 그는 잠을 자고 싶었다.

「생각해 보지 않았다구?」

「나는 범인이 아닙니다. 억울합니다.」

「현장에서 나오는 것을 목격한 사람이 있어!」

「그렇지만 나는 아닙니다.」

벌써 수십 번 태오는 같은 대답을 반복하고 있었다. 그러나 수사관들은 집요하게 캐묻고 있었다. 교대로 쉬지 않고 물어 대고 있었다.

「그럼 왜 옆방을 얻어 들었지?」

「……」

「칼은 왜 샀지?」

「……」

「가발은 왜 썼지?」

「……」

「안경은 또 뭐지?」

「……」

「왜 대답 못해?」

「……」

모든 증거와 상황이 그를 범인으로 옭아매고 있었다. 그는 대답할 수가 없었다.

「당신 심정은 충분히 이해해. 아내의 간통 현장을 목격하고는 죽이고 싶었겠지. 누구나 다 그럴 거야. 이왕 이렇게 된 거 순순히 털어놓는 게 서로를 위해 좋을 거야. 자, 어때?」

땅땅하게 생긴 형사가 어둠 속에서 나와 책상 맞은편에 다가 앉았다. 목이 짧고 조는 듯 한 눈을 가진 40대의 사내였다.

「나는 죽이지 않았습니다.」

태오는 공허하게 말했다.

「그럼 누가 죽였지?」

「모르겠습니다.」

「사실대로 말해 봐.」

「사실대로 말했습니다.」

「그럼 이런 것들은 뭐야? 설명해 봐!」

형사는 가발, 안경, 나이프, 면장갑, 노끈 등을 꺼내 놓았다.

「이런 것들은 뭐냐 말이야? 그래도 부인하겠어?」

태오는 한숨을 내쉬었다. 말하지 않을 수 없었다.

「사실은…… 아내를 죽이려고 했습니다. 그런데…… 방안에 들어가 보니…… 아내는 이미 죽어 있었습니다.」

「흥, 그럴듯하게 꾸며 대는군. 아주 그럴듯해.」

형사는 코웃음 쳤다. 태오는 미칠 것 같았다.

「절대로 꾸며 대는 게 아닙니다. 저는 사실대로 말씀드리는 겁니다!」

「닥쳐! 입이 열 개라도 넌 변명할 여지가 없어!」

「아닙니다! 저는 억울합니다!」

「살인범치고 억울하다는 말을 하지 않는 놈은 없지. 그렇지만 결국은 쓸데없는 짓이라는 걸 알게 되지. 이 면장갑은 어디서 샀지?」

「……」

「안 들리나? 어디서 샀느냐 말이야?」

「집 부근에 있는 가게에서 샀습니다.」

「이 칼은?」

「S호텔 부근에 있는 가게에서 샀습니다.」

「그 가게 찾을 수 있겠지?」

「네……」

「이 안경들은 어디서 구입했어?」

「종로에서 샀습니다.」

「종로 어디?」

「종로 2갑니다.」

「이 가발은?」

「S호텔 부근에서 샀습니다.」

「철저하게 준비를 했군. 완전 범죄를 노린 모양이지?」

「……」

「지능범이야. 고개 숙이지 말고 쳐들어!? 쳐들란 말이야!」

태오는 숙이고 있던 고개를 쳐들었다. 불빛이 너무 강렬해서 눈을 바로 뜰 수가 없었다.

「이 칼은 어디서 구입했어?」

피가 시뻘겋게 말라붙은 칼이 앞에 놓여졌다. 처음 보는 칼이었다. 길이가 20센티쯤 되어 보이는 미제 과도 같았다.

「어디서 이걸 구입했느냐구?」

형사가 다그쳐 물었다.

「모르겠습니다.」

「모를 리가 있나? 이 칼로 부인을 찔러 놓고 모르다니 말이 되느냐 말이야?」

「정말 모릅니다. 저는 그런 칼 구입한 적 없습니다. 처음 보는 칼입니다.」

「거짓말 마! 너는 칼을 두 개 샀어. 하나는 등산용 칼이고 다른 하나는 바로 이 과도였어. 만일을 생각해서 칼을 두 개나 마련해 놓은 것이겠지.」

「아닙니다. 그렇지 않습니다!」

절박한 목소리가 지하실 안을 공허하게 울렸다.

사면이 콘크리트 벽으로 된 지하실이었다. 외부로부터 완전히 고립된 채 자신이 헤어날 길 없는 깊은 함정 속으로 빠져 들고 있다고 생각하자 그는 견딜 수가 없었다. 벌떡 일어나 온몸을 떨어대며 고래고래 악을 쓰고 싶었다.

「너는 더없이 미련한 놈이구나. 왜 쓸데없이 고집을 부리는 거지? 그런다고 너한테 도움이 될 줄 아나? 모든 것이 다 밝혀진 이 마당에 부인해서 어떡하겠다는 거야? 얼른 끝내고 자고 싶지 않나? 우리도 사실 피곤해.」

「생사람 잡지 마십시오! 나는 범인이 아니란 말입니다! 범인 은 다른 놈이란 말입니다. 나한테 죄가 있다면 살인 미수죄라고 할 수 있습니다!」

「살인 미수죄가 아니야. 살인죄야. 너는 자기 아내를 죽인 살 인범이란 말이야. 네가 말한 대로 다른 사람이 범인이라면 어떻 게 해서 그렇게 시간이 일치할 수가 있지? 너와 범인은 거의 동 시에 15층 20호실에 침투했단 말이야! 우연치고는 너무 이상 하지 않아!」

「그럴 리가 없습니다!」

「흥, 그럴 리가 없다구? 이 봐, 당신 아내가 죽은 시간이 밝혀 졌어! 밤 10시 전 후에 살해됐어! 네가 그 방에서 나오다가 웨이 터에게 발각된 시간은 10시 10분 조금 지나서야. 그래도 할 말 있어!」

주먹으로 책상을 내려친다. 태오는 머리를 흔들었다.

「하여간 저는 살인을 하지 않았습니다. 그 방에 있는 지문과 대조해 보십시오.」

「완전 범죄를 노리고 들어간 놈이 지문을 남겼겠어?」

형사는 면장갑을 집어 들고 흔들었다.

그때 어둠 속에 서 있던 다른 형사 하나가 조용히 앞으로 나왔다. 마주앉아 있는 형사와 달리 몹시 빼빼 마른 모습의 30대 사내였다.

그는 태오의 등 뒤로 돌아가더니 그의 어깨를 두 손으로 가만히 짚었다.

「당신은 아파트에 전축도 틀어 놓고 전등도 켜 놨더군. 왜 그랬지?」

목소리가 조용하면서도 날카로운 테가 있었다.

「그, 그건……」

「알리바이를 만들려고 그랬겠지. 안 그런가?」

「……」

「최태오, 당신은 월남전에도 참가했던 용사이더군. 전쟁에서 사람을 많이 죽여 봤지?」

「그게 어쨌단 말입니까?」

「어쨌다는 게 아니라…… 경험은 사건을 유발시킬 수도 있기 때문에 하는 말이야.」

등으로 식은땀이 흘러내리고 있었다.

「자백하고 안하고는 자유야. 강제로 자백시키지는 않겠어. 자백하지 않더라도 증거는 충분하니까 문제될 게 없어. 참, 나기룡이를 아는가?」

땅땅한 형사가 밖으로 나갔다. 이제 지하실에는 두 사람만이 남았다.

「담배 피우겠나?」

빼빼 마른 형사가 앞으로 움직였다. 태오는 수갑이 채워져 있는 두 손을 뻗어 담배를 받았다.

「불편하겠군.」

한쪽 수갑을 풀어 준다. 태오는 담배를 깊이 빨았다.

「참, 당신…… 자식이 없던데……?」

「네, 없습니다.」

콘크리트 바닥을 울리는 구둣발 소리가 음산하게 들려 왔다. 형사는 왔다 갔다 하면서 질문을 던지는 것이었다.

「나기룡이가 누군지 알고 있나?」

「네, 알고 있습니다.」

「그 사람이 당신 부인과 놀아난 것도 알고 있었나?」

「네……」

「그렇다면 애초에 두 사람을 죽일 계획이 아니었나?」

「……」

「두 사람 모두 죽이고 싶지 않았나?」

「죽이고 싶었습니다.」

「그런데 한 사람밖에 죽이지 못했군!」

「아무도 죽이지 않았습니다.」

「그럼 증거를 대 봐.」

「증거가 없으면 내가 살인범이란 말입니까?」

「그렇지. 증거가 제일 중요하니까.」

「죽이지 않았는데, 증거 같은 게 무슨 소용이 있습니까?」

「그래도 그렇지가 않아. 당신은 사건 현장에 있었으니까. 현장에 있었지만 살인하지 않았다는 반증이 필요해. 안 그럴까? 반증도 없는데 누가 당신의 무죄를 믿겠어? 더구나 당신은 살인에 필요한 만반의 준비를 갖추고 있었거든. 따라서 반증이 없는 한 당신은 살인자야…… 분명한 살인범이야!」

「아닙니다! 나는 아니라구요!」

그는 마침내 소리쳤다. 책상을 주먹으로 내리치며 소리소리 질렀다.

「아니라구요! 아니라구요! 아니라는데 왜 자꾸만 괴롭히는 겁니까? <u>으흐흐흐……</u>」

몸부림치며 그는 흐느껴 울었다. 비통한 울음이었다. 그러나 그를 동정해 주는 사람은 아무도 없었다. 그는 울안에 갇힌 짐승처럼 허망하게 울부짖을 뿐이었다.

강철로 된 수갑과 두터운 콘크리트 벽이 그에게 끊임없는 절망을 안겨 주고 있었다. 수갑에 두 손이 묶인 채 어두운 콘크리트벽 속에 오랫동안 갇혀 있다 보니, 그는 정말 자신이 범인인 것 같은 착각이 드는 것이었다.

문이 열리고 그는 밖으로 끌려 나갔다. 계단을 올라가 어느 방으로 들어서는 순간 사방에서 번쩍번쩍하고 플래시가 터졌다. 순간 그는 번쩍거리는 불빛 속에서 한참 동안 멍하니 서 있었다. 현기증 때문에 몸을 가눌 수가 없었다.

그는 끄는 대로 이끌려 의자 위에 주저앉았다. 먹이를 발견한 늑대들처럼 기자들이 우하니 몰려들었다. 서너 개의 마이크가 턱 밑으로 불쑥 디밀어졌다.

「지금 심정은 어떠십니까?」

「……」

그는 초점을 모았다. 비슷하게 생긴 얼굴들이 그를 마치 동물원의 원숭이 보듯 바라보고 있었다. 그는 말해야 한다고 생각했다.

「당신들은…… 내가 당신들과 다른 종자라는 것을 확인하고 싶겠지요. 살인범이니까 어딘가 다른 점이 있을 거라고 생각하겠지요. 그렇지만 나는 당신들하고 똑 같은 사람입니다. 머리도, 피부도, 눈빛도…… 모두 똑 같습니다. 당신들은 공연한 사람을 범인으로 몰지 말아야 합니다.」

갑자기 실내가 물을 끼얹은 듯 조용해지는 것 같았다. 그러나 이내 다시 시끄러워졌다.

「왜 부인을 죽였죠?」

「난 죽이지 않았어.」

「왜 자식이 없습니까?」

「……」

그는 그 질문을 던진 기자를 노려보았다. 그 기자는 껌을 부지런히 씹어대면서 어서 말하라는 듯 고개를 끄덕해 보였다.

「부인이 자식을 못 낳았는가요? 아니면…… 어느 쪽에 책임이 있습니까?」

「……」

그는 책상 위에 놓여 있는 재떨이를 바라보았다. 그것을 집어 들고 놈의 면상을 향해 던져 버리고 싶었다. 그러나 수갑 때문에 그럴 수가 없었다.

「부인과 사이가 벌어진 것은 언제였나요?」

「……」

「부인을 꼭 죽여야만 했나요?」

「난 죽이지 않았어! 죽이지 않았단 말이야!」

소리를 질렀지만 기자들은 눈 하나 까딱하지 않았다. 모두가 목석들 같았다.

「최근에 부인께서 이혼을 요구했었다는 데 정말입니까?」

「사실이오.」

「동의했습니까?」

「아니오.」

「왜 동의 안했습니까?」

「싫어서……」

「왜 이혼하는 게 싫었습니까?」

「그것도 이유가 있는가?」

그는 눈물이 나올 것만 같았다. 숨을 몰아쉬고 몸을 부르르 떨었다.

「아내를 싫어했는가요?」

「……」

「하필 아내의 정부한테 붙잡혔다는 것이 아이러니컬하지 않은가요?」

「그놈을 생각하면 이가 갈립니다. 모든 것은 바로 그놈 때문입니다.」

「나기룡과 당신 부인은 결혼하기로 약속했었다던데요?」

「그런 말이 어딨어.」

「정사 현장을 알았으면 왜 간통죄로 고소하지 않았지요?」

「애정 문제를 법에 호소하고 싶지 않았소.」

「부인께서는 재벌 집안의 외동따님이신데 어떻게 해서 두 분이 결혼하셨죠? 연애결혼이었나요?」

「그렇소.」

「그런데 왜 부인께서는 당신과 이혼하려고 했나요?」

「내가 싫었던 모양이지요.」

「이 상처는 어떻게 해서 생긴 겁니까? 경찰한테 고문 받은 건가요?」

「아니오. 고문은 받지 않았습니다. 정신적인 고문은 받았지만……」

「어떻게 정신적인 고문을 가하던가요?」

「나를 범인으로 인정하고 같은 질문을 되풀이하고 있습니다. 잠도 재우지 않고 강한 전등불 앞에 앉혀 놓고 계속 똑 같은 질문을 퍼붓고 있습니다.」

웃음이 터졌다. 웃음소리는 실내에 가득 차서 밖에까지 흘러 넘쳤다. 무고한 나는 살인범으로 몰려 짐승처럼 묶여 있는데, 이들은 나를 보고 재미있다는 듯 웃고 있다.

태오는 분통이 터졌다. 그것을 참으려니 미칠 것만 같았다.

「경찰이 끊임없이 심문을 하는 것은 당연한 일 아닌가요? 그걸 가지고 정신적 고문이라고 말한다면 우습지 않습니까? 자신이 왜 체포되었는가를 생각하면 그런 불평은 나올 수가 없을 겁니다.」

훈계조로 나오는 기자를 태오는 흘겨보았다. 그러한 표정을 놓치지 않으려는 듯 카메라 플래시가 터졌다.

「나는 범인이 아닙니다. 분명히 말해 두지만 나는 내 아내를 죽이지 않았다구요……」

「살인 계획을 치밀하게 세웠다고 하던데, 그럼 그것도 부인하는 겁니까?」

「……」

「왜 대답을 못합니까?」

「계획을 세운 것은 사실입니다. 하지만 나는 죽이지 않았어요! 방으로 들어가 보니까 이미 죽어 있었어요! 다른 사람이 먼저 살해했단 말입니다!」

그는 두 손을 움켜쥐고 책상을 마구 후려쳤다.

마침내 흐느낌이 터져 나왔다. 그러나 기자들은 물러날 기미를 보이지 않았다. 냉혹하게 질문을 계속 던져 왔다.

「지금 심정을 말해 주십시오. 괴로운가요?」

바보 같은 질문을 던진 기자를 쳐다보면서 그는 고개를 끄덕였다. 그들의 자유스러운 모습이 더 없이 부러워 보였다.

아내가 이혼해 달라고 했을 때 선뜻 동의해 주지 않은 것이 후회스러웠다. 육체의 자유란 것이 얼마나 소중한 것인가를 비로소 느껴지는 듯했다. 기자들의 질문이 귀에 들어오지 않았다. 벌떼가 윙윙 거리는 것 같은 소음 속에 자신이 앉아 있는 것 같았다.

「마지막으로 하고 싶은 말 없어요?」

이끌려 일어나는 그를 향해 기자 하나가 큰 소리로 물었다. 태오는 눈을 크게 뜨고 증오에 찬 눈으로 사람들을 바라보았다.

「당신들은 나를 범인으로 몰아 죽이고 싶겠지만…… 나는 살고 싶소! 살고 싶단 말이오!」

탈 옥

1주일이 지났다. 그때까지 태오는 완강히 범행을 부인했다. 그러나 공연한 울림에 불과했다.

콘크리트와 수갑, 어둠과 고독, 끈질긴 심문, 체력의 한계, 이런 것들로 해서 그는 마침내 1주일 되던 날 밤 그때까지의 저항을 포기하고 수사관 앞에 무릎을 끓었다.

의식의 절반은 수면 속에 묻어 둔 채 묻는 대로 대답하고, 일관해서 시인하고, 고개를 끄덕였다.

그러자 놀라울 정도의 친절과 함께 휴식이 주어졌다. 책상 위에 죽은 듯이 엎드려 있는 그를 향해 깡마른 형사가 부드러운 말씨로 말했다.

「너무 걱정하지 않아도 돼. 살인이라고 하지만 부정한 아내를 보고 화가 나서 그런 거니까 충분히 정상 참작이 될 거야.」

그는 아무래도 좋다고 생각했다. 다만 영원히 잠들고 싶을 뿐이었다.

「내일은 현장 검증이 있을 테니까 푹 자 둬. 구경꾼들이 뭐라고 해도 들은 체하지 말고 묵살해 버려. 그때 가서 안하겠다고 버티면 안 돼. 알았어?」

「……」

나는 정말 범인일지도 모른다. 모든 사람들이 나를 범인으로 보고 있으니까 말이다.

나 자신의 주장이란 사실 아무짝에도 쓸모없는 것인지도 모른다. 다른 사람들이 흰 것을 검다고 주장하면 나 역시 거기에 따라야 한다. 이것이 사회 공동생활의 원칙이다. 나는 범인이다. 그들이 나를 범인이라고 했으니까 나는 범인이다.

그렇게 생각해 버리니까 마음이 편하다. 푹 자야지. 아무것도 생각 말고 자야지. 설마 죽기야 할라구.

그가 눈을 떴을 때는 한낮이었다. 그는 유치장 독방에 들어 있었다. 특별한 배려에 의해 그는 그때까지 취침이 허락되었던 것이다.

얼마 후 그는 시커먼 차에 실려 어디론가 운반되어 갔다.

내려서 보니 S호텔이었다. 수갑과 밧줄로 그의 몸은 칭칭 동여매어져 있었다. 비로소 자신이 얼마나 중범(重犯)으로 취급 당하고 있는가를 그는 실감했다.

호텔 앞은 어느 새 구경꾼들로 꽉 들어차 있었다. 이보다 더 좋은 구경거리가 어디 있겠느냐는 듯 그들은 즉물적인 눈을 번득이면서 그를 바라보고 있었다.

그가 호텔 안으로 막 들어가려고 할 때, 무엇이 날아와 얼굴에 탁 부딪쳤다. 날계란이었다.

얼굴 복판에서 계란이 깨지는 바람에 그의 얼굴은 누렇게 흐물흐물한 액체로 뒤범벅이 되어 버렸다. 둘러서 있던 사람들이 와그르르 웃음을 터뜨렸다.

그때였다. 가는 금테 안경을 낀 뚱뚱한 여인이 앞으로 내달아오며 열 손가락을 갈퀴처럼 세워 그의 얼굴을 긁었다.

「이놈아! 이놈아! 내 딸 살려 내라! 내 딸 살려 내! 이 지옥에 갈 살인귀! 내 딸을 죽이다니! 내 딸을 죽이다니!」

울부짖는 장모를 경관들이 떼어내 데려가는 것을 태오는 무표정하게 바라보았다.

이윽고 그는 엘리베이터를 타고 15층으로 끌려 올라갔다. 거기에도 사람들이 몰려와 있었다. 기다리고 있던 카메라 기자들이 플래시를 터뜨렸다.

「진술한 대로 그때의 상황을 재연해야 해. 거부하면 몇 번이라도 다시 할 테니까 알아서 해.」

담당 형사가 그의 귀에 대고 속삭였다. 그는 더없이 귀찮았다. 시키는 대로 빨리빨리 해치우고 돌아가고 싶었다.

진술했던 대로 먼저 19호실로 들어갔다. 수갑을 찬 채로 손에 면장갑을 끼고 형사가 내주는 막대기를 집어 들었다. 밖으로 나와 좌우를 살핀 다음 20호실 문을 두드렸다. 반응이 없는 문을 열었다. 문이 스르르 열렸다.

「문이 잠겨 있지 않았나?」

「네……」

방안으로 들어갔다. 침대 위에 형사가 한 사람 누워 있었다. 성큼성큼 다가가자 형사가 제지했다.

「이 봐, 이 봐, 그렇게 걸어가는 법이 어딨어? 살인하려는 사람이 그렇게 걸어가는 법이 어딨어?」

태오는 씨익 하고 웃었다. 왜 그런 웃음이 나왔는지 자신도 알 수가 없었다.

문 쪽으로 돌아와서 이번에는 허리를 조금 굽힌 채 살금살금 침대 쪽으로 다가갔다.

그는 매우 빠른 속도로 기소되었다. 기소 내용은 완벽해서 뚫고 나갈 재주가 없었다.

벽 속에서 보내는 시간이 매우 더디게 흘러갔다. 처음 얼마 동안은 안타까운 나머지 미칠 것 같았지만 시간이 차차 흘러감에 따라 그러한 기분은 어느 정도 억제할 수가 있었다.

조그만 환기 구멍을 통해 밤이면 그는 별빛을 바라보며 많은 생각들을 했다. 자연 그는 철학자가 되었다. 전에 경험할 수 없던 세계가 그를 기다리고 있었다.

어느 날 그는 별빛을 바라보다가 자기도 모르게 눈물을 흘렸다. 그것이 아내를 생각하고 흘린 눈물임을 알자 그는 소스라치게 놀랐다.

어느 새 그의 가슴속에는 아내에 대한 증오의 감정 같은 것이 씻은 듯이 사라지고 없었다.

최초로 아내를 죽인 자에 대해 증오감이 싹트는 것을 그는 느꼈다. 어떤 자가 아내를 그토록 무자비하게 살해했을까. 자신도 그런 식으로 아내를 죽였을지도 모른다고 생각하자 그는 소름이 쭉 끼쳤다.

나보다 한 발 앞서 아내를 죽인 놈은 과연 누구일까. 나기룡이 아닐까. 나기룡은 제일 먼저 떠오르는 얼굴이었다. 그러나 그는 분명히 10시 10분이 지나서야 호텔에 나타났다. 그것은 태오 자신이 확인한 사실이었다.

그렇다면 제3의 인물이 그녀를 살해했다고 볼 수밖에 없었다. 제3의 인물 그는 도대체 어떤 놈일까.

밤마다 그는 고독과 싸워야 했다. 고독은 무엇보다도 참아내기 어려운 것이었다. 늙은 어머니가 한 번 면회 왔을 뿐 그를 찾아 주는 사람은 아무도 없었다.

사회생활을 할 때에도 고독을 느끼지 않은 것은 아니었다. 그러나 그때의 고독은 누구나 흔히 느낄 수 있는 일상적인 것으로서 그렇게 심각한 것이 못 되었다. 그것은 주기적으로 찾아오는 소화불량 같은 것이었다.

그런데 그것이 외부와 단절된 벽 속에 갇히면서 가장 위협적인 존재로 그를 괴롭히기 시작한 것이다. 그것은 피를 빨아먹는 흡혈귀 같았다.

고독이 생물처럼 살아 움직인다는 것을 그는 처음으로 알게 되었다. 고독이란 놈은 이처럼 몸속으로 스멀스멀 기어 들어와서는 밤새도록 그를 괴롭히는 것이었다. 긁을수록 그것은 기승을 부리면서 몸 구석구석으로 파고들어 피를 빨아먹었다.

놈은 세상에서 가장 편안한 곳에 안주한 듯 좀처럼 떠나려고 들지를 않았다. 깜박 졸다가 가슴에 올라앉아 무서운 힘으로 그를 압박했다. 결국 그는 하는 수 없이 질병처럼 그것을 안고 살아야 했다.

체포된 지 한 달 만에 태오는 마침내 재판정에 세워졌다.

자신이 법의 심판을 받는다고 생각하자 그는 웃음이 나왔다. 자신의 생명이 남들의 손에 의해 요리되고 있다는 사실이 슬프도록 우스웠던 것이다.

그가 킬킬거리고 웃어대자 재판장이 탁자를 두드리며 주의를 주었고, 방청석에서도 소요가 일었다. 마지못해 형식상 앉아 있던 늙은 국선 변호인은 오른손을 들어 발언권을 얻었다.

「피고의 정신 감정이 필요하다고 생각합니다. 피고는 지금 정신 상태가 정상이 아닌 것으로 사료됩니다.」

두터운 안경을 끼고 머리를 굽실거리며 주눅이 든 목소리로 말하는 변호사의 모습을 보고 그는 다시 웃음이 나왔다.

변호사의 말이 끝나자 젊은 검사는 기다렸다는 듯이 쏘아붙였다.

「피고의 정신 상태는 아주 정상입니다. 피고가 웃는다고 해서 그때마다 정신을 감정하다가는 재판을 진행할 수 없습니다. 피고의 웃음은 신성한 법정을 모독하는 것으로 받아들여져야 한다고 생각합니다.」

재판장은 검사의 의견을 받아들여, 변호사의 이의 신청을 기각했다.

태오는 시종 웃으며 기소 내용을 부인했다. 처음부터 끝까지 부인하는 그를 보고 재판장은 약간 화가 난 투로

「진술서에 서명하지 않았나?」

하고 물었다.

「서명했습니다.」

「강제로 서명했나요?」

「아뇨.」

「그럼 사실대로 진술하고, 여기다가 이렇게 서명까지 해 놓고 지금 와서 부인하는 건 뭐야?」

재판장은 서류를 흔들어 댔다. 태오는 머리를 긁었다.

「사실대로 진술한 게 아닙니다.」

「그럼 뭐야? 거짓말이란 말인가?」

「그렇다고 볼 수 있죠. 잠도 안 재우고 귀찮게 굴어서 묻는 대로 대답했을 뿐입니다. 그리고 서명한 겁니다.」

「한마디로 귀찮아서 서명한 거다 이 말인가요?」

「네, 그렇습니다.」

방청석에서 다시 소요가 일었다. 웅성거리는 소리에 재판장은 급히 탁자를 두드렸다.

「피고는 이번 사건이 자신에게 얼마나 중요한가를 모르고 있는가?」

「잘 알고 있습니다.」

「그렇다면 귀찮다고 해서 거짓 진술을 하고 거기에 서명할 수 있나?」

「하여튼 귀찮아서 그랬습니다.」

「좋아요.」

　재판장은 노골적으로 불쾌한 빛을 보였다.

「진술 내용을 부인하든 안하든 그건 피고의 자유입니다. 본 법정은 거기에 상관하지 않고 지금까지 나타난 증거 및 증언을 토대로 피고의 유죄 여부를 결정할 것입니다.」

「나는 살인하지 않았어요.」

「조용히 하십시오.」

「나는 살인범이 아니에요.」

「그건 본 법정에서 결정할 일입니다. 조용히 하시오.」

「살인범이 아니라니까요.」

「알았어요. 조용히 해요.」

「살인범은 따로 있어요.」

「더 이상 떠들면 궐석 재판을 하겠소.」

　재판장은 탁자를 치며 일어났다. 그리고 휴정을 선언했다.

움직일 수 없는 증거들이 그를 결정적으로 불리하게 만들었다. 그러나 무엇보다도 웨이터를 비롯한 몇 사람의 증언이 그를 꼼짝없이 진범으로 몰아넣었다.

「제가 15층 20호실 앞을 지나가는데 그 사람이 거기서 막 나왔습니다. 19호실 손님이 왜 그 방에서 나올까 하고 이상하게 생각했습니다. 그래서 불렀더니 막 도망쳤습니다.」

이것은 가장 결정적인 증언으로서, 웨이터가 한 말이었다.

그러나 뭐니 뭐니 해도 태오를 놀라게 하고 분노케 한 것이 나기룡이 증언대에 나타난 것이었다. 그를 보자마자 태오는 수갑 찬 손을 흔들면서

「저놈을 간통죄로 고발합니다!」

하고 소리쳤다.

장내는 다시 웃음바다가 되었다. 구경하는 사람들로서는 더없이 재미있는 장면이 아닐 수 없었다.

나기룡은 수치심으로 벌겋게 달아오른 얼굴을 손수건으로 연방 닦고 있었다. 계속 고함을 질러 대던 태오는 교도관의 제지를 받고서야 입을 다물었다.

「피고에게는 법정 모욕죄에 소란죄를 적용할 방침입니다.」

재판장은 엄하게 경고하고 나서 나기룡에게 증언하라고 말했다.

증언대에 선 나기룡은 잔기침을 몇 번 하고 나서 조심스럽게 입을 열었다.

「이 자리에 서게 된 것을 부끄럽게 생각합니다. 저는 제가 저지른 불륜에 대해서는 얼마든지 처벌을 달게 받겠습니다. 그러나 저는 여기서 분명히 말씀드릴 게 있습니다. 우리는 불륜인 줄 알면서도 서로 깊이 사랑했습니다. 어쩔 수가 없었습니다.」

「우리란 누구와 누구를 가리키는 건가요?」

「저와…… 피살된 윤영해 씨 입니다.」

「두 사람이 알게 된 건 언제부터였지요?」

「지난 2월 중순경…… 어떤 분의 소개로 알게 됐습니다.」

「그럼 알게 된지 얼마 안 됐군요. 사귄 지 한 달 남짓 한 기간에 그렇게 사랑할 수 있나요?」

「하여튼…… 우리는 사랑했습니다.」

「육체관계도 가졌나요?」

「네……」

「몇 번이나 가졌나요?」

「거의 매일…… 호텔에서……」

「알겠습니다.」

태오는 검정 고무신발로 시멘트 바닥을 토닥거리고 있었다. 그는 어떤 환청을 듣고 있는 듯했다.

「피살된 윤영해 씨와는 어떻게 할 생각이었나요?」

「우리는…… 결혼할 생각이었습니다.」

「물론 합법적으로 결혼할 생각이었죠?」

「네, 유영해 씨는 남편과 이혼하려고 했습니다. 위자료가 많이 들더라도 이혼하려고 했습니다. 그런데……」

나기룡은 최태오를 힐끗 바라보았다. 검사가 다그쳤다.

「그런데 뭡니까?」

「남편이 이혼을 해 주지 않는다고 고민했습니다. 남편은 절대 이혼할 수 없다고 그런 모양입니다.」

「그래서 어떡했나요?」

「계속 남편을 설득해 보기로 했습니다.」

「윤영해 씨가 남편과 이혼하려고 한 이유는 뭔가요?」

「남편을 사랑하지 않았습니다. 그리고 보다 중요한 이유가 하나 있습니다만…… 여기서는 말씀 드리기가 곤란합니다.」

「괜찮아요. 말해 봐요.」

검사가 재촉했다. 성미가 꽤 급한 사람이었다.

나기룡은 태오 쪽을 바라보며 머뭇거리다가 마침내 결심한 듯 입을 열었다.

「그럼 말씀 드리겠습니다. 윤영해 씨는 밤에 잠자리에서……」

그때였다. 태오가 악을 썼다.

「야, 이 개 새 끼 야!」

교도관 두 명이 달려들어 그의 팔을 양쪽에서 움켜잡고 비틀었다.

실내는 한동안 소란스러웠다. 그러나 재판장이 다시 또 경고하자 금방 조용해졌다.

「다시 또 소란을 피우면 피고를 퇴장시키시오!」

재판장은 교도관들에게 단단히 지시를 내린 다음 증인에게 계속하라고 일렀다.

나기룡은 조심스럽게 눈치를 살피면서 해서는 안 될 말을 꺼내 놓았다.

「윤영해 씨는 밤에 잠자리에서 남편에게 만족을 못 느꼈던 것 같습니다.」

방청석 쪽에서 수런거리는 소리가 들려 왔다.

나기룡은 부들부들 떨어대고 있었다.

「좀 더 자세히 말해 보시오. 구체적으로 말이오.」

「구체적으로 말씀드려서…… 윤영해 씨는 너무 오랫동안 독수공방했습니다.」

「별거했다는 말인가요?」

「아닙니다. 한 지붕 밑에서 살면서도 관계를 가지지 못했다는 말입니다.」

「왜? 이유가 뭐죠?」

검사가 앞으로 상체를 기울였다.

「남자 쪽에 결함이 있었던 것 같습니다.」

「무슨 결함 말인가요?」

「임포였다고 들었습니다.」

그 한마디에 모든 것이 정지해 버린 듯했다. 실내는 갑자기 기침 소리 하나 없이 조용해졌다. 태오는 고개를 숙인 채 분노로 몸을 떨고 있었다.

「임포라면…… 발기 불능이란 말인가요?」

검사는 거북스러워하면서도 물을 것을 다 물었다. 나기룡은 고개를 끄덕거렸다.

「윤영해 씨는 아기를 낳고 싶어했습니다. 그렇지만 이혼하지 않는 한 아기를 가질 수가 없었습니다. 생각하면…… 불쌍한 여잡니다.」

말을 마친 그는 손수건을 꺼내 눈물을 닦았다. 마치 자기의 아내를 잃기나 한 듯이.

나기룡의 증언이 끝나자 검사는 헛기침을 하고 나서 결론적으로 말했다.

「피고는 성생활에 불만을 느낀 아내가 이혼을 요구하자 질투 끝에 살해할 것을 결심, 치밀한 계획을 세운 다음 살해한 것이 틀림없습니다.」

조금 후 최태오에게 사형이 구형되었다. 구형이었지만 사형이라는 말을 듣는 순간 그는 비틀거렸다.

「나는 범인이 아니야! 범인은 따로 있어! 난 아니란 말이야! 난 살고 싶어! 살아야 해!」

교도관들에게 끌려가면서 그는 고래고래 소리를 질러댔다.

아내가 외간 남자와 간통했기 때문에 그녀를 살해했다는 범행동기가 어느 정도 정상 참작이 될 수 있었다.

검사로부터 사형을 구형받은 그는 며칠 후 다시 법정에 나가 사형보다는 좀 나을지 모르는, 그러나 분명히 죽음과 다름없는 무기징역을 선고 받았다. 그때 그는 전처럼 발악하지는 않았다. 그 대신 킥킥거리며 웃었다.

재판장이 마지막으로 할 말이 없느냐고 물었을 때에도 그는 킥킥거리고 웃기만 했다.

그 후 그는 사흘 동안 식음을 전폐하고 오직 한가지 생각만 했다. 그것은 살아야 한다는 생각이었다. 법의 판결을 그대로 받아들이고 감옥에서 평생을 지낸다는 것은 도저히 생각할 수 없는 일이었다.

나흘째 되는 날 그는 막연하나마 한 가지 굳은 결심에 도달했다.

그리고 건강을 위해 억지로 식사에 손을 댔다. 법이 오판을 내린 이상 법에 항거할 수밖에 없다고 그는 생각했다.

그 구체적인 방법을 모색하면서 그는 하루하루를 울분과 회한 속에서 보냈다. 한 번도 소홀한 법이 없이 끊임없이 기회를 노렸지만 여간해서 적당한 기회는 오지 않았다.

그 동안 그는 절차를 밟아 항고했다. 어떻게 해서든지 적절한 방법을 통해 억울한 누명을 벗어 보고 싶었다. 그러나 그의 그러한 바람은 한낱 쓸모없는 몸부림에 지나지 않았다.

항고는 기각되고, 그는 무기수로 확정되었다. 이제는 죽을 때까지 교도소에서 지내야 하는 것이다.

밤마다 그는 싸늘한 콘크리트 벽에 얼굴을 댄 채 소리 없이 눈물을 흘렸다. 어쩌다가 자신이 이렇게 비참한 신세가 되었는지, 생각할수록 견딜 수가 없었다.

낮이 되면 그는 완전히 다른 모습으로 변했다. 그는 오로지 일에만 전념했다. 그가 맡은 일은 목공일이었다. 그는 하루 종일 말 한 마디 없이 일만 했다. 조그만 실수도 범하지 않으려고 그는 모든 일에 정성을 다했다.

그 결과 얼마 가지 않아 그에게는 모범수라는 딱지가 붙게 되었다. 그러나 그는 조금도 기뻐하는 기색을 보이지 않았다.

어느덧 세 계절이 지나가고 겨울이 다가왔다.

태오는 계획을 포기하지 않은 채 적당한 기회만 찾아오기를 기다렸다. 그는 반드시 그러한 기회가 올 것이라고 믿었다. 마침내 그러한 기회가 찾아왔다. 그 해도 거의 지나갈 무렵인 12월 24일, 성탄 전날이었다.

으레 연말이 되면 그러는 것처럼 그 날도 아침부터 외부 사람들이 선물 꾸러미를 잔뜩 들고 찾아와 도식적인 행사를 벌이다가 가곤 했다. 그는 그들의 움직임 하나하나를 무표정한 얼굴로 바라보곤 했다. 모범수인 그는 다른 모범수들과 함께 방문객들을 안내해 주는 역할을 맡고 있었다.

저녁때가 되어 마지막으로 한 떼의 교회 신자들이 몰려왔다. 50여 명이나 되는 많은 수의 사람들이었다.

태오는 그들을 유의해서 관찰해 보았다. 여느 단체와는 달리 나이가 고르지 않고 20대에서 40대 사이의 남녀들로 구성되어 있는 것이 특징이었다.

그들은 강당에 죄수들을 모아 놓고 예배를 보았는데, 예배 방법이 유난히 요란스러웠다. 손뼉을 치기도 하고, 탁자를 두드리기도 하면서 그야말로 광란하듯 예배를 보았다. 격정에 못 이겨 흐느끼는 신자들이 대부분이었다. 죄수들은 시종 어리둥절한 얼굴로 앉아 있었다.

기도 내용은 하나같이 "주님께옵서 이 버림받은 불쌍한 양들을 보살펴 달라"는 것이었다.

태오는 뱃살이 뒤틀리면서 구역질을 느꼈다. 하나의 모순이 법의 보호를 받으며 암처럼 퍼지고 있다고 생각했다.

순서에 따라 여러 가지 놀이가 시작되었다. 모범수 완장을 한 그는 한쪽 구석에 서서 30대의 사내를 유심히 관찰했다.

그 사내는 몸집이나 키가 그와 비슷했다. 머리에는 빨간 털모자를 뒤집어쓰고 있었고, 눈이 몹시 나쁜지 검은 테의 도수 높은 안경을 쓰고 있었다. 빨간색을 좋아하는지 역시 붉은색의 등산용 파카를 입고 있었다.

그 사내는 놀이에 매우 열심이었다. 너무 열심이어서 땀까지 뻘뻘 흘리고 있었다.

마지막 순서로 포크 댄스가 시작되었다. 그때쯤에는 죄수들도 제법 흥에 겨워하고 있었다.

태오는 여전히 한쪽 구석에 서서 빨간 모자의 사내를 바라보고 있었다.

그 사내는 끊임없이 웃으면서 춤을 추고 있었다. 남녀 신도들과 죄수들은 손에 손을 잡고 큰 원을 그리며 강당 안을 돌아가고 있었다.

그가 서 있는 앞을 빨간 모자의 사내가 두 번 지나쳤을 때 태오는 강당을 슬그머니 빠져 나왔다.

강당 왼쪽으로 한참 걸어가다 보면 복도는 오른쪽으로 구부러진다. 복도 양편은 감방이다. 다시 한참 걸어가면 복도가 이번에는 왼쪽으로 구부러진다.

감방마다 텅 비어 있었다. 모두가 강당에 나가 있었다. 복도 끝에 플라스틱으로 만든 대형 쓰레기통이 있었다. 복도 끝은 철문으로 막혀 있었다.

철문은 하루에 한 번씩 열린다. 쓰레기통을 내가기 위해 오후 5시 정각이면 열린다.

쓰레기통 뚜껑을 열어 보았다. 새로 갈아 놓았기 때문에 안은 텅 비어 있었다. 뚜껑을 닫아 놓고 강당으로 돌아왔다. 여전히 포크댄스가 계속되고 있었다. 빨간 모자의 사내를 다시 바라보았다. 가장 적당한 상대인 것 같았다.

빨간 모자가 그가 서 있는 앞을 지나치기를 기다렸다가 자연스럽게 안으로 끼어들었다.

빨간 모자가 그를 보고 웃었다. 오른쪽은 여자였다. 앳되게 생긴 처녀였다. 조그만 손이 따뜻하고 보드라웠다. 가슴이 뭉클하고 젖어 왔다.

「저도 교회에 다녔습니다.」

「아, 그랬어요? 반갑습니다.」

그는 스텝을 밟을 줄 몰라 발이 뒤엉켰다.

「선물을 하나 드릴 게 있는데, 받아 주시겠습니까?」

「저한테 말입니까?」

사내의 두 눈이 안경 너머에서 크게 떠졌다. 왜 하필 자기한테 그런 말을 하는지 이해가 가지 않는다는 표정이었다. 그러나 그 이유를 캐묻지는 않았다.

사내는 한창 열기를 띠고 있는 원무에서 빠져 나와 태오 곁으로 다가왔다.

「무슨 선물을 하시겠다고 그러십니까?」

「여기서야 뭐 돈 주고 살 수 있는 것도 없고…… 제가 심심풀이로 하나 만들어 본 겁니다. 제 성의로 알고 받아 주십시오.」

「고맙습니다. 그렇다면 받겠습니다.」

「저쪽으로 가실까요? 아무 데고 놔 둘 수가 없어 저쪽에 숨겨 놓았습니다.」

「따라가도 괜찮습니까?」

「저를 따라오시면 괜찮습니다. 아무도 터치할 사람이 없습니다.」

빨간 모자는 어쩐지 이상하다는 듯 한 표정을 지었지만 호의를 무시하기가 난처했던지 결국 태오를 따라나섰다.

「보잘 것 없는 저희들을 위해 이렇게 수고를 해 주시니 정말 뭐라고 감사해야 할지 모르겠습니다. 오늘은 정말 인상 깊었습니다. 두고두고 잊지 않겠습니다.」

태오는 복도를 걸어가는 동안 마음에도 없는 말을 자꾸 주워섬겼다. 사내는 기분이 좋아졌는지 히죽히죽 웃으며 겸손을 보였다.

「원, 별말씀을 다 하십니다. 우리는 다만 여러분들이 결코 외롭지 않다는 것을 알려 드리고 싶어서…… 그러니까 여러분들한테도 친구가 있다는 것을 알려 드리고자 찾아온 겁니다. 자주자주 만납시다.」

「거짓말 마라, 이 자식아.」

태오는 두 번째 모퉁이를 돌아섰다.

조금 후 그들은 쓰레기통 앞에 멈춰 섰다. 태오는 뚜껑을 열고 안을 가리켰다.

「바로 저겁니다. 괜찮으실는지요.」

「아, 좋은데요.」

우습게도 사내는 먼저 대답부터 했다. 그런 다음 쓰레기통 안을 힐끗 들여다보았다. 안은 텅 비어 있었다. 순간 속았다고 생각하면서 죄수를 바라보았다.

죄수는 어느 새 쇠망치를 오른손에 움켜쥐고 있었다. 눈은 살기를 띠고 있었다. 사내는 두 손으로 앞을 가리면서 소리치려고 했다.

그러나 그보다 먼저 쇠망치가 곧장 이마 위로 날아들었다. 딱 하는 소리와 함께 사내의 몸이 휘청했다. 태오는 다시 한 번 망치로 상대의 머리통을 후려쳤다.

사내는 비명 한 번 지를 겨를도 없이 무릎을 꺾으며 앞으로 쓰러졌다.

태오는 먼저 자신의 겉옷부터 벗은 다음 쓰러진 사내의 옷을 벗겼다. 오랫동안 기다려 온 기회였지만 막상 부딪치자 허둥거리지 않을 수 없었다. 옷을 갈아입은 다음 털모자를 푹 눌러쓰고 안경까지 썼다.

사내의 얼굴은 온통 피투성이였다. 죽었는지 그는 꼼짝도 하지 않고 있었다. 죽일 생각은 없었다. 적당히 때려눕히고 옷을 뺏어 입을 생각이었다.

그러나 일단 부딪치자 사정을 보고 어쩌고 할 겨를이 없었다. 축 늘어진 사내를 들어서 쓰레기통 속에 거꾸로 처박았다. 벗어 놓은 옷으로 바닥에 묻은 피를 대강 닦은 다음 그것을 통속에 던져 놓고 뚜껑을 덮었다. 쇠망치는 파카 주머니에 도로 집어넣었다.

얼굴이 온통 땀으로 젖어 있었다. 소매로 땀을 닦고 돌아섰다. 순식간에 일어난 일이라 자신도 어리둥절할 정도였다.

뚜벅뚜벅 구둣발 소리가 들려 왔다. 천천히 강당 쪽으로 걸어갔다. 모퉁이를 돌아서자 교도관 하나가 다가오고 있었다. 교도관의 시선이 따갑게 느껴졌다.

「여기, 화장실이 어느 쪽에 있나요?」

「저쪽으로 가셔야 합니다.」

교도관이 반대 쪽 방향을 가리켰다.

「아, 그래요. 난 이쪽인 줄 알고……」

서두르지 않고 천천히 걸어갔다.

강당에서는 포크 텐스가 끝나고 이별의 노래가 울려 퍼지고 있었다.

조용히 안으로 들어서서 노래를 따라 불렀다. 얼굴에서는 계속 진땀이 흘러내리고 있었다. 돗수 높은 안경을 끼고 있어서 시야가 어지러웠다. 눈을 감고 노래를 불렀다.

노래가 끝나자 닥치는 대로 악수를 나누었다. 여기저기서

"메리 크리스마스!"

하는 소리가 들려 왔다. 그도 같은 죄수의 손을 잡아 흔들며

「메리 크리스마스!」

하고 말했다.

「메리 크리스마스……」

「메리 크리스마스……」

「메리 크리스마스……」

신도들 사이에 섞여 밖으로 빠져 나갔다. 복도를 한참 걸어가면 쇠창살로 된 이중문이 있다. 문 저쪽 양편에 교도관 두 명이 언제나 버티고 서 있다.

문이 열리고 한 사람 한 사람씩 빠져 나갔다. 그의 차례가 되었을 때 전신에 소름이 돋았다. 억지로 미소를 지으며 문 밖으로 나갔다.

「수고하십시오.」

점잖게 인사하자 그들도 고개를 끄덕했다.

마지막으로 철문 앞에 다다랐다. 역시 교도관 두 명이 버티고 서 있다. 한쪽 옆에는 책상이 놓여 있었고, 그 앞에 뚱뚱한 교도관이 버티고 앉아 들어올 때 맡긴 주민등록증을 일일이 얼굴을 대조하며 내주고 있었다.

태오는 파카 가슴팍에 달린 「방문」이라고 쓰인 표식을 떼어 교도관에게 내밀었다.

불빛이 밝지 않은 것이 퍽이나 다행이었다. 교도관은 주민등록증에 붙은 사진과 그의 얼굴을 대조해 보고 나서 한순간 멈칫했다.

태오는 숨이 멎는 것 같았다. 오싹 소름 끼치는 전율을 느끼면서 가만히 서 있었다. 교도관이 다시 사진을 들여다보았다. 그리고는 무겁게 끄덕거렸다.

태오는 소리 없이 한숨을 내쉬었다. 등골로 식은땀이 흐르고 있었다.

철문을 나서면 바로 운동장이다. 밖에는 어느 새 함박눈이 내리고 있었다. 신자들이 환호성을 질렀다.

넓은 운동장 둘레로는 높은 담벼락이 삥 둘러서 있었다. 담벼락에는 일정한 간격으로 전등이 달려 있어서 담 밑을 대낮같이 밝혀 주고 있었다. 그는 망루 쪽을 바라보았다.

운동장 네 귀퉁이마다 하늘을 찌를 듯이 높은 망루가 세워져 있었다. 낮이면 그 위에 총을 든 교도관이 서 있는 것이 보이곤 했다.

탈옥이란 생각할 수도 없는 일이다. 그러나 그는 그것을 실행에 옮기고 있었다.

운동장에는 버스가 대기하고 있었다. 태오는 신자들 속에 섞여 버스에 올랐다. 도망치기 쉽게 출입구 옆에 자리를 잡고 앉았다. 예쁘장하게 생긴 처녀와 같은 자리였다.

그는 얼굴이 보이지 않도록 창밖을 바라보았다. 솜같이 부드러운 함박눈이 펑펑 쏟아지고 있었다. 그야말로 그리스도의 탄생을 축복하는 것 같았다.

담 밖으로 빠져 나가기만 하면 탈출은 성공이다. 거기서부터는 동서남북으로 뛸 수 있다. 그는 초조하게 버스가 출발하기를 기다렸다. 탐스럽게 내리는 눈에 취했는지 신자들이 은은한 목소리로 성가를 합창하기 시작했다.

마침내 버스가 움직였다. 그는 떨리는 손을 보이지 않으려고 주먹을 꽉 움켜쥐었다. 가슴이 쿵쿵 뛰고 있었다.

버스가 정문에 도착했을 때 그는 너무 초조하고 불안한 나머지 숨쉬기조차 거북할 정도였다. 얼굴은 진땀이 배어나와 번들거리고 있었다.

교도관 한 명이 차에 올라왔다. 최종 확인을 하기 위해서였다. 그러나 이미 안에서 확인이 끝났기 때문에 형식적인 절차에 불과했다.

교도관이 확인을 끝내고 차에서 내리자 태오는 비로소 안도의 한숨을 내쉬었다.

육중한 철문이 둔중한 소리를 내면서 열렸다. 성가 소리가 더욱 높아지면서 버스는 정문을 천천히 빠져 나갔다.

태오는 창문에 머리를 기댄 채 눈을 감았다. 마침내 탈옥에 성공했다는 승리감과 함께 새로운 공포가 가슴을 덮쳐 오고 있었다. 이번에 체포되면 물어 보나마나 사형이다. 절대 체포돼서는 안 된다. 무슨 수를 써서든지 살아남아야 한다.

그러나 막상 탈옥하고 보니 이 넓은 세상 천지에 갈 곳이 있을 것 같지가 않았다. 이 추운 겨울밤에 돈 한 푼 없이 어디로 간단 말인가?

누가 어깨를 흔드는 바람에 그는 눈을 떴다. 옆자리의 처녀가 그를 흔들고 있었다.

「목사님이 불러요..」

그는 파카 주머니에 들어 있는 쇠망치를 움켜쥐고 숨을 몰아쉬었다. 어떻게 해야 할지 얼른 판단이 서지 않았다.

「집사님 목사님이 불러요..」

옆자리의 처녀가 다시 그의 옷자락을 잡아당기고 있었다. 그는 더 이상 피할 수 없다고 생각했다. 고개를 돌려 처녀를 바라보았다.

시선이 마주치자 처녀는 웃으려다가 말았다. 동그란 두 눈이 더욱 커지더니 곧 창백하게 질린 얼굴로 주춤주춤 일어섰다.

태오도 벌떡 일어섰다.

「어머나!」

처녀가 비명을 지르며 뒤쪽으로 뛰어가자 태오는 출입문을 열어젖혔다. 찬바람이 확 몰려 들어왔다.

「스톱!」

영문을 모르는 운전사가 차를 급정거시켰다.

「저, 저, 저, 저, 저 사람…… 아니에요! 집사님이 아니에요!」

「뭐라고?」

신자들이 우르르 일어났을 때 태오는 이미 밖으로 뛰어내리고 있었다.

「탈옥수다!」

「저놈 잡아라!」

증오의 함성을 들으며 그는 정신없이 달려갔다.

한참을 그렇게 달려가자 뒤쫓는 소리가 점점 멀어지더니, 이윽고 들리지 않게 되었다. 그는 헐떡거리며 얼굴에 흐르는 땀을 닦았다.

화려한 폭발

거리는 사람들로 넘쳐흐르고 있었다. 모두가 크리스마스이 브를 즐기러 나온 사람들이었다. 때맞춰 함박눈까지 내리고 있어서 거리의 무드는 겨울 밤 같지 않게 열기를 띠고 있었다.

태오는 어깨를 웅크리고 서서 징글벨 소리에 귀를 기울이고 있었다. 벌써 10여분 동안 그렇게 꼼짝 않고 서 있었다. 갈 데가 없었기 때문이다. 무엇보다도 당장 몸을 숨길 데가 없었다. 빨간 색의 털모자와 파카는 바로 수사망의 표적이 될 것이다. 탈옥한지 한 시간 남짓 지난 것 같았다. 그 시간이면 충분히 수사망이 펴질 시간이다.

그는 주위를 둘러보다가 골목으로 급히 들어섰다. 순찰 경관 두 명이 막 골목 앞을 지나쳐 갔다. 어깨에 카빈총을 걸고 있는 것이 일반적인 순찰과는 다른 것 같았다.

골목 안으로 깊숙이 들어가던 그는 갑자기 멈춰 섰다. 한 사람이 어두운 구석에 쭈그리고 앉아 토하고 있었다. 몹시 취한 것 같았다. 중년쯤 되는 사내였다.

실컷 토하고 난 사내는 몸을 일으켜 간신히 비틀비틀 몇 걸음 옮기다 말고 힘없이 픽 쓰러졌다. 다시 일어나려고 몇 번 시도했지만 끝내 일어나지 못한 채 사내는 길바닥 위에 길게 드러누워 버렸다.

태오는 그 쪽으로 다가가 사내를 가만히 흔들었다.

「여, 여보세요! 일어나세요!」

사내는 드러누운 채 뭐라고 중얼거렸는데 잘 알아들을 수가 없었다.

「여, 여보세요!」

「눠아! 너…… 너…… 누구야?」

「접니다.」

「아, 너구나.」

「여기 누워 있으면 얼어 죽습니다. 자, 갑시다.」

사내를 부축해서 여관 쪽으로 걸어갔다. 사내는 축 늘어져서 따라왔다.

「난…… 난…… 네가 좋아.」

「알고 있습니다.」

「음…… 음……」

거의 의식을 잃은 사내는 더 이상 말하지 않았다.

여관 문을 밀고 들어가자 젊은 청년이 뛰어나와 사내를 부축했다.

「주무시고 갈 건가요?」

「음, 그래. 따뜻한 방 하나 부탁해.」

방으로 들어가자마자 태오는 방문을 걸어 잠근 다음 사내의 호주머니부터 뒤졌다. 사내는 죽은 듯이 누워 있었다.

지갑을 빼내 열어 보니 빳빳한 만 원짜리 지폐가 한 뭉치 들어 있었다. 자기앞수표도 여러 장 들어 있었다. 하늘이 준 기회 같았다.

사내의 코트와 양복을 벗겨 냈다. 와이셔츠와 넥타이도 뽑아내 죄수복과 갈아 치웠다. 모든 것이 딱 들어맞았다. 양말까지 벗겨내 갈아 신었다. 팔목에 찬 오메가 시계도 벗겨 냈다. 지갑은 통째로 집어넣었다.

사내가 추운지 몸을 오그렸다. 이불을 덮어 씌워 주고 밖으로 가만히 나왔다. 빨간 모자와 파카는 그대로 방에 내버려 둔 채였다.

현관으로 나와 사내의 구두를 신었다. 허리를 펴자 보이가 이상하다는 듯이 그를 바라보았다.

「가시는 겁니까?」

「아, 아니야. 좀 나갔다 올 거야.」

「그럼 방세를 미리 좀 주시고 갔으면 좋겠는데요.」

「좋도록 하지.」

그는 만 원짜리 지폐를 꺼내 주었다.

「나머지는 자네 가져.」

「감사합니다.」

밖으로 나온 그는 비로소 조금 안정이 되는 기분이었다. 먼저 급한 대로 가발 상점을 찾아 나섰다.

요소요소에 경찰이 집총한 채 서 있는 것을 보고 캡을 하나 사서 썼다. 한참 만에 겨우 가발을 파는 상점을 발견하고는 뛰어들어갔다.

물건을 정리하던 처녀가 반갑게 그를 맞았다. 그는 제일 좋은 것을 하나 골라 달라고 했다.

「왜 머리를 이렇게 빡빡 깎으셨어요?」

처녀가 이것저것 머리에 씌워 보면서 물었다. 그의 옆에 바싹 붙어서 앉았는데, 가발을 머리에 가져갈 때마다 처녀의 젖가슴이 그의 팔뚝에 와 닿곤 했다. 화장품 냄새와 함께 그에게 야릇한 충동을 불러일으켰다.

「절에 들어가서 공부 좀 하느라고 머리를 빡빡 깎았죠. 이젠 길러야지.」

「어머, 그래요? 무슨 공부를 하셨는데요?」

「고시 공부요.」

「어머, 그래요? 합격하셨나 보지요?」

「아뇨. 다섯 번 쳐서 다섯 번 다 떨어졌죠.」

「이거 어때요? 어울리는데요.」

그는 거울을 들여다보았다. 가발을 쓰고 있는 모습이 영 딴판이었다. 약간 귀를 덮은 것이 멋져 보였고, 전혀 가발 같지가 않았다. 조그만 두 눈이 음울한 빛을 띠면서 웃고 있었다.

「좋습니다. 얼마죠?」

「그건 좀 비싼데……」

여자가 우물쭈물했다. 빨간 셔츠에 감싸인 상체가 몹시 육감적이었다.

「좋아요. 얼맙니까?」

그는 지갑을 뽑아 들고 처녀의 젖가슴과 허리와 둔부를 재빨리 훑어보았다. 이상하게도 뜨거운 열기가 가슴을 쓸고 지나가고 있었다.

두 사람의 시선이 뜨겁게 부딪쳤다. 처녀는 약간 들창코에 얼굴빛이 가무잡잡한 것이 못생긴 편에 속했다.

그러나 몸매는 아주 훌륭해 보였다. 한마디로 팔등신이었다. 그리고 남자를 바라보는 눈빛이 다분히 도발적이고 요염했다. 남자에 굶주려 있는 것 같은 눈빛이었다.

「최소한 10만 원은 받아야 해요. 하지만 조금 깎아 드릴 수 있어요.」

「깎아 달라고는 하지 않았습니다.」

그는 빳빳한 만 원짜리 지폐 10장을 선뜻 내놓았다. 여자가 얼굴을 붉혔다.

「고맙습니다. 제가 차 한 잔 대접해 드리고 싶은데 시간 있으세요?」

「시간이야 있지만 굳이 뭐……」

「아니에요. 그렇지 않아도 지금 막 문을 닫으려던 참이었어요. 잠깐만 기다려 주세요. 네?」

태오는 미소 지으며 그녀의 움직임을 가만히 지켜보았다.

처녀는 들뜬 모습으로 가게 안을 후닥닥 치우고 나서 옅은 회색 빛 나는 코트를 집어 들었다. 두 사람은 시선이 마주치자 아주 친숙한 사이인 듯 서로 웃어 보였다.

가게를 나온 그들은 어깨를 나란히 하고 걸어갔다. 다방까지 가는 동안 처녀는 눈송이를 손으로 받으면서 연방 흰 이를 드러내고 웃었다.

「크리스마스이브 때 이렇게 눈이 많이 오기는 몇 년 만에 처음이에요.」

「그런가요? 눈이 오니까 좋긴 좋은데요.」

그 역시 기분이 좋은 듯 웃었다. 그러나 조그만 두 눈은 끊임없이 주위를 살피고 있었다.

어디나 사람들이 넘쳐흐르고 있었다. 그들이 들어간 다방에도 사람들이 꽉 들어차 있었다.

가까스로 빈 자리를 찾아 나란히 자리를 잡고 앉은 그들은 커피를 시켜 마셨다.

「참, 아까 말씀 듣다 말았는데…… 그거 정말이세요?」

「뭐 말입니까?」

그는 담배에 불을 붙였다. 오랜 만에 피워 보는 담배였다. 연기를 가슴 깊이 들이마시자 머리가 핑 돌았다.

「다섯 번 시험 보셨다는 거 말이에요.」

「아, 그거…… 거짓말한 거 같나요?」

「아, 아뇨. 그런 게 아니라…… 또 보실 건가요?」

「아뇨, 이젠 지긋지긋합니다. 법전 때려치우고 사업이나 해야지.」

「무슨 사업 하시려구요?」

「글쎄…… 우선 뭐 청춘사업이나 해야겠죠.」

「어머머, 그것도 사업인가요?」

여자는 재미있다는 듯 깔깔거리며 웃었다.

「사업이죠. 사업 중에서도 가장 중요한 사업이죠.」

「아직 미혼이신가 보지요?」

여자의 눈길이 점점 깊어지고 있었다. 그는 가볍게 고개를 끄덕였다.

「아가씨는……?」

「전 혼자 살 거예요.」

「그래서 가게를 낸 건가요?」

「친척 언니의 가게예요. 그렇지만 언젠가는 저도 독립해서 하나 차릴 거예요. 살롱 같은 거 하나 차리고 싶어요.」

「좋죠. 혼자 살면서 그런 거 하나 차리면 생활 걱정 없고 좋을 겁니다. 빨리 하나 차리세요. 놀러 갈 테니까.」

「매일 놀러오세요.」

여자의 눈이 요염하게 웃었다. 그는 그녀의 귀 가까이 입을 가져갔다.

「오늘 밤 약속 있습니까?」

「아, 아뇨.」

여자는 기다렸다는 듯이 고개를 저었다. 태오는 그녀의 갈구하는 듯 한 시선을 느끼고는 기회를 놓치지 않고 한 발 더 다가섰다.

「약속이 없으시다면 함께 데이트하는 게 어떨까요? 나도 같은 신세니까……」

여자는 얼굴을 붉히면서 가만히 고개를 끄덕였다. 행복에 찬 표정이었다.

태오의 입장으로 볼 때는 허점을 노린 것이 제대로 맞아떨어진 셈이었다. 크리스마스이브인데도 데이트 신청 하나 받지 못하고 혼자 지낸다는 것은 여자로서는 더 할 나위 없는 고통이다. 그 고통에서 벗어나기 위해 지푸라기라도 붙잡고 싶은 것이 여자의 심정이다. 그 허점을 태오가 찌른 것이다.

예상했던 대로 여자는 적극적으로 응해 왔다. 이제 어떻게 요리하느냐 하는 문제만 남은 셈이었다.

그는 여자를 이용해서 안전한 도피처를 마련해 볼 생각이었다. 우선 수사망을 피해 안전하게 숨을 수 있는 장소가 제일 급했다.

여관이나 호텔은 너무 위험했다. 그런 곳은 틀림없이 이 잡듯이 뒤질 것이다. 연고지는 더더욱 위험하다. 막상 탈옥하고 보니 단 하룻밤 몸을 숨길 곳이 없다.

「댁은 어딘가요?」

다방을 나온 그들은 눈을 맞으며 인파 속으로 끼어들어 천천히 걸었다.

「저기…… 신촌 쪽이에요. 혼자 자취하고 있어요.」

「아, 그래요? 부모님은 어디 계시나요?」

「엄마만 계세요. 부산에 있는 오빠네 집에 함께 계세요. 저만 혼자 나와 있는 거죠.」

「외롭지 않아요?」

「외로울 때도 있지만 자유스러워요. 저…… 팔짱 끼어도 괜찮아요?」

그는 웃으며 팔을 벌렸다. 여자는 팔짱을 끼면서 바싹 밀착해 왔다. 젖무덤이 팔뚝에 물큰하게 느껴졌다.

「우린 아직 이름도 모르네요.」

「아, 그런가? 내 이름은 조명수…… 그쪽은……?」

「주신애(朱信愛)라고 해요.」

「나이는?」

「스물넷이에요. 거기는요?」

「서른둘……」

「댁이 어디세요?」

「돈암동…… 식사나 합시다.」

그는 한식집 앞에서 걸음을 멈추고 그녀를 돌아보았다. 몹시 배가 고팠던 것이다.

「어머, 아직 식사도 안하셨나요? 전 했는데……」

「한 그릇 더 먹지 뭐……」

오랫동안 짐승이나 먹기에 알맞은 식사만 해 온 그는 이제 사람다운 식사를 하고 싶었다.

안으로 들어가 맛있는 음식 냄새를 맡자 속이 뒤틀리는 것 같았다.

신애는 거의 수저를 들지 않았다. 그 대신 남자의 식사하는 모습을 자못 놀란 눈으로 바라보고 있었다. 그도 그럴 것이 남자는 밥 두 그릇과 삼인분의 불고기를 게걸스럽게 먹어치우고 있었던 것이다.

「몹시 시장하셨나 보지요?」

「아침부터 굶었더니……」

「그래요? 아니, 왜요?」

「뱃속이 좀 좋지 않아서요.」

「지금은 괜찮으세요?」

「괜찮으니까 이렇게 먹지요.」

「어머 땀을 많이 흘리네요.」

「그래요?」

그가 손등으로 땀을 닦으려 하자 신애가 분홍빛 손수건을 내주었다. 땀을 닦으면서 비로소 그는 자신이 진땀을 몹시 흘리고 있다는 것을 알았다.

밖으로 나온 그들은 아까보다 더욱 다정하게 걸었다. 남들이 보기에는 마치 오래 사귀어 온 연인들 같았다.

「경찰이 왜 저렇게 총을 들고 서 있죠?」

골목으로 꺾어들 때 여자가 물었다. 거리에는 경찰이 더욱 많아진 것 같았다.

「오늘 밤은 크리스마스이브라 사람들이 많아서 경비를 강화하느라고 그러겠지. 사고라도 날까봐.」

골목으로 들어선 그는 여자의 허리를 끌어안았다. 여자는 아무 저항 없이 끌려왔다.

「저쪽이 좋겠군.」

골목 안 어두운 곳으로 그들은 들어갔다. 눈이 하얗게 깔려 있었다.

여자의 숨결이 뜨겁게 부딪쳐 왔다. 코트 단추를 풀고 몸에 손을 대자 여자가 바르르 경련했다. 가슴에 손을 대자 그녀는 신음을 토하며 도발적으로 안겨 왔다.

태오는 여자의 입술을 덮쳐눌렀다. 신애의 혀가 그의 입 속으로 미끄러져 들어왔다. 이렇게 빠를 수가 있을까 하고 생각하면서 그는 털 셔츠 밑으로 손을 집어넣었다.

「아, 안돼요.」

「괜찮아.」

말과는 달리 여자는 격렬하게 몸을 밀어 왔다. 그는 브래지어를 헤치고 젖가슴을 움켜쥐었다. 젖이 커서 손바닥 가득히 들어왔다. 잘 발달된 탐스러운 젖가슴이었다. 더욱 뜨겁게 혀를 빨면서 손을 밑으로 내려 아랫배를 더듬었다.

매끄럽고 포근한 아랫배에 손이 닿자 여자가 몸을 틀었다.

「아, 안돼요. 서로 잘 알지도 못하는데……」

「이렇게 해서 알게 되는 거지.」

그는 지퍼를 밑에까지 내리고 손을 바지 속으로 더 깊숙이 찔러 넣었다.

「아, 안돼요. 만난 지 얼마 되지도 않았는데……」

「그게 무슨 문제야? 서로 호감을 느끼면 그 즉석에서도 맺을 수 있는 거 아니야?」

「저한테 호감을 느끼세요?」

「물론……」

부드러운 음모가 만져졌다. 그는 조심스럽게 그곳을 쓰다듬었다. 여자는 괴로운 듯 계속 신음을 토했다.

그의 남근이 돌기하더니 여자의 허벅지를 찔렀다. 그는 놀란 나머지 몸을 떨었다. 자신의 남근이 돌기하기는 실로 수년 만이었다. 놀라운 사실이었다. 쫓기고 있기 때문일까. 그것이 심리적으로 얼어붙은 남근에 어떤 영향을 준 것일까. 알 수 없는 일이었다.

「여기서는 안 돼요. 사람이 와요.」

두 사람은 얼른 떨어졌다.

남녀 한 쌍이 그들 옆을 지나쳐 갔다.

「둘만이 있을 수 있는⋯⋯따뜻한 방으로 들어갑시다.」

「좀 있다 가요. 술 한 잔 사 주세요.」

「그러지.」

그들은 부근에 있는 어느 삼류 호텔의 나이트클럽으로 들어 갔다. 실내는 장터처럼 붐비고 있었고, 사람들이 피워 대는 담 배 연기로 가득 차 있었다. 구석진 곳에 자리 잡고 앉자 신애는 거리낌 없이 그의 품에 안겨들었다. 그들은 껴안은 채로 맥주를 마셨다. 맥주 한 병씩을 마시고 나자 블루스곡이 흘러나왔다. 그들은 홀로 나가 끌어안고 돌아갔다. 무드를 맞춰 주려는 듯 그 렇지 않아도 침침한 불빛이 더욱 어두워졌다.

그는 계속 발기했다. 마치 봇물이 터지듯 줄곧 발기하고 있 었다. 여자의 노골적인 반응이 그것을 부채질하고 있었다.

「나가지. 더 참을 수 없어!」

그는 여자의 귀에 대고 다급하게 속삭였다. 자신의 능력을 빨리 확인하고 싶었다.

「네, 그래요!」

처녀도 급하다는 듯 말했다.

그들은 그곳을 나와 곧바로 호텔 객실로 올라갔다.

방안은 깨끗했다. 더블베드가 실내를 반쯤 차지하고 있었고, 한쪽에는 탁자와 TV세트가 놓여 있었다.

두 사람 다 급해 있었다. 여자가 전등을 끄는 것을 막았다.

「벗어, 빨리! 보고 싶어!」

신애는 몸을 돌리고 옷을 재빨리 벗었다. 그녀의 몸을 노려보면서 그도 옷을 벗어던졌다. 가발도 벗겨 냈다.

남근은 최대로 팽창해 있었다. 잘생긴 버섯처럼 그것은 위로 치솟아 있었다. 그것이 사그라질까 봐 그는 두려워했다. 두려움을 느낀다는 것 자체가 위험한 일이었다.

등을 보이고 있는 여자의 육체는 훌륭했다. 가는 허리 밑으로 탄력 있는 엉덩이가 둥그스름하게 원을 그리고 있었다.

「나를 봐!」

그는 낮게 소리쳤다.

여자는 시키는 대로 돌아섰다. 그리고 시선이 그의 남근에 부딪치는 순간

「어머!」

하면서 고개를 돌렸다.

「그대로 서 있어! 되도록 섹시하게 폼을 잡아 봐! 부끄러울 거 없어!」

여자의 젖무덤이 크게 흔들렸다. 크고 탄탄해 보이는 젖가슴이었다.

그늘진 여자의 눈이 비로소 이글거리기 시작했다. 여자가 교태를 보이면서 젖은 음성으로 말했다.

「맘대로 하세요!」

그는 여자의 하복부를 응시했다. 시커먼 음모가 빛을 받아 반짝거리고 있었다. 그렇게 무성한 숲은 처음이었다. 배꼽 가까

이까지 음모가 올라와 있었다.

그가 그대로 서 있자 여자가 더 기다릴 수 없다는 듯 가까이 다가왔다. 그리고 손을 뻗어 그의 남근을 쥐고 흔들었다.

「멋있어요!」

사실 그의 육체는 강인하게 단련되어 있는 편이었다.

그는 여자의 허리에 팔을 두르고 젖꼭지를 빨았다. 여자는 눈을 감으면서 흥분으로 몸을 떨었다. 입으로 빨아 댄 젖꼭지는 오디 열매처럼 검붉게 도드라지면서 금방이라도 터져 버릴 것만 같았다.

여자를 침대로 끌고 가 눕힌 다음 다리 사이로 들어갔다. 여자는 그의 남근이 깊이 들어갈 수 있도록 힘껏 다리를 벌려 주었다. 그리고 두 팔을 벌려 끌어안으려고 했다.

그는 침대 밑에 버티고 서서 여자를 내려다보다가 마침내 그의 그것을 여자의 거기에 맞추었다. 수년 동안 이룰 수 없었던 관계를 마침내 성공으로 이끌 수 있는 유일한 기회가 찾아온 것이다. 그로서는 그것이야말로 재생이나 다름없는 벅찬 순간이었다.

너무 벅차고 감격스러운 나머지 그는 눈앞이 뿌우옇게 흐려왔다. 이 기회를 놓쳐서는 안 된다! 여기서 성공해야 한다! 다시 실패하면 나는 절망이다!

마침내 그의 남근이 숲을 헤치고 돌진하려고 할 때, 귀신이 나타났다. 눈을 부릅뜬 여자 베트콩의 모습이었다. 까만 두 눈이 크게 확대되면서 무섭게 그를 응시하고 있었다.

「쌍년! 개 같은 년!」

그는 소리치면서 하체를 힘차게 밀어붙였다. 남근이 흡반을 열어젖히고 깊숙이 미끄러져 들어갔다. 성공이었다!

여자는 맹렬히 그를 흡수했다. 그의 전신이 불덩이가 되어 여자를 덮쳐눌렀다.

그의 넓은 가슴에 짓눌려 여자의 모습은 보이지 않았다. 두 다리만 위로 쳐들려 허우적거리고 있었다.

두 사람 밑에서 침대가 삐걱삐걱 소리를 냈다. 불과 두어 시간 전에 만난 초면의 남녀는 섹스의 극치를 향해 혼신의 힘을 쏟아내고 있었다. 두 사람 다 행위 자체에 계산이나 위선 같은 것은 없었다.

그는 여자를 끌어안은 채로 침대 위로 기어 올라갔다. 그리고 마지막 순간을 향해 기를 쓰고 돌진해 들어갔다.

여자는 계속 기쁨의 탄성을 질렀다. 너무 희열에 떠는 나머지 울음소리까지 내고 있었다.

극치의 순간이 오지 않을까 봐 그는 두려워했다. 그러나 그것은 기우에 불과했다. 마침내 그는 으스러지게 여자를 끌어안는 것과 동시에 화려하게 폭발했다. 몸이 부르르 떨렸다.

「으흐흐흐흐……」

너무 기쁜 나머지 웃음도 울음도 아닌 소리가 흘러나왔다. 욕실로 뛰어 들어가 샤워를 틀었다. 전신에 물을 받으면서 주먹으로 벽을 쳤다.

「으흐흐흐흐······」

몸부림치면서 흐느껴 울었다. 소리를 내지 않으려고 손으로 입을 막았다. 왜, 왜 이제서야 그것이 가능했단 말인가! 모든 것이 끝난 지금에 와서 사내구실을 하게 되다니, 이 무슨 아이러니인가!

그때 방 쪽에서 마감 뉴스를 알리는 소리가 들려 왔다. 그러나 그것이 그의 의식 속으로 흘러들어와 그로 하여금 위기를 느끼게 하기까지는 10분 정도의 시간이 흘렀다.

그가 급히 방안으로 들어왔을 때 신애는 텔레비전 화면에 나타난 얼굴을 응시하고 있었다. 바로 섹스의 향연을 벌인 남자의 얼굴이었다.

「······경찰은 현재 서울시 일원에 비상망을 펴고 탈옥수를 찾고 있습니다. 한편 중태에 빠진 교회 집사 김장호 씨는 병원에 옮긴 직후 숨졌습니다. 전대미문의 이 탈옥사건으로 말미암아 모처럼 성탄 무드에 젖어 있던 서울 거리에는 집총한 경찰들의 삼엄한 모습이······」

태오는 손을 뻗어 채널을 돌렸다. 그를 바라보는 여자의 눈이 공포로 굳어 있었다. 여자가 뭐라고 소리치기도 전에 그의 팔이 뒤에서 여자의 목을 휘어 감았다.

크리스마스이브가 지나고 날이 밝아 왔다.

시경 살인과의 우동일(禹東一) 형사는 상황실에 들어온 각종 사건들을 훑어보다가 그 중 한가지를 잡아냈다.

그것은 술 취한 중년 남자를 여관으로 유인해 소지품들을 절취해 간 사건이었다. 그의 시선을 끈 것은 옷까지 벗겨진 사실이었다.

한 시간쯤 지나 그는 관할 경찰서에 들러 그 사건에 관한 개요를 들었다. 그리고 범인이 여관에 벗어 놓고 갔다는 붉은색의 털모자와 파카를 보고는 그 범인이 바로 탈옥수 최태오 라고 단정했다. H교회 집사 김장호의 유족들과 교회 사람들이 뒤늦게 달려와 그것이 피해자의 옷가지임을 확인했다.

우 형사는 그 길로 피해자인 엄도만(嚴道晩)을 만나러 갔다. 어느 건설회사의 경리부장인 그는 넋이 빠진 모습으로 우 형사를 맞이했다.

「오늘부터 술을 딱 끊기로 했습니다.」

그가 내뱉은 첫마디였다.

「그놈의 술 때문에 패가망신하게 됐으니 원……」

연말이 되어 보너스까지 합쳐 1백만 원이 넘는 돈을 가지고 있었는데, 그 돈을 홀랑 도둑질 당했다고 한숨을 폭폭 내쉬었다. 그 때문에 아내는 보따리를 싸들고 친정으로 가 버렸다고 했다. 그는 정말 주독에 걸렸는지 코끝이 딸기처럼 불그레했다.

「그 사람 인상을 말해 주실까요?」

「그 사람 인상이요? 잘 모르겠는데요. 너무 취해서 기억이 안납니다.」

「도대체 누구하고 그렇게 술을 마셨나요?」

「크리스마스이브라고 해서 회사 직원들하고 한 잔 했지요. 마시고 보니 한 잔으로 됩니까? 한 잔이 두 잔 되고 두 잔이 세 잔이 되고……」

「도난당한 옷가지는 어떤 것이었나요?」

「네, 검정 코트에 밤색 양복, 그리고 흰 와이셔츠와 곤색 바탕에 흰 줄무늬가 있는 넥타이였습니다.」

붙들고 이거저것 물어 보았지만 참고가 될 만한 것을 얻어들을 수가 없었다.

우 형사는 종로 뒷골목에 있는 여관을 찾아갔다.

40대의 우 형사는 살이 몹시 쪄서 뚱뚱했다. 그래서 움직임도 꽤 둔해 보였다. 그러나 생긴 모습과는 달리 살인과의 베테랑 형사로 알려져 있었다.

일단 수사에 들어서면 그는 지칠 줄 모르고 뛰어다니는 성미였다. 그리고 냉혹했다. 인정이고 뭐고 가리지 않고 범인 체포에만 전력투구했다. 그러한 것을 아는 사람들은 그를 가리켜 냉혈한이라고 불렀다.

그는 붉고 살찐 얼굴에 점을 찍어 놓은 것 같은 유난히 적은 눈을 가지고 있었다. 눈이 너무 작아 눈동자가 거의 보이지 않았고, 그래서 표정이 나타나지 않는 것이 그의 특징이라면 특징일 수가 있었다.

감정의 기복을 전혀 드러내지 않고 맹렬히 대쉬하는 그의 모습은 한마디로 즉물적이라고 할 수 있었다. 주위 사람들이 자신을 그렇게 보고 있다는 것을 그는 잘 알고 있었다. 그러나 그는 그런 것에 개의치 않고 자기 스타일대로 일을 처리해 나갔고, 바로 그것을 자기 인생으로 삼았다.

　여관 청년은 범인에 대해 비교적 소상히 기억하고 있었다. 질문을 던지자마자 청년은 묻지도 않은 것까지 모두 털어놓으며 관심을 보였다.

「이 자 맞나?」

　우 형사는 최태오의 사진을 꺼내 보였다. 청년은 사진을 들여다보고는 물을 것도 없다는 듯 크게 고개를 끄덕였다.

「네, 바로 이놈입니다! 틀림없습니다!」

「뭐라고 하면서 나갔나?」

「잠깐 다녀오겠다고 하면서 나갔습니다.」

「어디에 간다고 하던가?」

「그건 말하지 않아 잘 모르겠습니다.」

　그때 우 형사가 가지고 있는 무전기가 삑삑 하고 울었다. 그는 무전기를 꺼내 들고 귀를 기울였다. 그것은 살인 사건 신고를 알리는 내용이었다.

　살인 사건 현장은 청계천 3가에 있는 어느 삼류 호텔 방안이었다.

피살자는 스물너댓쯤 되어 보이는 여자였다. 나체로 방바닥 위에 누워 있었는데 외상은 보이지 않았다. 육감적으로 발달된 몸매를 아까운 듯이 넋을 잃고 바라보다 말고 우 형사는 검시의 쪽으로 다가갔다.

「사인은 뭡니까?」

젊은 검시의는 여자의 목을 가리켰다.

「목뼈가 부러졌습니다. 질식사한 겁니다.」

「저런, 쯧쯧……」

젊은 남자와 함께 투숙한 것이 밝혀졌다. 숙박 카드는 구비되어 있지 않았다.

「왜, 카드가 없지?」

우 형사는 지배인을 노려보며 물었다. 지배인은 두 손을 맞잡고 머리를 조아렸다.

「죄송합니다. 어젯밤은 크리스마스이브라 긴밤 손님보다는 잠깐 놀다가 가는 손님이 많았습니다. 그래서 아예 카드 작성을 안했습니다. 정말 죄송합니다.」

우 형사는 웨이터를 바라보았다.

「범인의 인상착의를 말할 수 있겠나?」

「네, 자세히는 보지 않았지만 대충 기억은 납니다.」

「말해 봐!」

「약간 장발에 얼굴이 좀 길고 눈이 작았습니다.」

「키는?」

「중간 정도였습니다.」

「무슨 옷을 입었어?」

「검정 코트 차림이었습니다. 옷은 밤색 같고……」

「넥타이는?」

「잘 모르겠는데요.」

「음…… 이 사진 잘 봐. 혹시 이 자 아니던가?」

웨이터는 사진을 요모조모로 들여다보고 나서

「글세요. 비슷한 것 같기도 한데…… 그 사람은 머리를 길렀던데요.」

라고 말했다.

우 형사는 다른 사진을 내밀었다. 최태오의 머리를 기른 모습이었다. 그것은 체포 당시 경찰에서 찍어 둔 것이었다.

「네, 맞습니다! 바로 이놈입니다!」

웨이터는 두 번째 사진을 가리키면서 큰 소리로 말했다.

피살된 여자의 핸드백 속에 주민등록증이 있었기 때문에 피살자의 신원은 금방 밝혀졌다.

「가발 상점 처녀라면 다음과 같은 추리가 가능하다. 최태오는 맨머리를 감추기 위해 가발 상점에 들러 가발을 하나 구입했을 것이다. 그리고 처녀를 유인해서 호텔까지 끌고 가 정사를 벌였을 것이다. 놈은 발기 불능으로 알려져 있다. 그러나 처녀의 질 속에서 정액이 검출된 것을 보면 그렇지도 않은 것 같다. 그런데 왜 여자를 죽였을까? 놈은 벌써 두 사람을 살해했다. 보기

드문 살인마다! 혹시 여자가 자신의 정체를 알까 봐 죽인 게 아닐까?」

우 형사는 여기까지 생각하고 나서 탁자 위에 놓인 수화기를 집어 들었다. 이미 수사는 공개된 터였다. 공개수사로 놈을 궁지에 몰아 체포하는 것이 제일 손쉬운 방법일 것 같았다.

우 형사가 수화기를 든 지 30분도 채 못 돼 서울 시내에 깔려 있는 수사 요원들은 밤색 양복에 검정코트를 입은 사람을 찾기 시작했다.

최태오에게는 1백만 원이라는 돈이 더없이 큰 도움이 되었다. 그 돈이라면 당분간 숨어 있거나 피해 다니기에 불편하지 않을 것 같았다.

트랜지스터라디오를 하나 사 가지고 그는 뉴스 시간에만 귀를 기울였다. 경찰은 이미 그가 가발 상점 처녀를 살해하고 모습을 바꾼 것까지 알아내고 있었다.

수사망은 빠른 속도로 압축되고 있는 듯했다. 공개수사인 만큼 경찰뿐 아니라 일반 시민들까지도 그에게는 경계의 대상이 아닐 수 없었다.

이마에서는 계속 진땀이 배어 나오고 있었다. 자신이 사람을 두 명이나 죽였다는 사실이 도무지 믿어지지가 않았다. 처녀의 경우 엉겁결에 소리를 지르지 못하게 목을 쥔 것인데, 목이 부러져 죽은 모양이다. 사람이 그렇게 쉽게 죽을 것이라고는 미처 생각지도 못했다.

　체포되면 무조건 사형이겠지. 아내를 살해한 죄로 무기형을 선고받은 죄수가 교도소를 탈출했다. 그리고 두 사람을 살해했다. 어마어마한 범죄를 저지른 것이다. 이제는 내가 아내를 죽이지 않았다 해도 내 말을 믿을 사람은 아무도 없다. 아내는 제쳐 두고라도 나는 이미 두 사람을 죽인 탈옥수다.

　언젠가는 체포되어 사형당하고 말겠지. 체포되어 사형당하기 보다는 차라리 자살하는 편이 나을지 모른다.

　그는 자살에 대해 생각해 보았다. 절로 머리가 저어졌다. 살고 싶었다. 어떻게든 살고 싶었다. 아내를 죽인 범인을 찾아 낸 다음 국내를 탈출해서라도 목숨을 부지하고 싶었다. 끝까지 살고 싶었다.

　그는 지금 여관방에 틀어박혀 있었다. 금방이라도 임검 순경이 들이닥칠 것만 같아 마음이 조마조마했다. 현재의 차림새로는 밖으로 나갈 수도 없었다. 밖에 나가자마자 체포될 것이 뻔했다. 무엇보다도 먼저 옷을 갈아입을 필요가 있었다.

　옆방 문이 열리는 소리가 들려왔다. 문을 조금 열고 내다보았다. 중년의 사내 하나가 잠옷 바람으로 화장실 쪽으로 가고 있다. 손에 휴지를 들고 있다. 잠옷까지 준비해온 것으로 보아 지방에서 출장 온 사람 같다. 화장실에서 나오려면 10분쯤 걸릴 것이다.

　태오는 밖으로 나왔다. 복도에는 아무도 없다. 옆방 문을 잡아당겨 보았다. 문이 삐걱이며 열렸다. 방안을 들여다보았다. 아무도 없다. 방안에는 자리가 그대로 펴져 있었고 온갖 잡동사니가 어지럽게 흩어져 있었다, 몹시 지저분한 사나이 같았다.

방안으로 들어가 문을 닫고 양복과 넥타이를 옷걸이에서 벗겨냈다. 양복은 검정색이었다. 누구나 흔히 입는 무난한 색깔의 양복이었다. 넥타이도 검정색이었다.

재빨리 방으로 돌아왔다. 가슴이 쿵쿵 뛰고 등골로 식은땀이 흘렀다. 최고의 속도로 옷을 주워 입고 갖출 것을 갖춘 다음 밖으로 나왔다. 코트와 밤색 양복은 그대로 방안에 둔 채였다.

급히 구두를 신고 있는데 관리실 창문이 열리면서 중년 여인이 내다보았다.

「가시는 건가요?」

「아닙니다. 좀 나갔다가 오겠습니다.」

「오늘도 여기서 묵을 건가요?」

「네, 그럴 겁니다.」

「다녀오세요.」

여자가 웃었다. 태오도 웃음을 보냈다.

현관문은 활짝 열려 있었다. 골목을 급히 빠져 나가다가 힐끗 뒤돌아보니 옆방의 사내가 화장실에서 나와 복도를 지나가는 것이 얼핏 보였다.

골목을 빠져 나온 그는 급히 차도를 건너 다시 골목으로 들어갔다. 입에서 절로 한숨이 새어 나왔다.

식당으로 들어가 아침 겸 점심 식사를 했다. 밥맛이 없었지만 억지도 먹어치웠다. 식당을 나온 그는 15분쯤 걸어서 백화점으로 들어갔다. 기성복 코너로 가서 아래위 회색 양복으로 갈아입고, 입었던 옷들은 쇼핑백에 담았다.

다음에는 안경점으로 가서 브라운 빛깔이 조금 도는 금테 안경을 사서 끼었다.

세 번째로 화장품 점에 들러 머릿기름을 산 다음 화장실로 들어가 문을 걸어 잠갔다. 머리에 기름을 잔뜩 발라 올백으로 빗어 넘겼다. 화장실을 나와 거울 앞에 서자 완전히 다른 사람으로 보였다. 얼굴에 흐르는 땀을 닦고 밖으로 나와 의류품 판매코너로 가서 검정 털 셔츠를 하나 샀다.

조금 후 그는 백화점 건너편에 있는 다방에서 커피를 시켜 마셨다. 커피를 마시고 나서 한동안 멀거니 앉아 있었다. 한 시간 남짓 그렇게 넋을 뺀 채 멍하니 앉아 있다가 밖으로 나와 한참 걸어갔다.

무턱대고 골목을 걸어가다가 쓰레기통 앞에서 걸음을 멈추고 담배를 피워 물었다. 앞뒤를 살폈지만 행인이 보이지 않았다. 쇼핑백에서 양복을 꺼내 재빨리 쓰레기통 속에 처넣고 뚜껑을 닫았다.

아내의 남자

나기룡은 침체에서 벗어나 그 전처럼 다시 브라운관에 부지런히 나타나고 있었다. 윤영해가 살해되고, 그 바람에 그녀와의 관계가 백일하에 폭로되고, 재판정에 나가 최태오에게 불리한 증언을 하는 등 뜻하지 않은 일들로 해서 그는 한동안 연기 생활을 떠나 괴로운 나날을 보내야 했었다.

그러나 시간이 흐름에 따라 시청자들의 반응도 무디어지고 방송국 측에서도 양해를 해 주어 지금은 거의 그 전 상태로 돌아가 있었다.

여자 때문에 한번 호되게 시련을 겪은 그는 그 전과는 달리 대인 관계에서 신중을 기하게 되었다. 앞으로는 인생살이에 있어서 결코 실수를 범해서는 안 된다고 다짐하고 몹시 조심스럽게 행동을 했다.

그런 대로 착실하게 나가면 몇 년 후에는 톱클래스의 연기자로 명성과 부를 얻을 수 있을 것 같았다. 이제 남은 문제가 있다면 새로 장가를 가는 일이었다. 결혼 생활에 한 번 실패한 적이 있는 그로서는 두 번째만은 정말 백년해로 할 수 있는 여자를 아내로 맞이하고 싶었다.

첫 번째 아내는 결혼식도 올리지 않고 동거에 들어간, 그러니까 오다가다 만나 함께 생활하게 된 여자였다. 동거하면서도 결혼 신고조차 안 했으니 내연의 처라고 할 수 있었다.

그녀는 병적으로 의심과 질투가 많은 여자였다. 처음에는 몰랐는데 동거 생활이 오래 계속됨에 따라 눈에 띄게 그 증세가 심해 갔다.

조금만 늦게 귀가해도 눈을 흘기고 그를 외면했다. 드라마에 그와 함께 출연하는 여자 탤런트를 몹시 시기한 나머지 전화를 걸어 욕설을 퍼부어 대기도 했다. 직업이 직업이니만큼 아내가 의심하는 것도 무리는 아니라고 같은 값이면 좋은 방향으로 이해하려 노력했지만, 갈수록 심해지는 의심과 질투에 도저히 배겨 내기가 어려웠다.

그러다 보니 가정은 그에게 있어서 안식처가 아니고 바로 지옥이나 다름없었다.

매일 말다툼과 싸움을 벌였다. 자연 집에 들어가지 않는 날이 많아졌다. 그러던 어느 날? 아내는 마침내 많은 사람들이 보는 앞에서 발광하고 말았다. 그가 일하고 있는 방송국 스튜디오에 나타나 그와 단짝으로 출연하곤 하는 여자 탤런트를 붙잡고 싸움을 건 것이다.

갑자기 들이닥쳐 머리채를 휘어잡고 울부짖는 그녀를 보고 다른 여자 탤런트들이 우하니 몰려들었다. 그러자 그녀는 팔을 걷어붙이며

「이 기생 같은 것들! 해 볼 테면 해봐! 이 더러운 년들아!」

하고 소리쳤다.

그런 일이 있고부터 그는 아내와 별거에 들어갔다. 서로 갈라서자고 했지만 그녀는 듣지 않았다. 결혼 신고도 안했으니 이혼이고 뭐고 없었다. 그는 결별을 선언하고 집을 나갔다. 그때는 이미 그들 사이에 딸이 하나 있었다.

아내는 매일 딸애를 데리고 스튜디오 앞에서 그를 기다렸다. 그리고 거기서 그를 만나기라도 하면 울면서 매달리는 것이었다. 잘못했으니 제발 자기를 버리지 말아 달라고 애걸하는 것이었다.

그러나 이미 정이 떨어질 대로 떨어져 버린 그는 아내를 거들떠보지도 않고 냉정하게 돌아서 버리곤 했다.

아내는 꼬박 한 달간을 그렇게 나타나다가 마지막 날 딸애를 그에게 맡기고 어디론가 사라졌다.

「어디에 있든지 당신을 영원히 저주하겠어요.」

라는 말을 남기고.

그 후 아내는 다시는 나타나지 않았다.

아내에 관한 한 그는 악몽밖에 생각나는 게 없었다.

새로운 마음가짐으로 새 출발한다는 것은 여러 가지 측면에

서 좋은 일이었다. 그는 정말 새로 출발하고 싶었다.

아내를 새로 맞이하여 단란한 가정을 꾸미고 나면 모든 일들이 잘 풀릴 것 같았다. 그는 소년처럼 희망이 부풀어 매일 행복한 꿈을 꾸었다.

그런데 충격적인 사태가 발생한 것이다. 최태오가 탈옥한 것이다.

최태오의 탈옥 뉴스를 듣고 그는 소스라치게 놀랐다. 온몸이 공포로 얼어붙는 것 같았다.

최태오가 벌써 두 사람이나 죽인 것을 알고 그는 태오가 반드시 자기 앞에 나타날 것이라고 직감했다. 태오가 만나고 싶은 인물이 그 자신임은 의심할 여지가 없었다.

자기 아내를 농락한 사나이, 그로 하여금 살인을 저지르게 한 사나이, 법정에서 가장 불리한 증언을 한 사나이, 그 사나이를 태오는 찾고 있을 것이다. 그를 죽이기 위해 탈옥한 것이 틀림없다.

나기룡은 식은땀이 났다. 만두 그릇을 앞에 놓고 있었지만 먹고 싶은 마음이 조금도 일지 않았다.

놈이 조만간 체포된다면 얼마나 좋을까. 체포되면 그 놈은 무조건 사형이다. 그래야만 안심하고 살 수 있다. 만일 체포되지 않으면…… 생각만 해도 무서운 일이다. 놈은 지금 어디쯤 와 있을까. 혹시 이 식당 안에 와 있는 게 아닐까. 그는 두 눈을 휘번득이며 주위를 둘러보았다.

점심때라 식당에는 사람들이 가득했다. 모두가 즐겁게 담소하며 열심히들 먹어 대고 있었다.

그는 젓가락으로 만두를 휘젓다가 일어섰다.

식당에서 방송국까지의 거리는 2백 미터쯤 된다. 식당을 나온 나기룡은 주위를 살피면서 방송국 쪽으로 급히 걸어갔다. 최태오 그 놈은 현재 막다른 곳에까지 쫓기고 있을 것이다. 남은 것은 악뿐일 것이다. 이미 죽음을 각오한 이상 못할 짓이 없을 것이다. 갑자기 튀어나와 칼을 휘두르지 않는다고 어떻게 장담하겠는가.

그가 막 방송국 안으로 뛰어 들어가려고 할 때

「여보세요!」

하고 부르는 소리가 났다. 나기룡은 깜짝 놀라 돌아보았다. 브라운 빛깔의 안경을 낀 여인이 거기에 서 있었다.

나기룡의 예상은 적중했다. 바로 그 시간에 최태오는 나기룡을 노리고 있었다. 전에 한 번 와 본 적이 있는, 방송국 맞은편에 있는 중국 음식점 2층 방에 그는 앉아 있었다.

기다린 보람이 있어서 마침내 나기룡의 모습을 발견했다. 그 순간 피가 역류하는 것을 느꼈다. 그대로 뛰쳐나가 해치우고 싶었다. 그러나 기회가 올 때까지 참아야 했다. 끓어오르는 분노를 억누르면서 바라보고 있는데, 안경을 쓴 여자의 모습이 시야에 들어왔다. 빨간색의 바바리코트를 입고 있는 것이 좀 야해 보이는 모습이었다.

　나기룡과 무슨 말인가 주고받는다. 나기룡이 경계를 하는 눈치다. 여자가 소매를 잡아당긴다. 행인들의 시선을 의식해서인지 나기룡이 마지못해 따라간다. 누굴까.

　그들이 다방으로 들어간 것을 확인하고 나서 최태오는 몸을 일으켰다.

　그들이 들어간 다방은 지하에 있었는데, 밖에서 보기보다는 의외로 넓었다. 여느 다방의 서너 배는 될 것 같았고, 출입구가 두 군데 있었다.

　먼저 자리를 잡고 앉아 조심스럽게 주위를 살피기 시작했다.

「뭐 드시겠어요?」

「커피……」

　다방 안은 몹시 시끄러웠다. 음악도 음악이었지만 손님들이 가득 들어차서 흡사 장터 같았다. 그들이 뿜어 대는 담배 연기로 공기가 몹시 탁했다.

　나기룡과 여인의 모습이 시야에 들어왔다. 저 쪽 맨 구석진 곳에 은밀히 앉아서 열심히 이야기를 나누고 있었다.

　나기룡이 심하게 제스처를 쓰고 있다. 화를 내고 있는 모습이다. 주먹을 흔들어 보이기도 한다.

　그에 비해 여인은 침착하고 냉랭한 모습이다. 까딱하지 않고 앉아서 입을 놀려 대고 있다. 누구일까. 심상치 않은 관계인 것 같다.

커피를 마셨다. 쓰다. 설탕을 넣고 저었다. 찻잔이 밑으로 굴러 떨어졌다. 찻잔 깨지는 소리에 사람들의 시선이 몰려왔다. 황급히 고개를 숙이고 깨진 찻잔을 들어 올려 탁자 위에 도로 놓았다. 레지가 다가왔다. 눈을 사납게 뜨고 바라본다.

「미안합니다. 변상해 드리겠습니다.」

레지는 탁자 위에 엎질러진 커피를 거칠게 닦고 나서 깨진 찻잔 조각들을 집어 들었다.

「오늘은 찻잔 깨는 날인가 봐. 벌써 다섯 개째라니까.」

레지가 투덜거렸다.

「미안합니다.」

태오는 거듭 사과했다.

20분쯤 지났을까. 나기룡과 여인이 일어서는 것이 보였다.

나기룡이 찻값을 지불한다. 여인에게 인사도 없이 오른쪽 출구로 나가 버린다. 여인은 사납게 그 뒷모습을 노려보다가 왼 쪽 출구로 느릿느릿 걸어간다.

태오는 일어섰다. 찻잔 깬 것까지 계산해서 5백 원을 내놓자 카운터 아가씨가

「됐어요.」한다.

그는 여인을 따라 왼 쪽 출구로 나갔다.

서른은 넘었을 것 같다. 중키에 약간 마른 인상이다. 색깔 있는 안경을 쓰고 있어서 얼굴 모습이 분명히 드러나지는 않지만, 매력 있는 얼굴은 아닌 것 같다.

버스 정류소에서 멈춰 선다. 어디로 갈까 망설이는 것 같다. 갈 곳이 마땅치 않은 것 같다.

조금 후 여인은 버스에 올랐다. 태오도 같은 버스를 탔다.

여인을 지나쳐 뒤 쪽으로 옮겨갔다. 빈자리에 앉아 여인을 바라보았다. 여인은 출입구에 가까운 자리에 앉아 있었다.

창밖을 바라보고 있다. 무엇인가 골똘히 생각하고 있는 것 같다. 옆모습이 꽤 메말라 보인다. 누구일까. 나기룡과 어떤 관계일까. 10분쯤 지나 여인은 버스에서 내렸다. 태오도 급히 따라 내렸다.

여인과 반대 방향으로 걸어가다가 힐끗 돌아보았다. 여인이 보이지 않았다. 급히 뛰다시피 걸어가 보았다.

여인은 M극장 쪽으로 느릿느릿 걸어가고 있었다. 몹시 힘이 없어 보였다. 이윽고 M극장 앞에서 주춤거린다. 간판을 올려다 보기도 하고 매표구 쪽을 기웃거리기도 한다. 여인은 매표구 앞으로 다가서더니 핸드백을 열고 돈을 꺼냈다.

여인이 극장 안으로 사라지는 것과 동시에 태오도 표를 한 장 사가지고 급히 뒤따라 들어갔다.

그 극장에서는 <만날 때와 헤어질 때>라는 국산 영화를 상영하고 있었다. 여인은 중간쯤 되는 자리에 앉았다. 태오는 그녀로부터 다섯 간 쯤 떨어진 뒤 쪽에 자리를 잡았다. 화면을 바라보았다. 남자가 여자의 옷을 하나씩 벗겨 내고 있는 장면이 나오고 있었다.

여자의 몸에는 브래지어와 팬티만 남는다. 남자가 여자를 침대 위에 쓰러뜨린다. 여자의 팔이 남자의 목을 휘어 감는다. 두 사람의 입술이 포개진다. 얼마 후 여자의 얼굴이 고통과 환희로 뒤범벅된다. 여자가 머리를 잔뜩 뒤로 젖힌다. 남자의 넙적한 등판이 출렁이기 시작한다. 여자가 입을 벌린다. 진입해 들어오는 돌기를 흡반으로 깊숙이 빨아들이고 있겠지.

그는 가발 상점 처녀를 생각했다. 주신애라고 했지. 관계할 때 유난히 요란스럽게 흔들어대고 소리 지르던 처녀였다. 섹스를 즐기는, 섹스를 위해 태어난 여자였다. 그런 처녀를 죽이다니 나는 나쁜 놈이다. 그러나 그때는 어쩔 수가 없었다.

극장 안에 불이 들어왔다. 영화가 끝난 것이다. 사람들이 한꺼번에 일어서서 몰려나가는 바람에 잠시 혼란이 인다. 빨간 코트의 여인도 일어서서 가까운 출구 쪽으로 천천히 움직이고 있다. 태오도 담배를 꺼내 물고, 거기에 불을 붙인 다음 여인의 뒤를 슬금슬금 따라붙는다. 밖은 아직 환했다. 하늘에서는 눈발이 조금씩 날리고 있었다.

세모의 오후 거리는 사람들의 부산한 발길로 어수선하기 짝이 없었다.

여인은 코트에 두 손을 찌른 채 느릿느릿 움직이고 있다. 길게 늘어진 백이 무릎 높이에서 덜렁거리고 있다. 대낮에 탤런트나 만나러 다니고 극장에서 영화 관람까지 하는 걸 보면 몹시 한가로운 여자 같기도 하다. 나이로 보아서는 유부녀 같은데, 혹시 과부가 아닐까.

과부가 탤런트에 반해 쫓아다니는 경우는 얼마든지 있을 수 있는 일이다. 용케 한 번 관계를 맺었는데, 그 다음부터는 나기룡이 만나 주지 않는다. 그래서 아까 다방에서 다툰 게 아닐까.

길 모퉁이에 경찰관 두 명이 총을 높이 들고 서 있다. 삼엄한 모습이다. 가슴을 펴고 그 앞을 지나쳐 갔다. 호흡이 정지하는 순간이다. 만일 경찰이 불러 세운다면 어떻게 할까.

다행히 경찰은 그를 부르지 않았다. 웬만한 관찰력으로는 알아보기가 어려울 것이다.

여인이 길을 건너간다. 그도 차도를 건너갔다. 여인이 택시를 잡는다. 택시에 오른다. 그는 급히 손을 쳐들었다. 그러나 택시는 쉽게 와 주지 않았다.

여인이 탄 택시는 이미 차량의 홍수 속으로 진입하고 있다. 태오는 다급했다. 이리 뛰고 저리 뛰었지만 거의 10분쯤 지나서야 택시를 잡을 수가 있었다. 그때는 이미 여인이 탄 택시는 멀리 사라지고 난 뒤였다.

조금 후에 그는 택시에서 내려 번화가로 다시 들어왔다. 번화가에 숨어 있는 것이 안전하다는 판단에서였다.

번화가로 들어오긴 했지만 마땅하게 갈 만한 곳이 없었다. 쇼윈도를 바라보면서 무작정 천천히 걸었다. 가는 곳마다 요소요소에는 경찰들이 서 있었다. 발견되면 순식간에 포위될 것 같았다.

어느 빌딩의 화장실로 들어간 그는 때 묻은 와이셔츠와 넥타이를 벗어 버리고 백화점에서 구입한 검정 털 셔츠를 입었다. 그걸 입자 추위가 한결 가시는 듯했고, 넥타이를 매었을 때보다 몸의 움직임이 자유로웠다.

화장실에 한동안 앉아서 한숨과 함께 담배를 피웠다. 과연 자신이 경찰의 수사망을 어느 정도까지 피할 수 있을는지 알 수 없었다. 조만간 체포되고야 말 것이다. 그렇더라도 가는 데까지 가보는 것이다.

넥타이와 와이셔츠를 쇼핑백에 넣어 그곳에 놓아두고 밖으로 나왔다.

눈송이가 아까보다 조금 굵어져 있었다. 눈을 맞으며 명동 복판을 느릿느릿 걸어갔다. 겉으로 보기에는 한가로운 모습이었지만 두 눈은 끊임없이 주위를 살피고 있었다.

레저 용구를 파는 가게 안으로 들어갔다. 진열장 안을 살피다가 등산용 칼을 하나 샀다. 가죽 케이스 속에 집어넣도록 되어 있는 칼이었다. 칼끝에서 손잡이까지 길이가 20센티는 되어 보였다. 끝이 날카로운 것이 한 번 찔러 보고 싶은 충동을 느끼게 하는 칼이었다. 칼을 안주머니 속에 깊숙이 집어넣은 다음 조그만 검정 백을 구입했다. 어깨에 걸치고 다닐 수 있는 것이었다.

밖으로 나와 다시 걸었다. 돈을 아끼지 않으면 안 된다고 생각했다. 돈이 떨어지면 움직일 수 없기 때문이다. 호주머니 속에는 이제 80만 원 정도의 돈이 남아 있다. 도피 생활은 보통 생활보다 많은 돈을 필요로 한다. 돈이 많을수록 안전지대에 숨어 있을 수 있다.

공중전화 부스가 보였다. 비어 있었다. 부스 안으로 들어가 문을 닫고 D방송 스튜디오로 전화를 걸었다. 신호가 떨어지면서 교환 아가씨의 코 먹은 소리가 흘러나왔다.

「네, D방송입니다.」

「탤런트실 좀 부탁합니다.」

나기룡은 없었다. 녹화 중이니 30분쯤 후에 다시 걸어 달라고 했다. 그러면서 어디냐고 자꾸 캐물었다. 여자 탤런트인 듯했다.

「경찰입니다. 30분 후에 다시 걸겠습니다.」

점잖게 말하고 전화를 끊었다.

거리에는 땅거미가 내리고 있었다. 거리는 눈으로 하얗게 덮여 있었다.

다방으로 들어가 커피를 마시며 30분쯤 앉아 있다가 다시 밖으로 나와 공중전화 부스로 들어갔다.

나기룡은 대기하고 있었다. 기다리고 있었다는 듯 냉큼 전화를 받았다.

「네, 나기룡입니다.」

「여긴 경찰입니다.」

「아, 그러십니까? 수고 많으십니다.」

몹시 생색을 내는 목소리다. 태오는 끓어오르는 분노를 지그

시 누르며 기침을 했다.

「최태오가 탈옥한 거 잘 알고 계시겠죠?」

「네네, 알다마다요. 그놈, 빨리 체포돼야 할 텐데…… 아직 못 잡으셨나요?」

「그놈을 체포하기 위해 우리 경찰은 잠도 못 자고 있습니다. 집에도 물론 못 들어가고 있고요.」

「아이구, 정말 수고가 많으십니다.」

「그건 그렇고 우리는 나기룡 씨에 대해 걱정하고 있습니다.」

「왜, 왜 그러시는가요?」

「그놈은 나 선생에게 원한이 많을 겁니다. 당연하지 않겠습니까?」

「네네, 그렇겠지요.」

「그래서 놈이 나 선생을 노리고 있지 않을까 하고 걱정하고 있는 겁니다.」

「사실은 저도 그 점을 걱정하고 있는 참입니다.」

「그놈이 혹시 협박 전화 같은 거 걸어오지 않았습니까?」

「아니오. 아직은 없었습니다.」

「우리 생각에는 놈이 조만간에 나 선생 앞에 나타날 것 같습니다. 놈은 이미 사는 것을 포기하고 발악하고 있기 때문에 언제 나 선생을 습격할지 모릅니다.」

「네, 알고 있습니다. 어떻게 손 좀 써 주십시오.」

목소리가 갑자기 작아지면서 떨리고 있다.

태오는 다시 기침했다.

「그렇지 않아도 나 선생을 보호하면서 동시에 놈을 체포할 수 있는 방법이 없을까 하고 대책을 강구하고 있는 중입니다.」

「고, 고, 고맙습니다.」

「그 문제로 나 선생과 상의를 좀 해야겠는데…… 시간이 어 떠신지?」

「네, 지금 녹화 중인데 한 시간 후에 끝납니다. 어디로 찾아 뵈면 될까요?」

「그러시면 지금 5시 반이니까, 7시 정각에 시경 살인과로 오 십시오. 시경 아시죠?」

「네네, 알구말구요.」

「아, 잠깐. 그럴 게 아니라 에 또, 우리 저녁이나 먹으면서 상 의합시다.」

「네, 그게 좋겠습니다. 제가 저녁을 대접하겠습니다.」

「저녁이야 우리가 사야죠. 에 또, 그럼 어디서 만날까? 우선 다방에서 만나 가기로 합시다.」

「S호텔 커피숍에서 만날까요?」

「네네, 그러죠.」

「자, 그럼 이따 봅시다.」

태오는 부스를 나오면서 이마에 밴 진땀을 닦았다.

우 형사가 낙원동 골목에 자리 잡고 있는 어느 여관에 들어섰을 때, 피해자인 중년의 사내는 잠옷 차림으로 관리실 의자에 걸터앉아 담배를 뻑뻑 빨아대고 있었다. 턱이 유난히 뾰족한 사내였다. 이야기인즉슨 양복을 물어내라는 것이었다.

「여러 말 헐 거 없다 이거여. 내 옷 물어 달라는 디 웬 잔말이 그렇게 많혀? 여그 관리실은 뭐 허러 있는 거요? 옷 속에 돈이 없었응게 말이지 만일 그 속에 돈 천만 원 들었으문 어쩔 뻔했어? 나 원 기가 막혀서 말이 안 나오네.」

여관 주인으로 보이는 중년 여인도 만만치가 않았다. 입을 삐쭉거리며 사내의 말을 듣고 나더니 배짱 좋게 나왔다.

「손님이 잘못해서 잃어버린 거 일일이 물어 주다간 여관 뿌리 빠져요. 사방이 도둑놈 천진데, 우리가 어떻게 일일이 도둑을 지켜요?」

「아니, 뭐가 어쩌고 어째? 도둑이 손님 옷꺼정 훔쳐 갔는디도 여관 주인이라는 작자가 모른다고 하문 세상 어느 시러배 아들놈이 여관에 들었어? 잔말 말고 물어내!」

「반말은 왜 반말이야? 못 물어내겠어! 못 물어내!」

「못 물어내? 흐음, 배짱 한 번 기막히네.」

「이 옷도 새 것이니까 어차피 잃어버린 거 이거라도 입고 가면 될 것이지……」

「도둑놈이 버리고 간 옷 내가 왜 입어? 이 옷도 어디서 훔친 것일 텐디 내가 미쳤다고 도둑놈 옷을 입는당가?」

사내는 방바닥에 흩어져 있는 양복을 발로 걷어찼다.

먼저 와 있던 정복 경찰이 그들을 제지하고 우 형사를 안으로 안내했다.

우 형사는 자세한 내막을 듣고 나서 여인에게 최태오의 사진을 보였다. 여인은

「네, 바로 이놈이에요!」

하고 소리쳤다.

우 형사는 사내를 바라보았다.

「댁이 잊어버린 양복은 무슨 색깔입니까?」

「검정 색깔이구만요. 내 딸내미 시집보내문서 모처럼 맞춰 입은 것이지라.」

「그 밖에 잃어버린 것은 없습니까?」

「별로 없구만요.」

「별로가 아니라 잘 생각해 봐요?」

「지는 여관 같은 디서 잘 때는 언제나 지갑은 이부자리 밑에 숨겨두는 버릇이 있지라. 그래서 돈 같은 것은 잃어버리지 않았구만요.」

우 형사는 즉시 본부로 전화를 걸었다.

「최태오는 아직 서울에 잠복해 있는 게 틀림없습니다. 낙원동에 있는 여관에서 다른 사람의 옷을 훔쳐 입고 사라졌습니다. 밤색 양복과 검정 코트는 여관에 그대로 두고 검정 양복으로 갈아입고 갔습니다.」

5분도 못 돼 서울 시내에 깔려 있는 수사관들은 본부로부터

무전 지시를 받게 된다. 밤색 양복 대신 검정 양복을 찾아라. 이렇게 되면 그때까지 밤색 양복을 입은 죄로 연행되어 곤욕을 치르던 용의자들은 한꺼번에 우르르 풀려 나온다. 촌극이 벌어지는 것이다.

「빌어먹을 새 끼……」

우 형사는 골목에다 침을 칵 하고 뱉었다. 그야말로 연말에 재수 없게 걸렸다는 생각이 들었다.

여느 사람들은 연말이 다가오면 한 해를 보내는 아쉬움에 젖어 일손을 놓고 감상에 젖는다. 그런데 나는 살인범을 쫓느라고 밤잠도 설친 채 이리 뛰고 저리 뛰고 있다.

집에도 들어가지 못하고 있다. 놈을 체포하기 전에는 연말연시고 뭐고 없다. 탈옥수인데다 계속 사람을 죽이고 있으니 그대로 방치해 둘 수 없는 노릇이다.

해를 넘기기 전에 놈을 체포하든지 사살하라는 엄명이 상부에서 떨어진 것은 오늘 아침이었다. 그래서 살인과의 민완 형사들이 총동원되어 전력투구하고 있지만 놈은 계속 용케 빠져 달아나고 있다. 쉽게 잡힐 것 같지가 않다.

우 형사는 동행도 없이 언제나 혼자서 돌아다녔다. 혼자 다닌다는 것이 결코 좋은 일은 아니지만 그는 혼자 움직이는 것이 홀가분하고 기분에 맞았다. 몸에 밴 버릇이라면 버릇이었다.

골목을 빠져 큰길로 나온 그는 잠시 차량의 홍수를 바라보며 멍하니 서 있었다. 어디로 가야 놈을 잡을 수 있을까. 놈은 지금 어디에 숨어 있을까. 수사관은 방향을 못 잡고 갈팡질팡 할 때가 제일 곤혹스럽다. 다른 형사들도 놈의 연고지를 찾아 동분서주 하고 있을 것이다.

그러나 그의 생각에는 최태오가 연고지를 찾아갈 것 같지는 않았다. 놈은 그렇게 어수룩한 놈이 아니다. 놈은 수사의 초점 을 흐리게 하기 위해 계속 옷차림을 바꾸고 있다. 지금쯤 또 다 른 옷으로 바꿔 입었을지도 모른다. 그뿐이 아니다. 얼굴 모습 까지 변장했을지 모른다.

그는 인도 위로 흘러가는 사람들을 멀거니 바라보았다. 검정 양복을 입은 사람들이 가장 많이 눈에 띈다. 천천히 고개를 저으 면서 차도로 나와 택시를 잡았다. 잠깐 집에나 들러야겠다고 생 각한 것이다.

산아 제한도 하지 않고 임신하는 대로 아이를 받아 냈기 때 문에 좁은 집에는 아이들이 다섯 명이나 우글거리고 있었다. 아 이들 등살에 아내는 조그맣게 오그라들어 있었고, 그 아내 모습 만큼이나 집안 꼴도 말이 아니었다.

늦은 점심을 먹고 내복을 갈아입은 다음 아랫목에 누워 있으 니 영 나가고 싶은 마음이 일지 않는다. 아내가 조용히 들어와 그의 곁에 앉는다.

「좀 주무세요.」

「……」

말없이 벽 쪽으로 돌아눕는다. 아내의 고생에 찌든 모습이 보기 싫은 것이다. 호텔에 가서 뷔페 요리라는 것을 한 번 먹여 주고 싶은데 저런 꼴로 어떻게……

「여보……」

「……」

또 돈 달라는 소리겠지. 그는 눈을 감았다.

「여보……」

「……」

무슨 죄나 지은 듯 한 주눅이 잔뜩 든 목소리다.

「아이, 어떡하죠?」

「뭐야?」

「어떡하죠?」

「뭐냐니까?」

역정이 난다. 망할 놈의 여편네.

「저기…… 또 아기 가졌나 봐요.」

「뭐라구?」

머리를 뒤로 젖히고 아내를 바라보았다. 아내의 얼굴이 마치 도둑질하다 들킨 사람처럼 잔뜩 일그러져 있다.

「허어, 나 참……」

혀를 끌끌 찬다. 아내는 끊임없이 아기를 밴다. 배란기에 관계를 가지면 영락없이 홈런을 날린다.

「아무래도 이번에는 병원에 가서……」

「……」

그는 다시 벽 쪽으로 돌아눕는다.

「수술비가 싼 데가 있대요.……」

「이왕 밴 거 낳아 버려!」

쏘아붙인 다음 몸을 돌려 천장을 바라본다. 손을 더듬어 담배를 집어 들자 아내가 불을 붙여 준다.

「다섯이나 여섯이나 그게 그거지. 도대체 무슨 여자가 그렇게 임신을 잘해? 했다 하면 임신이구먼.」

아내의 얼굴이 홍당무가 된다. 그 나이에도 수줍음이 많다. 연애 시절 그는 아내를 데리고 딱 한 번 동침한 적이 있었다. 처녀성을 지키려고 바동거리는 것을 잔인하게 유린해 버렸는데, 그것이 덜렁 임신으로 나타났다. 그녀가 임신하지 않았다면 아마 그녀와 결혼하지 않았을 것이다.

「미안해요.」

「남남인가. 그런 말하지 마.」

그는 아내의 손을 가만히 잡아 주었다. 손이 시멘트 바닥처럼 거칠다. 결혼 후 지금까지 고생만 했으니 이렇게 거칠어진 것도 무리는 아니다.

그는 아내의 손을 잡고 잠들었다. 드르렁 드르렁 코를 골며 자는 그의 뚱뚱한 모습은 흡사 돼지 같았다. 그는 몹시 피곤했기 때문에 꿈 하나 꾸지 않고 잠을 잤다.

눈을 떴을 때는 방안에 불이 켜져 있었다.

「몇 시야?」

「여섯 시 지났어요.」

「이런, 깨우지 않고……」

그는 일어나 점퍼를 집어 들면서 어두운 창밖을 바라보았다.

「오늘 밤에도 못 들어오세요?」

「음……」

「큰 사건인 모양이지요?」

「음…… 요새 한창 시끄러운 거야.」

「그 탈옥수 말이에요?」

「음……」

「조심하세요.」

「……」

「그 탤런트도 무섭겠네요.」

「탤런트라니?」

「왜 있잖아요. 그 사람을 감옥으로 보낸 나기룡이라는 탤런트 말이에요. 탤런트하고 그 사람 아내하고 사이가 좋았는데…… 그래서 그 사람이 화가 나서 아내를 죽인 거 아니에요? 그 탤런트가 그 사람을 현장에서 잡아 가지고 경찰에 넘겼고요. 기억 안 나세요?」

「……」

우 형사는 고개를 끄덕이고 나서 급히 밖으로 뛰어나갔다.

왜 그 생각을 못 했던가. 아무리 생각해도 도무지 이해가 가지 않았다. 당연히 나기룡을 먼저 생각했어야 했다. 그런데 그를 지금까지 망각하고 있었으니 나도 이제 형사 질을 그만두어야 할까보다. 최태오는 나기룡에 대해 한이 맺혀 있을 것이다. 나라도 그런 경우를 당하면 나기룡을 죽이려 들 것이다.

본부로 돌아온 그는 나기룡에 대한 자료를 뽑아 낸 다음 대강 훑었다. 그리고 나기룡의 집으로 전화를 걸었다. 한참 후 나이 든 여자의 어정쩡한 목소리가 흘러나왔다.

「나기룡 씨 계십니까?」

「없는데요.」

「아직 안 들어오셨나요?」

「네……」

「지금 어디 계실까요?」

「글쎄요, 회사에 있겠지요.」

전화를 끊고 나서 이번에는 D방송으로 다이얼을 돌렸다.

「나기룡 씨…… 조금 전에 약속 있어서 나가셨는데요.」

간장을 녹일 것 같은 예쁜 여자 목소리였다. 여자 탤런트인 듯 했다.

「아주 퇴근했나요?」

「아니에요. 오늘 밤 늦게까지 녹화가 있을 예정이어서 9시 30분까지는 돌아와야 해요.」

「어디 갔는지 모르십니까?」

「모르겠는데요.」

「그것 참…… 어디 갔을까? 혼자 나갔습니까?」

「네, 혼자 나가신 것 같았어요. 실례지만 어디신가요?」

「경찰입니다.」

「그렇지 않아도 형사 분하고 만나기로 했다면서 나가셨는데요. 혹시 약속하신 분 아니신가요?」

「그런 약속한 적 없습니다. 어디서 만나기로 했다던가요?」

「7시에 S호텔 커피숍에서 만나기로 했다던가 하면서 나가셨어요.」

우 형사는 시계를 보았다. 7시 5분 전이었다. 최고의 속도로 달려간다면 S호텔까지 15분쯤 걸릴 것이다.

먼저 무전으로 긴급 지시를 내렸다. S호텔 주위를 포위하고 나기룡과 접선하는 자를 감시하라는 내용이었다.

두 대의 패트롤카가 사이렌을 울리며 S호텔 쪽으로 달려가는 바람에 밤거리는 한동안 소란스러웠다.

우 형사는 차 속에서 권총을 꺼내 장탄이 잘 되어 있는가 확인 한 다음 유사시에 그것을 언제라도 쉽게 뽑을 수 있게 허리춤에 꽂았다. 그가 S호텔에 도착했을 때 이미 호텔 주위는 엄중히 포위되고 있었다.

「나기룡은?」

「없습니다.」

커피숍 입구에 서 있던 젊은 형사가 대답했다. 우 형사는 카운터에 앉아 있는 아가씨 쪽으로 다가갔다.

「탤런트 나기룡이 못 봤소?」

「조금 전에 나갔는데요.」

「누구랑 나갔나요?」

「혼자였어요. 혼자 커피 값을 내고 나갔어요. 전화 받고 나서
바로 나갔어요.」

「아가씨가 전화 바꿔 줬나요?」

「네, 제가 바꿔 줬어요.」

아가씨는 겁먹은 목소리로 대답했다.

「전화 걸어 온 사람은 여자였나요, 남자였나요?」

「여자였어요.」

「여자?」

우 형사는 마치 도깨비에 홀린 기분이었다. 형사와 만나기로
한 나기룡이 여자로부터 걸려 온 전화를 받고 밖으로 나갔다. 그
가짜 형사가 혹시 여자를 통해 밖으로 불러 낸 게 아닐까. 우 형
사는 워키토키를 꺼내 들고 소리쳤다.

「부근을 포위하고 술집, 음식점, 다방 등을 샅샅이 뒤져라!
최태오가 나기룡을 노리고 있다!」

나기룡이 S호텔 커피숍에서 전화를 받은 것은 7시 정각이었
다. 카운터로 가서 수화기를 드니 여자 목소리가 들려 왔다. 나
기룡 씨죠? 여기 일식집 은좌(銀座)인데요, 시경에서 오신 손님
이 기다리고 계시니까 빨리 오세요.

은좌는 S호텔에서 3백 미터쯤 떨어진 뒷골목에 위치하고 있

는 고급 음식점이었다.

　문을 밀고 안으로 들어가자 마담으로 보이는 화사한 차림의 30대 여인이 그를 알아보고 반색을 했다. 얼굴이 많이 팔리는 탤런트인 만큼 여자들에게는 꽤나 인기였다.

「어서 오세요. 아까부터 기다리시는데……」

「어디 있나요?」

　그는 일부러 무뚝뚝하게 물었다.

「이리 오세요.」

　마담은 그를 2층으로 안내했다.

　2층으로 올라가 맨 구석진 방 앞에 이르자 마담은 문을 노크했다.

「네에……」

　안에서 남자의 점잖은 목소리가 들려왔다.

「손님 오셨는데요.」

「아, 들어오시라고 해요.」

　마담은 조심스럽게 문을 열었다.

　상 위에는 이미 음식이 차려져 있었다. 전등에는 갓이 씌워져 있어서 상 위에만 불빛이 비치고 있었다. 안쪽 그늘진 곳에 한 사람이 앉아 있는 것이 보였는데, 어두워서 그 모습을 잘 알아볼 수가 없었다.

「실례합니다.」

　나기룡은 방안으로 들어서면서 머리를 숙였다.

「어서 오십시오. 커피숍이 붐비기에 아예 이리로 먼저 왔습니다.」

그늘 속에 앉아 있는 사내가 고개를 끄덕이며 말했다. 나기룡은 맞은 편 자리에 조심스럽게 앉았다.

「뭐 달리 시키실 것 없으신가요?」

마담이 문을 닫다 말고 물었다.

「아, 됐어요. 됐어. 시킬 거 있으면 또 부르지. 우리 긴히 할 이야기 있으니까 문 좀 닫아요.」

사내가 얼른 꺼지라는 듯 손짓하자 마담은 냉큼 문을 닫고 사라졌다.

나기룡은 상대방의 모습에 눈이 익으면서 어디서 본 듯하다고 생각했다. 그러나 그늘에 가려 있는데다가 안경까지 쓰고 있어서 뚜렷이 알아볼 수가 없었다.

「이렇게 염려해 주셔서 감사합니다.」

그는 담배를 꺼내 상대방에게 권했다.

시경 살인과 형사는 담배를 받다 말고 갑자기 나기룡의 멱살을 움켜쥐었다.

「아니? 왜, 왜 이러십니까?」

「조용히 해!」

어느 새 칼끝이 그의 목을 겨누고 있었다. 나기룡은 기겁하며 와들와들 떨었다.

「다, 당신은 누구요?」

「나…… 최태오다…… 이제야 알겠나?」

나기룡은 입이 굳어지면서 시야가 갑자기 캄캄해지는 것을 느꼈다. 소리쳐야 한다고 생각했지만 혀가 굳어져 말이 나오지가 않았다.

「소리치면 죽인다……」

주먹이 얼굴을 후려쳤다. 코피가 터지면서 나기룡은 뒤로 나가떨어졌다.

최태오는 무르팍으로 나기룡의 목을 짓누르면서 칼을 코앞에 들이댔다.

「나는 어차피 죽을 놈이야…… 너 죽고 나 죽으면 그만이란 말이야!」

반항이란 생각할 수도 없었다. 죽을 각오로 미쳐 날뛰는 살인범을 상대로 싸운다는 것은 죽음을 재촉하는 것밖에 되지 않는다.

나기룡은 너무 무서워서 기절해 버릴 것만 같았다. 코앞에 바싹 디밀어진 칼 끝을 보자 숨쉬기조차 거북할 지경이었다.

「사, 사…… 살려 주시오…… 죽을죄를……」

「이 더러운 새 끼! 목숨은 아까운가 보구나! 네가 내 아내를 죽였지?」

「아, 아닙니다…… 그건…… 오, 오햅니다.」

「거짓말 마……」

주먹이 사정없이 그의 얼굴을 내려쳤다.

코라도 잘리면 탤런트 생활이 끝이라고, 그 경황 속에서도 그는 생각했다.

「네놈이 내 아내를 죽여 놓고 나에게 죄를 덮어씌운 거야! 다 알고 있어!」

「아, 아닙니다! 그렇지 않습니다!」

피투성이가 되어 애걸하는 나기룡의 모습은 비참하기 짝이 없었다.

「네놈은 내 아내를 농락했어! 그것만으로도 네놈에겐 죽을 이유가 있어!」

「죽을죄를 졌습니다! 살려 주십시오! 살려 주십시오!」

「나는 네놈을 만나기 위해 탈옥한 거야! 그러다 보니까 죄 없는 사람들까지 죽이게 됐어! 왜 내 아내를 죽였지?」

「아닙니다! 절대 죽이지 않았습니다! 제가 왜 그 여자를 죽이겠습니까?」

「거짓말 마! 바른 대로 말하지 않으면 죽일테다! 죽였어, 안 죽였어?」

「아, 안 죽였습니다! 하늘에 맹세코……」

「하늘에 맹세코 죽였지?」

칼날이 코끝을 밀었다. 코끝이 벌어지면서 새빨간 피가 흘러나왔다. 아아, 내 코가 잘려 나가는가 보다!

「으으으…… 사, 사람…… 사, 살려……」

이번에는 주먹이 그의 입을 내려쳤다.

「아가리 닥쳐! 누가 들어온다 해도 이 칼이 더 빨라!」

나기룡의 눈이 흰자위를 드러내며 뒤집혀졌다. 입에서는 피 거품이 흘러나오고 있었다. 공포에 질린 나머지 이제 그의 입에 서는 신음 소리만이 나오고 있었다.

「이 원수! 내 아내를 죽이고 나를 이 지경으로 만든 이 원수 놈!」

「아…… 아…… 아니오…… 아니오……」

나기룡은 기절 직전까지 가 있었다. 정신이 혼미해서 아무것 도 생각나지 않았다.

그런데 이변이 일어났다. 막다른 골목에 몰리면 쥐도 고양이 한테 달려든다는 말이 맞았다. 아까는 너무 갑자기 기습을 당하 는 바람에 공포에 질려서 얼어붙어만 있었다.

그러나 지금은 생각이 달라졌다. 이왕 죽을 바에 한 번 대들 어 보고 죽자는 생각이 든 것이다. 지렁이도 밟으면 꿈틀거린 다. 겁에 질려 떨다가 죽어 간다면 죽어서도 눈을 감지 못할 것 이다. 한 번 해 보는 거다.

머릿속은 술 취한 것처럼 어지러웠다. 공포가 지나쳐 이젠 그 단계를 넘어 빈사 상태에 놓여 있었다. 그러면서도 한 줄기 가냘픈 의지가 되살아나고 있었다. 그는 초점을 잡으면서 숨을 깊이 들이마셨다. 최태오가 뭐라고 지껄이고 있었지만 무슨 말 인지 알아들을 수가 없었다.

그는 번개같이 움직였다. 어디서 그런 힘이 솟아나왔는지 모를 일이었다. 왼손으로 태오의 칼 잡은 손목을 잡으면서 오른손으로 상대방의 가슴을 힘껏 떠밀었다. 갑자기 반격을 받은 태오는 우스울 정도로 쉽게 뒤로 벌렁 나가 자빠졌다. 밥상이 뒤엎어지면서 방안은 수라장이 되었다.

나기룡은 문 쪽으로 몸을 날렸다. 그러나 그보다 먼저 태오의 칼이 앞을 가로 막았다.

「죽여 버릴 테다!」

태오는 이를 갈면서 달려들어 왔다. 나기룡은 아찔했다. 겁에 질려 뒤로 물러서다가 창문에 부딪쳤다. 복부를 향해 들어오는 칼을 손으로 막으면서 그대로 뒤통수로 창문을 깨고 뒤로 몸을 날렸다.

창문 밑은 베란다였다. 창문까지의 높이가 3미터는 될 것 같았다. 운이 좋았다고나 할까, 그의 몸뚱이는 베란다 위에 떨어졌다. 그런데 머리부터 부딪치는 바람에 떨어지는 것과 동시에 의식을 잃고 말았다.

최태오는 당황했다. 급히 밖으로 나오니, 다른 방 사람들이 고개를 내밀고 어리둥절한 눈으로 바라보고 있었다. 다행히 식당 종업원은 보이지 않았다.

급히 아래층으로 내려간 그는 카운터에 계산을 끝내고 출입구 쪽으로 몸을 돌렸다. 바로 그때 유리로 된 출입문 저쪽에 카빈총을 맨 기동경찰관 두 명과 형사로 보이는 뚱뚱한 사나이가 다가서는 것이 보였다.

태오는 몸을 돌려 화장실 쪽으로 급히 걸어갔다.

사전에 살펴 둔 것이 이럴 때 퍽 도움이 되었다. 화장실로 들어가 문을 걸어 잠그고 창문을 열었다. 파이프를 타고 올라가 창밖을 내다보았다. 창밖은 좁은 골목이었다. 막다른 골목이라 다니는 사람이 하나도 없었다. 화장실 문을 두드리는 소리가 들려왔다.

「어흠!」

크게 기침했다.

창문에는 나무로 된 창살이 몇 개 세워져 있었다. 힘껏 잡아당기자 못이 쏙 빠졌다. 창살을 모두 뽑아 낸 다음 창틀 위로 몸을 끌어올렸다.

일식집 은좌로 들어선 우동일 형사는 카운터에 앉아 있는 아가씨에게 다가가

「혹시 여기 탤런트 나기룡 씨 오지 않았나요?」

하고 물었다.

「네?」

아가씨는 하품하다 말고 손으로 입을 가리며 되물었다.

「탤런트 나기룡이 오지 않았느냐구?」

신경질적으로 쏘아붙이자 아가씨는 기막히다는 듯 눈을 동그랗게 떴다. 그리고 이내 볼멘소리로 말했다.

「네, 왔어요..」

「어디? 어디 있어?」

우 형사는 눈을 뒤집고 둘러보았다. 아가씨는 외면한 채 돈을 헤아리고 있었다.

「이봐, 어디 있느냐 말이야?」

우 형사는 카운터를 주먹으로 두드렸다. 그 바람에 계산대 위에 놓아 둔 동전 몇 개가 밑으로 굴러 떨어졌다.

「이거, 왜 이러세요?」

아가씨가 눈을 치뜨고 그를 쏘아보았다. 우 형사는 밖에 서 있는 기동경찰관들을 손짓해 불렀다. 그제야 아가씨는 그의 신분을 알아보는 것 같았다.

「2층 1호실이에요. 죄송해요.」

우 형사는 어느 새 권총을 뽑아들고 있었다.

「나기룡과 함께 있는 사람은 남잔가 여잔가?」

「남자예요. 시경에서 오셨다고 하던데요.」

마담이 쪼르르 달려와서 말했다.

「그 방에는 두 사람만 있나?」

「네, 두 사람만 있어요.」

「이 봐! 출입구를 봉쇄해! 지원 요청하고! 식당 주위를 포위하라고 해!」

기동경찰관들에게 소리친 다음 우 형사는 계단을 뛰어올라 갔다. 이윽고 2층 1호실 앞에 이른 그는 노크를 할까 말까 망설이다가 발작적으로 문을 힘껏 열어젖혔다. 동시에 권총을 디밀었다.

「꼼짝 마!」

공허한 외침이 방안을 쩌렁 울렸다. 한 발 늦었다고 생각하면서 그는 방안으로 뛰어들었다.

난장판이 된 방을 가로질러 창문 쪽으로 다가가 보았다. 박살 난 창문 밖을 내다보니 아래 베란다 위에 한 사람이 구겨지듯 처박혀 있는 것이 보였다. 또 한 명 죽었구나, 하고 생각하면서 뒤따라 들어온 기동경찰관에게 베란다를 가리켰다.

「빨리 앰뷸런스를 불러!」

급히 계단을 내려와, 창백하게 질린 모습으로 떨고 있는 마담을 붙잡았다.

「그 시경에서 왔다는 사람 보지 못했나? 나기룡이하고 함께 있던 사람 말이야?」

그러자 카운터 아가씨가 화장실 쪽을 가리켰다.

「조금 전에 저리 가던데요..」

「진작 말하지 않고!」

우 형사는 잡아먹을 듯이 그녀를 노려보았다.

식당 안에 있던 사람들은 신속히 소개되었다. 눈을 뒤집고 보았지만 손님들 중에 최태오는 없었다. 식당 주위는 집총한 경찰들로 삼엄하게 포위되어 있었다.

「최태오! 나와라! 포위됐으니까 더 이상 도망칠 수 없다. 순순히 나와라!」

우 형사는 화장실 문을 주먹으로 두드렸다. 그러나 안에서는 아무런 반응이 없었다. 최태오가 자결할지도 모른다는 생각이 퍼뜩 들었다.

「때려 부숴!」

우 형사가 지시하자 기동경찰관 두 명이 군화발로 문을 세차게 걷어찼다. 몇 번 그렇게 걷어차자 문짝이 요란스럽게 떨어져 나갔다.

「빌어먹을!」

텅 빈 화장실 앞에 서서 우 형사는 욕설을 퍼부었다. 떨어져 나간 창살을 보자 그는 울화통이 치밀었다.

「멀리는 가지 못했다! 길목을 모두 차단해!」

악을 쓰다시피 말했지만 그는 이미 포기하고 있었다. 허탈감이 밀려오면서 온몸에서 힘이 빠져 나갔다. 의자에 털썩 주저앉아 담배를 피워 물었다. 식당 주인에게 미안한 생각이 들었다.

「나기룡은 죽지 않았습니다!」

후배 형사가 달려와 보고했지만 그는 대꾸도 하지 않았다. 한 발 늦었어. 조금만 빨리 왔어도 놈을 잡을 수 있었는데……
담배 연기를 허공으로 내뿜으면서 분노를 삭였다. 귀신같은 놈이라는 생각이 자꾸만 들었다.

나는 살고 싶다

나기룡은 다행히 죽지 않았다.

병원에서 의식을 회복한 그는 아직도 공포가 사라지지 않았는지 불안한 눈으로 주위를 둘러보았다. 그리고

「그, 그놈이 병원으로 찾아오면 어떡합니까?」

하고 말했다.

「그건 염려 말아요. 우리가 다 지키고 있으니까.」

「저 창문이 위험한데요. 저 창문으로 놈이 들어올 수 있겠는데요.」

「염려 말라니까. 우리가 이렇게 지키고 있단 말이오.」

「전등을 끄는 게 낫지 않을까요? 그래야 그놈이 들어와도 누가 누군지 모르지요.」

우 형사는 어이가 없었다. 나기룡이 심한 충격을 받고 정신 상태가 좀 이상해진 것이 틀림없었다.

병원에 데려왔을 때 나기룡의 바지는 오줌으로 흥건히 젖어

있었다. 그것 하나만 보아도 그가 얼마나 충격을 받았는지 알 수
있는 일이었다.

공격해 들어오는 칼을 잡은 탓으로 손은 엉망이 되어 있었
다. 칼이 옆구리를 스치고 지나갔기 때문에 생명에는 지장이 없
었다. 그러나 밖으로 드러난 상처를 치료하려면 상당 기간 입원
해 있지 않을 수 없었다.

머리가 깨진 것은 물론 얼굴 모습은 알아보기 힘들 정도로
흉하게 일그러져 있었다. 눈두덩이 시퍼렇게 부어올라 있었고
앞니 다섯 개가 몽땅 부러져 나가고 없었다. 코끝을 칼로 잘라
내려다 말았기 때문에 거기에도 붕대를 대고 반창고를 붙여 놓
고 있었다.

「어떻게 된 일인지 자세히 좀 말해 보시오.」

우 형사가 얼굴을 찌푸리며 묻자 나기룡은 한동안 멍하니 천
장을 바라보다가 갑자기 흐느껴 울기 시작했다. 몹시 서럽게 우
는 바람에 우 형사는 다그치지 못하고 기다리는 수밖에 없었다.
못난 자식 같으니. 울긴……

「전화가 왔었습니다. 시경 살인과라고 하면서……」

한참 후 나기룡은 울음을 그치고 입을 열었다.

「그때가 몇 시쯤이었지요?」

「다섯 시 반쯤이었습니다.」

「뭐라고 하던가요?」

「혹시 최태오가 노리고 있을지도 모르니까 그 문제로 상의

를 하고 싶다고 했습니다.」

「그래서……?」

「그렇지 않아도 걱정하고 있던 참이라 좋다고 했습니다. 7
시에 일단 S호텔 커피숍에서 만나 부근 식당으로 가서 저녁이
나 먹으면서 이야기하기로 했습니다.」

나기룡은 말하기가 몹시 힘이 드는지 숨을 몇 번 몰아쉬고
나서 다시 말을 이었다.

「그래서 7시에 거기로 나갔습니다. 그런데 조금 후에 저를
찾는 전화가 걸려 왔습니다. 시경에서 오신 분이 일식집 은좌에
서 기다리고 있으니까 그리로 오라고 말입니다. 그래서 은좌로
가서 그 방으로 들어갔지요.」

「방안에 최태오가 기다리고 있었나요?」

우 형사의 뚱뚱한 얼굴이 뻘겋게 달아오르고 있었다.

「네, 기다리고 있었습니다.……」

「그럼 왜 안으로 들어갔소? 들어가기 전에 소리칠 수도 있었
을 텐데……?」

「그놈인 줄 알았다면 들어가지 않았죠. 어떻게나 변장을 잘
했는지 마주앉아 인사를 할 때까지도 못 알아봤습니다. 그놈이
나에게 칼을 디밀고 내가 최태오라고 소리치는 바람에 알아보
았죠.」

그 대담하고 교활한 범인의 솜씨에 우 형사는 기가 막히다
못해 모골이 송연해졌다.

「그놈, 어떻게 변장했던가요?」

「안경을 쓰고 있었습니다.」

「무슨 안경……?」

「약간 색깔이 있는 것 같았는데…… 자세히는 잘 모르겠습니다.」

「옷은……?」

「옷은 그러니까…… 아래위 회색 양복이었습니다.」

「생각나는 대로 다 말해 봐요.」

「저고리 안에는 검정 셔츠를 입고 있었고…… 머리에는 기름을 발라 올백으로 넘겼고…… 그리고 아주 무시무시하게 생긴 칼을 들고 있었습니다.」

「무시무시하다니, 어떻게 생긴 칼이란 말이오?」

「하여간 무시무시하게 생긴 칼이었습니다. 거기에 한번 찔리면 아마 살아날 사람 없을 겁니다.」

나기룡은 붕대를 감은 손을 흔들어 보였다.

「당신은 그래도 살아나지 않았소? 최태오가 당신을 살려 준 게 이해가 안 가는데……?」

「제, 제가 죽기를 바랐습니까?」

나기룡이 급히 상체를 일으킬 듯이 크게 움직였다. 우 형사는 고개를 저었다.

「아, 아니…… 그런 뜻이 아니라…… 오해하지 마시오. 당신이 살아난 게 기적 같다는 말이오.」

「네, 그대로 있었으면 저는 틀림없이 죽었을 겁니다. 그놈은 저를 죽이려고 했습니다. 저는 이왕 죽을 거 한번 맞붙어나 보자고 생각하고 그놈에게 달려들었죠. 한데 그놈이 칼을 들고 있어서 당해 낼 수가 있어야죠. 그래서 창밖으로 뛰어내린 겁니다. 흐흐흐……」

「용감하군요.」

우 형사는 빈정거렸다. 그런데 당신, 바지에는 왜 오줌을 쌌지, 하고 물으려다가 그만 두었다.

「그놈이 뭐라고 하던가요?」

「내가 자기 마누라를 죽이고 자기한테 죄를 덮어씌웠다는 겁니다. 아무리 아니라고 했지만 믿지를 않았습니다.」

「그 자식으로서는 그렇게 생각할 만도 하지.」

고개를 끄덕거리는 우 형사를 보고 나기룡의 눈이 휘둥그레졌다.

「아니, 그, 그게 무슨 말씀이죠?」

「그놈은 자기가 마누라를 죽이지 않았다고 끝까지 부인했죠. 판결은 그를 살인범으로 인정하긴 했지만……」

우 형사는 아리송한 말을 던지고는 병실을 나갔다.

마침내 최태오의 목에는 <현상금 1천만 원>이 걸렸다. 한 사람을 체포하는데 그렇게 거액의 현상금이 걸리기는 처음이었다. 그래서 그것 자체가 또한 화젯거리가 되고 있었다.

최태오는 트랜지스터 라디오에 연결된 이어폰을 귀에서 뽑아내고 어느 옷가게로 들어섰다. 시간은 이미 11시를 지나 통금 시간으로 다가서고 있었다.

가게에는 뉴스 따위에는 전혀 귀도 기울일 것 같지 않은 뚱뚱한 중년 부인이 문을 닫기 위해 물건을 챙기고 있었다.

태오는 밤색 점퍼와 검정 바지를 구입한 다음 골목으로 급히 들어섰다. 한참 골목을 허둥지둥 걸어가자 길 양편으로 여자들이 길게 늘어서 있는 것이 보였다. 그를 향해 여자들이 우르르 몰려들었다.

「놀다 가세요.」

「잘해 드릴게요.」

「어머, 미남이셔. 우리 놀아요, 네?」

여자들은 그를 잡아끌며 제각기 한 마디씩 했다.

그는 휘둘러보고 나서 유난히 앳돼 보이는 조그마한 창녀를 골랐다. 창녀는 깡충깡충 뛰면서 그의 팔을 잡고 집으로 데리고 들어갔다. 그 일대에는 처마가 낮은 블록 집들이 다닥다닥 붙어 있었는데, 모두가 매춘 업을 전문으로 하고 있는 듯했다. 안으로 들어가니, 좁은 통로를 사이에 두고 조그만 방들이 잇대어 늘어서 있었다. 그는 창녀를 따라 두 사람이 겨우 몸을 비빌 수 있는 조그만 방으로 들어갔다.

그가 사창굴을 찾아 들어온 것은 일단 숙박업소보다는 안전하다고 생각했기 때문이다. 호텔이나 여관은 검문검색이 심하지만 사창굴에는 수사의 손길이 별로 미치지 않는 장점이 있다. 그리고 사창굴을 찾은 또 다른 중요한 이유가 하나 있었다. 그것은 여체에 대한 그리움 때문이었다.

경찰에 쫓기는 탈옥수가 극한 상황에서 여체를 그리워한다는 것은 도무지 이해할 수 없는 일이다. 그러나 그는 쫓기면 쫓길수록 여체에 탐닉하고 싶은 욕구를 느끼곤 했다.

그러한 욕구는 가발 상점 처녀와 극적인 관계를 맺고 나서부터 일어난 것이었다.

수년 동안 발기 불능 상태에 빠져 있었고, 그것 때문에 아내로부터 버림받고 급기야 살인마로 전락한 그가 마침내 처음 만난 처녀와 성공적으로 육체관계를 맺을 수 있었다는 것은 그야말로 가슴 벅찬 감동이 아닐 수 없었다. 그는 언제 죽을지 모를 자신의 앞날을 그 감동 속에 묻어 두고 싶었다. 그리고 자신의 섹스가 얼마나 훌륭한가를 거듭 확인하고 싶었다.

이제 그에게 있어서 여자의 육체는 그가 마지막으로 안주할 수 있는 도피처였다. 죽음을 앞둔 그로서는 상대가 창녀이든 뭐든 상관하지 않았다. 여자라는 그 자체가 그에게 있어서는 이제 황홀한 대상일 수밖에 없었다.

방안으로 들어서자마자 그는 여자를 으스러지게 끌어안고 입을 맞추었다.

「아이, 가만있어요. 옷 벗구요.」

그녀는 숨이 막혀 할딱거리다가 그의 품을 빠져 나와 옷을

벗기 시작했다. 아직 앳된 기가 가시지 않은 그 조그만 여자를
보고 있으려니 가슴에서 뜨거운 것이 치밀어 올랐다.

　여자의 몸은 살이 올라 통통했다. 조그만 육체인데도 불구하
고 몸매가 균형이 잡혀 있었고 젖가슴과 엉덩이가 탐스러웠다.
실오라기 하나 걸치지 않은 창녀는 부끄러움도 없이 방글방글
웃으며 그를 바라보았다.

　「왜 그렇게 쳐다보세요? 주무시고 가실 거죠?」

　「음……」

　「옷 벗으세요.」

　「음……」

　벌거벗으면서 그는 자신의 섹스가 움츠러들까 봐 두려워했
다. 그러나 그것은 사그라들기는커녕 최대로 팽창된 상태를 유
지하고 있었다.

　「어머나!」

　여자가 그의 그것을 툭 건드리면서 눈을 크게 떴다.

　「어머나! 꼭 말 같애.」

　여자의 손이 다시 한 번 그것을 툭 건드렸다. 그것이 위를 쳐
다보고 끄덕거리자 그녀는 낄낄거리고 웃음을 터뜨렸다. 원래
천성이 명랑한 여자인 듯했다. 자기가 창녀라는 사실을 별로 슬
퍼하거나 그럴 여자 같지가 않았다.

　여자의 웃는 모습을 보자 태오는 뜨거운 피가 용솟음쳤다.
여자를 뒤에서 끌어안으면서 젖가슴을 움켜쥐고 주물렀다. 엉

덩이도 쓰다듬었다.

「이름이 뭐지?」

「화자……」

「몇 살이야?」

「열여덟……」

여자의 부드러운 손이 계속 그의 그것을 건드리고 있었다. 그도 손을 뻗어 보슬보슬한 부분을 부드럽게 쓰다듬었다. 여자가 숨차하며 그의 품속으로 파고들어 왔다.

두 사람은 곧 이불 위로 쓰러져 뒹굴었다. 18세의 창녀는 개구리처럼 사지를 벌리고 그를 받아들였다.

태오는 자신의 섹스가 창녀의 몸속으로 들어갈 때까지도 반신반의했다.

성공할 것 같은 기분이 들지 않았던 것이다. 그러나 그것은 쓸데없는 걱정에 불과했다. 가발 상점 처녀와 관계했을 때처럼 그것은 훌륭히 여자를 정복해 주었다.

여자, 아니 나이로 보아서는 소녀에 불과한 창녀는 그의 밑에 깔려서 소리 지르고 몸부림쳤다. 그는 젖 먹던 힘을 다해 그녀에게 고통을 가했다.

밑에 깔린 창녀의 모습이 더없이 귀여워 보였다. 그는 미쳐버릴 것 같았다. 그는 속으로 부르짖었다.

「나는 살고 싶다!」

「나는 살고 싶다!」

「나는 살고 싶다!」

위에서 여자를 내려찍을 때마다 그는 "나는 살고 싶다!" 라고 부르짖었다.

한참 후 그들은 마침내 화려하게 폭발했다. 그제서야 그는 자신의 섹스 능력에 확신을 가질 수가 있었다.

「흐흐흐흐……」

그는 허탈한 기분에 빠져 음산하게 웃었다.

땀에 젖어 늘어져 있던 소녀가 그의 품에 안기면서 가슴에 얼굴을 비볐다. 그녀의 긴 머리채를 쓰다듬어 주면서 그는 소녀가 사랑스럽다고 생각했다.

「난 죽는 줄 알았어요.」

소녀가 곱게 눈을 흘기며 말했다. 그는 웃기만 했다.

「굉장했어요. 무슨 힘이 그렇게 쎄세요?」

「흐흐……」

그는 소녀의 둥근 엉덩이를 쓰다듬었다.

「꼭 …… 굶주린 늑대 같았어.」

「……」

「두 번만 하다가는 숨넘어가겠어.」

「……」

그가 소녀의 젖꼭지를 빨았다. 소녀가 허리를 틀었다. 다시 서서히 몸이 달아오르는 모양이었다. 그의 섹스도 휴식을 끝내고 다시 발동하려 하고 있었다. 소녀가 그의 그것을 쥐고 흔들자 그것은 다시 용솟음쳤다.

그는 또 그녀의 배 위로 올라갔다. 쫓기는 자가 절박한 심정으로 영원히 안주할 수 있는 곳을 찾듯 그는 소녀의 몸속으로 들어가 숨으려고 기를 썼다.

그들은 아까보다 더욱 격렬하게 부딪치고 신음했다. 좁은 방 안에서 두 남녀가 정신없이 뒹굴다 보니 양 옆방에 실례되는 점이 많았다. 그러나 그들은 그것을 미처 깨닫지 못하고 행위에만 몰두했다.

양 옆방과는 얇은 베니어판으로 구분이 되어 있었다. 그래서 작은 숨소리도 고스란히 들렸다.

두 사람의 몸이 부딪칠 때마다 베니어판이 흔들리고 몸이 짜부라지는 것 같은 기성이 터져 나오니, 옆방 손님들이 가만 있을 리가 없었다. 성미 급한 취객 하나가 먼저 주먹으로 베니어판을 치며 소리쳤다.

「이 잡것들아, 어찌 그리 소란스러? 요분감창 하나 대단하네. 양귀비 뺨치겠다.」

그들은 움직임을 멈췄다. 화자가 작은 소리고 킥 하고 웃었다. 옆방의 취객은 계속 빈정거렸다.

「젊은 사람, 몸 생각해서 적당히 해 둬. 돈 아깝다고 밤새 하다가는 약값이 더 들어갈걸. 히히히……」

태오는 드러누운 채 담배를 한 대 집어 들었다. 소녀가 거기에 불을 붙여 주었다. 그들은 함께 담배를 피웠다.

「고년, 감창 한번 기막혔어. 녹음해 뒀다가 그것만 들어도 환장허겄어. 히히히……」

몸은 겹친 피로와 긴장으로 물에 젖은 솜처럼 늘어졌지만 신경이 놀란 탓인지 도무지 잠을 이룰 수가 없었다. 하긴 그런 상황에서 잠이 온다는 것이 오히려 이상했다.

「왜 안 주무세요?」

성교할 때와는 영 딴판으로 화자가 조용히 물었다.

「잠이 안 와.」

「무슨 걱정 있으세요?」

「아니……」

「꼭 무슨 걱정 있는 사람 같아요.」

「……」

「난 낮잠을 많이 자서 밤에는 잠이 안 와요.」

큰 눈이 선한 빛을 띠고 있었다. 그는 정감어린 눈으로 소녀를 바라보았다.

「고향이 어디지?」

「저어기요.」

「저기 어디?」

「전라도요.」

「어쩌다가 이렇게 됐지?」

그녀는 일어나 불을 껐다.

그들은 껴안은 채 움직이지 않았다. 그녀의 머리 냄새가 좋았다. 그대로 영원히 잠들고 싶다고 생각했다. 그녀의 말소리가 자장가처럼 들려왔다.

「식모살이해도 서울 가서 하라고…… 그래서 서울 올라왔어요. 중학 마치고 진학할 수가 없었어요. 서울 가서 돈 벌어 학교 다니려고 그랬지요. 그렇지만 그것이 터무니없다는 걸 깨달았어요. 공장 직공 생활 3년에 남은 거라고 화장품 외상값뿐이었어요.」

그녀는 남의 일 말하듯이 말하고 있었다.

「부모님은 계시냐?」

「아빠는 제가 어렸을 때 돌아가시구, 엄마하고 오빠 둘, 언니 둘…… 그리고 제가 막내예요. 막내가 제일 못 풀렸죠. 씨팔, 어때요. 이리 사나 저리 사나 한 세상인데……」

「그러면 안 돼. 나이도 어린 것이 벌써부터 그런 생각하면 안 돼. 어떻게든 결혼해서 잘 살아야지.」

「피이, 웃기지 말아요.」

소녀는 고개를 흔들었다.

「웃기는 게 아니야.」

「아저씨, 제 배위로 몇 남자가 거쳐 간 줄 아세요? 아저씨까지 합해서 2백37명이 지나갔어요. 하루에 많을 때는 열 명까지 받을 때가 있어요. 이런 몸으로 어떻게 시집을 가요? 쑥맥같은 남자가 아무것도 모르고 받아 준다 해도 양심상 어떻게 살 수가 있어요?」

「……」

무거운 침묵이 찾아왔다. 그는 소녀의 웃음 뒤에 도사린 암울한 절망을 보는 듯했다. 서로 처지가 비슷하다는 생각이 들었다. 다만 이쪽은 사태가 절박하다는 것이 다를 뿐이다.

그는 손을 뻗어 소녀의 얼굴을 만져 보았다. 그리고 소녀가 소리 없이 울고 있는 것을 알았다. 소녀의 얼굴은 눈물로 축축이 젖어 있었다. 그에게는 사창가 소녀가 양심을 찾는다는 것이 이상하게 생각되었다. 그러나 소녀가 울고 잇는 것을 보고는 그녀의 말이 거짓이 아니란 것을 깨달았다.

「사람은 육체가 문제가 아니야. 정신이 문제야. 아무리 그래도 정신이 깨끗하면 그 사람은 깨끗한 사람이야. 화자는 충분히 결혼할 수 있어.」

「제 마음 아프게 만들지 마세요. 손님 품에 안겨서 이렇게 울어 보기는 처음이에요. 손님은 모두 짐승이라고 생각했었는데……」

「맞는 말이야. 나 같은 놈은 짐승이나 다름없어.」

「제 이야기는 그만 하고 아저씨 이야기나 해 줘요. 아저씨 결혼했어요?」

「음……」

「아기는 몇이나 돼요?」

「없어.」

「어머, 왜 그렇게 갑자기 무뚝뚝하세요? 사모님 예뻐요?」

「그래. 미인이야.」

「그런데 왜 이런 데 오셨어요? 사모님이 알면 큰일 날 텐데……」

「죽었어.」

「네? 사모님 돌아가셨어요?」

「음……」

「어머, 미안해요. 그런 줄도 모르고……」

그는 눈을 감았다. 정말 잠들고 싶었다. 그러나 잠이 올 리가 없었다. 전국의 모든 경찰력이 눈에 불을 켜고 나를 찾고 있을 것이다. 여기에 이렇게 그녀를 끼고 누워 있을 줄은 상상도 못하겠지.

그렇지만 여기라고 안전할 수는 없다. 언젠가는 여기도 경찰이 나타날 것이다. 이 잡듯이 뒤지고 있을 테니, 이런 곳을 빼놓을 리는 없다.

어디로 갈까. 어디로 가야 안전하게 숨을 수가 있을까. 이 추운 겨울에 따뜻이 지낼 수 있는 안전한 곳이 없을까.

정말 살고 싶다. 살고 싶다. 살고 싶다. 그는 사랑스럽게 소녀를 끌어안았다.

「이 생활이 재미있나?」

「지긋지긋해요. 지옥 같아요.」

「그럼 왜 그만 두지 않는 거지?」

「떠날 수가 없어요. 빚 때문에 꼼짝할 수 없어요.」

포주는 창녀들에게 마음으로는 도저히 갚을 수 없는 빚을 잔뜩 지워 놓고, 그것을 이용해서 그녀들을 강제로 붙들어 둔다고 했다.

「만일 도망치면 깡패들을 동원해서 잡아와요. 아무리 도망쳐도 소용없어요. 꼭 붙들리고 말아요. 도망치다 붙잡히면 어떻게 되는 줄 아세요? 반 죽어요. 머리를 깎고, 담뱃불로 지지고, 밥도 안 줘요. 생각만 해도 끔찍해요.」

「빚이 얼마나 되는데……」

「50만 원이 넘어요.」

「그걸 못 갚으면 죽을 때까지 여기 있어야 하나?」

「그러겠죠 뭐.」

들을수록 암담한 이야기였다. 그처럼 암담한 이야기를 들어 보기는 난생 처음이었다. 그녀가 여기가 지옥이라고 말한 것이 이해가 되었다.

「죽어서야 여기서 나가겠군?」

「늙고 병들면 내보내 주겠죠.」

「밖에 나가 죽으라는 거군. 나쁜 놈들 같으니……」

그는 자신의 처지도 잊은 채 분노에 차서 중얼거렸다.

「왜 그렇게 화내세요?」

「글쎄, 나도 모르겠어. 듣고 보니까 화가 났어. 이봐, 나하고 조용한 데 가서 살지 않겠어? 둘이서 만 말이야?」

「아, 생각만 해도 가슴이 벅차요.」

「그렇게 하자구. 너나 나나 같은 신세니까 그렇게 하면 좋을 거야.」

「농담두 잘하시네요..」

소녀는 낄낄거리고 웃었다. 그는 그녀의 입을 덮쳐눌렀다.

「웃지 마. 농담이 아니야.」

「혹시 어떻게 된 거 아니세요?」

「난 정상이야.」

그러나 소녀는 믿으려들지 않았다. 믿을 수 없는 일이었기 때문이다. 그는 물러서지 않고 소녀를 설득했다.

「나하고 함께 도망쳐. 내가 지켜 줄 테니까 염려하지 마. 깡패 따위는 걱정하지 않아도 돼.」

「아저씨 참 이상하다. 왜 하필 저 같은 걸 데리고 도망치려고 하죠? 이유가 뭐예요?」

「이유는 간단해. 네가 좋아서 그런 거야. 목숨을 걸고 너를 지켜 줄 테니까 염려하지 말고 나하고 가자.」

소녀는 휴우하고 한숨을 내쉬었다.

「어떻게 아저씨를 믿고 따라갈 수가 있죠?」

「글쎄…… 나를 믿게 할 수 있는 좋은 방법이 없을까?」

「어디 가서 살려구요?」

「아직은 어디라고 정하지 않았어. 먼 시골이나 바닷가 같은 데가 좋겠지.」

「아이, 생각만 해도 멋져.」

「망설일 거 없어. 무작정 떠나는 거야.」

「아이, 그렇지만 생각해 보구요..」

「생각하구 자시구 할 거 없대두 그래.」

「우리 아기 기르면서 살 거죠?」

「그야 물론……」

「아, 아기 낳고 싶어. 난 딸 낳을래요.」

「맘대로 해.」

「딸 낳으면 아주 예쁠 거예요.」

「그렇겠지.」

「아, 그렇지만 어떻게 도망쳐요? 생각해 볼 테니까 다시 한
번 와 줘요, 네?」

「글쎄…… 다시 와질는지 모르지.」

「아이, 그러지 말고 다시 한 번 와 줘요. 네?」

「기회는 한번뿐이야. 기회를 놓치면 여기서 영원히 헤어날
수 없다는 걸 알아야 해.」

「알아요. 알고 있어요. 그렇지만……」

그녀는 몹시 주저하고 있었다.

어느 새 밤이 지나고 날이 뿌옇게 밝아 오고 있었다.

그는 일어나서 옷을 입었다. 화자가 그를 붙잡았다.

「지금 가실려구요?」

「음…… 가야지.」

그녀의 큰 눈이 조심스럽게 그를 살폈다.

「정말 자신 있으세요?」

「한번 해 보는 거야. 모험심이 없으면 아무것도 못해.」

그를 바라보다 말고 그녀는 발작적으로 일어나 옷을 주워 입기 시작했다.

「전 돈 한 푼 없어요.」

「그건 염려 마. 나한테 돈이 좀 있으니까.」

그는 10만 원 뭉치를 그녀에게 내주었다.

「이거 가지고 있어. 만일을 생각해서 가지고 있어야 해.」

「이걸 받아도 돼요?」

「그럼, 받아 둬.」

10만 원 뭉치다발을 받아 들고서야 그녀는 비로소 그를 믿는 것 같았다.

「소리 내서는 안 돼요. 지금 모두 자고 있을 테니까 살짝 나가면 될 거예요.」

그들은 미닫이문을 소리 나지 않게 조심스럽게 열고 밖으로 나왔다. 찬바람이 확 돌았다.

화자는 구두도 없이 슬리퍼를 끌고 나왔다. 판자로 된 문을 열고 일단 골목으로 나서는 순간 뒤에서

「야!」

하는 소리가 들려왔다.

험상궂게 생긴 40대의 사내 하나가 충혈된 눈으로 노려보면서 다가왔다. 화자는 얼어붙은 듯 그 자리에 서서 오들오들 떨고

있었다.

「이 쌍 년, 어디 가는 거야?」

사내의 우람한 손이 그녀의 목덜미를 움켜쥐었다. 태오는 사내 앞으로 바싹 다가서면서

「이자가 포주인가?」

하고 물었다.

화자가 고개를 끄덕이는 것과 동시에 태오는 사내의 복부를 향해 칼을 찔렀다.

「어이쿠!」

사내가 배를 부둥켜안고 무릎을 꿇었다.

「더는 못 가겠어요!」

소녀가 숨이 턱에 차서 할딱거렸다.

「잔말 말고 따라와.」

태오는 소녀를 난폭하게 끌었다.

「잡히면 어떻게 되는 줄 알아? 넌 죽든지 감옥에 가! 우리는 이제부터 죽든 살든 함께 있어야 돼.」

그들은 골목길을 죽어라 하고 뛰어갔다. 새벽이라 거리에는 인적이 거의 없었다. 계속 골목길로만 뛰어갔다.

태오로서는 함께 도피 생활을 할 수 있는 동지를 얻었다는 사실이 크게 위안이 되었다. 거추장스러우면서도 위안이 되는 것을 부인할 수가 없었다.

화자는 열심히 따라왔다. 어떻게나 정신없이 따라오는지 슬

리퍼마저 벗어 들고 있었다. 다른 한 손으로는 결코 놓치지 않겠다는 듯 태오의 손을 꼭 움켜잡고 있었다.

「절 버리고 혼자 가시면 안 돼요! 전 갈 데가 없어요!」

「염려하지 마! 절대 그러지는 않아!」

따라오는 사람이 없다는 것을 확인하고 난 그들은 겨우 한숨을 돌리고 나서 큰길로 나와 택시를 집어탔다.

청진동 골목에서 내려 해장국을 하나씩 먹고 나니 갈 곳이 없었다. 조간신문을 하나 사들고 다방으로 들어가 차를 시켜 마셨다.

신문에는 지난밤 나기룡을 살해하려다 미수에 그친 사건이 그의 사진과 함께 큼직하게 나와 있었다.

<신출귀몰하는 범인>이라는 제호와 함께 범인에게 우롱당하고 있는 경찰을 신랄히 비판하고 있었다.

나기룡은 상처가 심해서 상당 기간 입원해 있지 않으면 안 된다는 것 같았다. 붕대로 얼굴을 싸고 침대 위에 누워 있는 사진을 보자 태오는 쓴웃음이 나왔다. 나기룡은 S대 부속 병원에 입원해 있었다.

「개 같은 자식.」

중얼거리는 소리에 맞은편에 앉아 있던 화자가 눈을 동그랗게 뜨고 바라보았다.

「왜 그러세요?」

「아, 아무것도 아니야.」

그는 신문을 접어서 주머니에 찔러 넣었다.

「여기에 이러고 계실 거예요?」

화자는 불안한 듯 주위를 둘러보았다.

「음, 가야지.」

「어디로 가실 거예요?」

「글쎄……」

「아주 멀리 가요. 바닷가로 가요.」

「……」

까만 두 눈이 아름답다고 생각했다. 창녀 같지 않게 눈빛이 맑았다. 바다를 동경하는 소녀. 그는 손을 뻗어 그녀의 아기 같은 손을 가만히 감싸 쥐었다.

「바닷가로 데려가 주세요.」

「바닷가로 가고 싶단 말이지?」

「네, 가고 싶어요. 겨울 바다…… 얼마나 멋져요.」

탈옥수, 거기다 사람을 셋이나 죽인 살인범에게 바닷가로 데려다 달라는 소녀.

최태오는 눈을 감았다가 떴다. 자기도 모르게 가만히 한숨이 나왔다.

「그래, 가자. 나도 겨울 바다를 보고 싶다.」

다방을 나온 그는 구둣가게에 들러 화자에게 구두를 한 켤레 사서 신긴 다음 택시를 집어타고 고속버스 터미널로 달려갔다.

30분 후 그들은 강릉행 고속버스 속에 앉아 있었다.

날씨가 잔뜩 흐려 있는 것이 금방이라도 눈이 펑펑 내릴 것 같았다.

그는 소녀의 어깨를 끌어안으면서 가만히 미소했다. 소녀도 불안과 기쁨이 엇갈리는 미소를 지어 보였다.

「가슴이 막 뛰어요.」

「어디 볼까?」

그는 코트 사이로 손을 집어넣고 그녀의 젖가슴을 어루만졌다. 젖꼭지를 비틀자 소녀는 입을 벌리면서

「아이……」

하고 낮게 신음했다.

「우리 함께 사는 거죠?」

「그럼…… 그래야지.」

그녀는 안심한 듯 보조개를 지으며 웃었다.

「지금 몇 살이세요?」

「스물아홉……」

「어머나, 우린 그럼…… 열한 살 차이네요. 그렇지만 괜찮아요. 뭐 어때요. 전 나이 많은 사람이 좋은걸요.」

그 말끝에 그녀는 갑자기 시무룩해졌다.

「왜 그래?」

「전 창녀예요.」

「지금은 아니야.」

「그렇지만 그런 생활을 했지 않아요?」

「그런 게 무슨 상관이야? 앞으로 그런 말하지 마. 또 그런 말 하면 화낼 테다.」

「미안해요. 저 때문에 이렇게 도망까지 하시고.」

「쉿…… 그런 말하지 마. 누가 들어.」

태오는 주위를 얼른 돌아보았지만 그들을 주시하는 사람은 없는 듯 했다.

「그 사람…… 죽었을까요?」

「아마 그랬을 거야. 나도 모르게 깊이 찌른 것 같아.」

태오는 밖으로 눈을 돌렸다.

나지막한 산과 들이 흐린 하늘 밑에 삭막한 모습을 드러내고 있었다. 그의 얼굴을 순식간에 암울한 모습으로 변했다.

버스에서 흘러나오는 어느 유행가 가수의 애절한 목소리가 그의 감정을 자극했다. 그의 얼굴은 어둡다 못해 일그러졌다. 절망의 표정이었다.

살고 싶다! 나는 살고 싶다!

그는 창밖을 향해 소리 없이 절규했다.

「어머, 눈!」

창녀의 외치는 소리에 그는 비로소 흩날리는 눈송이를 볼 수가 있었다.

「아, 신나!」

어린 창녀는 그때만은 모든 것을 잊은 듯했다.

눈송이는 점점 굵어지고 있었다. 그것은 먼 산 너머에서 우르르 우르르 날아오고 있는 듯했다.

「멋져요! 아, 이런 여행 처음이에요!」

창녀의 눈에 눈물이 맺혀 있었다. 창문에 와 부딪치는 눈송이를 만지려고 그녀는 손을 뻗는다. 그때 음악이 멈추고 임시 뉴스가 흘러나왔다.

「임시 뉴스를 말씀 드리겠습니다. 탈옥수 최태오가 또 살인을 저질렀습니다. 지난밤 통금이 임박해서 서울역 부근 사창가에 나타난 최태오는 무허가 하숙집에서 창녀 지화자 양과 동침한 후 오늘 아침 7시경 그곳을 나오다가 그를 알아보고 저지하는 주민 김정태 씨의 복부를 흉기로 찌르고 지 양을 인질로 삼아 도주했습니다. 한편 복부에 중상을 입은 김정태 씨는 병원에 옮기는 도중 숨졌습니다. 이번으로 살인마 최태오는 부인 윤영해 씨를 비롯하여 H교회 집사 김창호 씨와 가발 상점 점원인 주신애 양에 이어 네 번째의 살인 행위를 저질렀습니다. 경찰의 삼엄한 경계망을 뚫고 자행되는 범인 최태오의 대담한 살인행위를 전해들은 시민들은 한결같이 공포에 떨면서 경찰의 무능을 탓했습니다. 경찰은 범인이 아직 서울 시내에 잠복해 있을 것으로 보고 검문검색을 강화하고 있지만 범인은 아직 체포되지 않고 있습니다. 1천만 원이라는 거액의 현상금이 걸린 최태오는 능란한 변장술로 경찰의 포위망을 교묘히 피하고 있다 합니다. 대담하고 신출귀몰하기 짝이 없는 범인은 현재 아래위 회색 양복에……」

화자가 몸을 일으키려는 것을 태오가 제지했다. 그는 그녀의 어깨를 손으로 짓누르면서

「가만있어! 일어서거나 소리치면 죽일 테야!」

하고 속삭였다

새파랗게 질린 소녀는 바들바들 떨면서 그를 바라보았다. 태오는 사창가를 나올 때 어젯밤에 산 밤 색 점퍼와 검정 바지로 갈아입은 것을 백번 잘했다고 생각했다.

「몰랐어요. 그런 사람인 줄…… 몰랐어요.」

화자가 겁에 질려 더듬거렸다. 태오의 눈썹이 잔뜩 치켜 올라갔다.

「알았으면 조용히 해! 떠들면 죽인다!」

「사, 살려 주세요!」

「너를 죽이려고 데려온 게 아니야.」

라디오에서는 계속 임시 뉴스가 흘러나오고 있었다.

「시, 시키는 대로 하겠어요.」

「허튼 수작하면 목을 분질러 버릴 테다!」

그의 팔이 그녀의 목을 휘어 감았다. 힘만 가하면 목이 부러질 판이었다.

「안 그러겠어요. 사, 살려 주세요.」

버스의 뒷자리에서 이처럼 절박한 대화가 오가고 있었지만 승객들은 전혀 눈치를 못 채고 있었다.

버스는 대관령 휴게소에 도착했다. 잠시 휴식을 취하기 위해

승객들이 모두 버스에서 내렸지만 태오와 화자는 그대로 자리에 앉아 있었다.

「오줌 마려요. 소변 좀 보고 오겠어요.」

창녀가 울상이 되어 말했지만 태오는 화난 얼굴로 완강히 고개를 저었다.

「안 돼! 참아. 조금만 참으면 강릉에 도착하니까 거기 가서 소변 봐.」

「못 참겠어요. 막 나오려 해요.」

「참으라면 참아!」

그는 눈을 부라렸다. 그러고 보니 자신도 소변이 몹시 마려웠다. 그렇다고 화자와 함께 밖으로 나갔다가는 그녀가 아무래도 가만있을 것 같지가 않았다. 하는 수 없이 빈 콜라병을 하나 집어 들고 자리에 앉은 채로 거기다가 소변을 보았다. 화자는 겁먹은 눈으로 그의 기이한 짓을 지켜보고 있었다.

10분 후 버스는 다시 출발했다. 눈은 함박눈이 되어 펑펑 쏟아지고 있었다.

소용돌이치는 눈발을 한동안 묵묵히 바라보던 태오는 눈을 질끈 감아 버렸다. 그리고 화자를 붙들고 있던 손도 놓아 버렸다. 화자가 일어서서 도망치거나 소리친다 해도 내버려 둘 생각이었다. 맘대로 해라, 난 가만 있을 테니 네 맘대로 해라.

갑자기 그는 허탈감에 빠져 있었다. 살기위해 기를 쓰고 도망친다는 것이 어쩐지 무의미하게 생각된 것이다. 산다는 것 자체가 더없이 힘겹게 여겨졌다.

한참 후 그는 눈을 떴다. 그러자 화자는 그의 옆에 그대로 앉아 있었다. 얼어붙은 듯 꼼짝하지 않고 그를 바라보고 있다가 고개를 돌렸다.

그는 다시 차창 밖을 바라보았다. 어느 새 뜨거운 눈물이 볼을 타고 흘러내리고 있었다. 눈물이 흐르는 대로 내버려 두었다. 그때 그녀의 속삭이는 소리가 들려왔다.

「울지 마세요.」

그는 깜짝 놀라 창녀를 바라보았다. 그녀의 눈에도 눈물이 가득 괴어 있었다. 이번에는 그녀의 조그만 손이 그의 손 안으로 꼼지락거리며 미끄러져 들어왔다.

「왜 도망가지 않았지? 왜 소리 지르지 않았지?」

「누가 뭐래도 저를 포주한테서 구해 주셨잖아요. 저한테는 은인이세요.」

그는 한숨을 내쉬었다.

「내가 무섭지?」

소녀는 고개를 저었다.

「네…… 그렇지만 처음처럼 그렇게 무섭지는 않아요.」

그의 얼굴에 어두운 그림자가 덮였다. 그는 우울한 눈빛으로 어린 창녀를 물끄러미 바라보았다.

「믿어지지가 않아요.」

「사실이야. 나는 탈옥수고 살인범이야.」

이마에 깊이 주름이 잡혔다.

「그렇지만 한 가지 틀린 게 있어. 나는 내 아내를 죽이지는 않았어, 그런데 억울하게 누명을 쓰고 감옥에 간 거야. 나는 참을 수가 없었어. 그래서 탈옥한 거야.」

그는 지금까지 일어난 일들을 그녀에게 비교적 소상히 설명해 주었다.

단 한 사람에게라도 진실을 이야기해 주고 싶은 충동을 강렬히 느꼈기 때문이다.

그가 이야기를 모두 끝냈을 때 어린 창녀는 눈물을 닦고 있었다.

「우리…… 바다에 가서 함께 죽어요.」?

웅장한 일출

우 형사는 수사본부에 앉아 담배를 뻑뻑 빨아대고 있었다.
매우 신경질적으로 담배를 피우고 있었다.

라디오, 신문 할 것 없이 전 매스컴이 경찰 수사력을 맹렬히
비난하고 있었다. 경찰의 최고 책임자가 분통이 터져 펄펄 뛰었
음은 물론이다. 그 불똥이 일선 수사관인 우 형사에게도 날아온
것이다.

「연말까지 체포하라! 체포하지 못하면 직무유기로 전원 파
면 조치한다! 모두 사표를 제출해 놓고 일하도록 하라!」

불호령에 수사관들은 할 말을 잃고 벙어리 냉가슴 앓듯 끙끙
앓기만 했다.

사실 입이 열 개라도 할 말이 없었다. 연속 살인을 저지르고
있으니 욕을 바가지로 얻어 들을 만했다.

경찰이 이렇게 우롱당해 본 적이 일찍이 없었다. 최태오 하
나를 체포하기 위해 전 수사진이 동원되었는데도 그는 아직 잡

히지 않고 있었다.

　그가 어딘가 깊은 곳으로 잠적해 버렸다면 또 모른다. 그렇지 않고 계속 살인을 감행하고 있기 때문에 수사진의 입장으로서는 미칠 노릇이 아닐 수 없었다.

　「잡히기만 해 봐라, 다리몽둥이를 분질러 버릴 테다.」

　우 형사는 얼굴을 험하게 일그러뜨리며 중얼거렸다.

　「혹시 외곽으로 빠져 나간 게 아닐까요?」

　비쩍 마른 젊은 형사가 곁눈질로 그를 쳐다보면서 물었다. 우 형사는 대꾸하지 않고 허공을 노려보았다.

　「시내에 있다면 그림자라도 잡힐 텐데요.」

　「……」

　「더구나 창녀까지 데리고 있다면 쉽게 눈에 띌 텐데요.」

　「제깟 놈이 가긴 어딜 가.」

　그러나 다섯 시간 동안 본부에 앉아 있었지만 최태오의 흔적을 찾았다는 보고는 하나도 들어오지 않고 있었다.

　「여자를 데리고 있으니까 돈이 곧 바닥이 날 거야. 돈이 없으면 강도질을 하겠지.」

　「앞으로 강도 사건을 잘 체크해야 돼.」

　「그런데 왜 여자를 달고 갔을까요?」

　「난들 알 수 있나.」

　「인질을 그렇게 데리고 다닐 수가 있을까요? 제 생각에는 불가능할 것 같은데요.」

「인질이 아니야. 여자가 따라붙었다고 보는 게 옳아.」

「한데 왜 귀찮게 여자를 데리고 갔을까요? 그 점이 이해가 안 가는데요.」

「그놈은 좀 별난 놈이니까 그렇겠지. 뭐라고 할까. 혼자 도망치기에는 너무 외롭고 하니까…… 함께 도망 다닐 수 있는 동지를 구한 거겠지. 그리고 그놈은 여자를 아주 좋아하는 것 같아.」

「그것 참 묘한 놈이군요. 잡히면 언제 죽을지 모르는 놈이 경찰에 쫓겨 다니면서 여자를 생각하다니 도무지 알다가도 모를 일인데요.」

「난 이해할 수 있어.」

「네?」

우 형사는 일어나서 창가로 다가섰다. 밖에는 함박눈이 소리 없이 내리고 있었다.

「사람은 다 같을 수가 없어. 내일 죽을지 모르는 극한 상황 속에서도 여자만 생각하는 사람이 있어. 그런 사람은 아름다운 여체에 탐닉함으로써 불안을 잊으려고 하지. 불안을 잊는 방법으로써는 여체가 최고야. 동반 자살의 경우 죽음에 대한 불안을 함께 나누어 가지려는 동기도 무시할 수는 없어.」

「그럴 수도 있겠군요.」

「최태오에게 살해당한 그 가발 상점 아가씨 말이야.」

「주신애 말씀입니까?」

「음, 그 아가씨의 몸에서 정액이 검출되었다는 사실만 봐도

최태오가 얼마나 여체에 탐닉하고 있는지 알 수 있어. 그놈은 주
양과 육체관계를 맺은 후 그녀를 죽인 거야.」

「죽일 놈이군요.」

「……」

우 형사는 밖으로 나왔다.

함박눈이 내리고 있기 때문인지 거리에는 평소 때보다도 훨
씬 많은 사람들이 나와 있었다.

그는 눈을 맞으며 느릿느릿 걸어갔다.

칼날 같은 파도가 높이 치솟고 있었다. 갈매기 한 마리가 울
부짖으며 날아가고 있었다. 그들은 차가운 바닷바람과 눈보라
를 받으며 바닷가에 서 있었다.

「아, 너무너무 좋아요!」

어린 창녀가 그의 팔짱을 꼭 끼면서 말했다.

그는 차가운 바람을 가슴 깊이 들이마셨다.

「춥지 않아?」

「괜찮아요.」

그들은 바닷가를 따라 천천히 걸어갔다.

「어머머, 저 파도 좀 봐요!」

집채더미보다 더 큰 파도가 하늘 높이 치솟고 있었다.

서로를 깊이 알고 난 그들은 이제 더욱 가까워져 있었다. 어
린 창녀는 탈옥수에 대한 공포를 말끔히 씻고 포효하는 바다에

온통 정신을 빼앗기고 있는 듯했다.

「우리 함께 죽어요!」

그녀가 걸음을 멈추고 갑자기 뚱딴지같은 말을 했다. 그는 바람에 헝클어진 그녀의 머리칼을 부드럽게 쓰다듬어 주었다.

「저 파도에 뛰어들면 흔적도 없이 사라질 거예요. 고통은 없을 거예요.」

「정말 죽을 수 있어?」

「네, 정말이에요.」

그녀의 까만 두 눈이 머리칼 사이에서 빛나고 있었다. 그는 천천히, 그러나 완강한 태도로 고개를 저었다.

「나는 죽고 싶지 않아. 난 살고 싶어! 아주 오래 오래 살고 싶어!」

그를 바라보던 어린 창녀의 눈에 눈물이 가득 괴고 있었다.

「나는 살고 싶어! 난 살고 싶단 말이야! 아무도 나를 죽일 수 없어!」

그는 바다를 향해 외쳤다. 어린 창녀는 오들오들 떨면서 그를 바라보다 말고 그의 가슴으로 뛰어들었다.

「그만…… 그만하세요! 제가 쓸데없는 말을 했어요!」

그들은 눈가루를 허옇게 뒤집어쓰고 있었다.

눈보라는 수평선 너머에서 날아오는 것처럼 보였다.

그들은 폐선 앞에서 걸음을 멈추었다. 그것은 조그만 목선이었는데 몹시 썩어 있었다. 그들은 그 위에 걸터앉아 울부짖는 바다를 한동안 말없이 바라보고 있었다.

아무리 둘러봐도 주위에는 그들밖에 아무도 없었다. 그들은 부표처럼 모래밭 위에 서 있었다.

언제까지 그러고 있을 수 없다는 것을 그들은 잘 알고 있었다. 그들은 함께 지낼 수 있는 따뜻한 방 하나가 필요했다. 그러나 바다도 하늘도, 대지도 드넓긴 했지만 그들은 자신들의 조그만 육신을 숨길 데가 없다는 것도 잘 알고 있었다.

그는 하얀 조가비 하나를 집어 들었다. 그것은 파도와 바람에 씻겨 끝이 부드럽게 닳아져 있었다.

「가고 싶으면 언제라도 가. 붙잡지는 않을 테니까.」

「싫어요! 가지 않을 거예요!」

어린 창녀는 절망적으로 외쳤다.

최태오가 탈옥한 지 1주일이 지났다. 그러나 그는 체포되지 않은 채 경찰 수사진의 간장을 애타게 하고 있었다. 내로라하는 베테랑 형사들이 총동원되었지만 최태오의 행방은 묘연하기만 했다.

그들은 해를 넘기지 않고 그를 체포할 수 있을 것이라고 자신했었다.

그러한 자신감은 수사관들의 오랜 수사 경험에서 나온 것으로 거의 정확한 것이었다. 그러나 이번 경우에만은 그것이 빗나가고 말았다.

12월 31일이 거의 지나가고 있었지만 최태오는 땅 속으로 꺼져 버렸는지 종적을 찾을 길이 없었다. 수사진은 발을 굴렀지만 별수 없는 노릇이었다.

제일 안달한 사람은 우 형사였다. 그는 연일 집에도 못 들어간 채 사냥개처럼 이리 뛰고 저리 뛰었다. 그리고 비슷한 사람이 나타났다는 정보만 들어오면 그는 누구보다도 제일 먼저 그곳으로 달려가 보곤 했지만 그때마다 번번이 고배를 마시지 않을 수 없었다.

거리나 숙박업소에서는 남녀 아베크족들이 수난을 당했다. 신분을 밝힐 수 있는 증명이 없는 아베크족들은 무조건 연행되어 조사를 받았다.

그 바람에 예기치 않던 사건의 범인들이 덤으로 붙잡히는 촌극이 벌어지기도 했다.

그러던 중 발신인 이름이 없는 편지 한 통이 수사본부에 배달되어 왔다. 12월 마지막 날 오후의 일이었다. 편지 내용은 다음과 같았다.

수사본부장 귀하

탈옥수 최태오를 체포하기 위해 노심초사하시는 수사 요원 여러분들에게 도움이 될까 하고 이 편지를 보내는 것입니다. 최태오가 오늘과 같은 희대의 살인마가 된 것은 그가 억울하게 누명을 썼기 때문입니다. 그 누명이란 다름이 아니고 최태오가 아내를 살해했다는 것입니다. 그가 자기 아내를 죽인 살인범으로 체포되어 무기형을 언도받은 것은 여러분도 잘 알고 계실 겁니다.

그러나 그것은 잘못된 판결이었습니다. 여러 가지 상황과 증거가 최태오를 꼼짝없이 진범으로 몰아넣게 되어 있었던 것입니다.

그러나 분명히 말씀드리는데, 최태오는 자기 아내를 죽이지 않았습니다. 그는 억울한 누명을 쓰고 체포되어 무기형을 언도받았던 것입니다.

생각해 보십시오.

죄 없는 사람이 무기형을 언도받고 감옥에 갇혀 있을 때의 심정이 어떻겠는가를 한번 생각해 보십시오. 그런 경우를 당하면 당신들은 아마 미쳐 버릴 것입니다. 당신들뿐만 아니라 사람이면 누구나 다 미치고 말 것입니다.

최태오가 탈옥을 기도한 것은 당연한 귀결이었다고 생각합니다. 이 세상에 죄 없이 감옥에서 일생을 썩힐 사람이 어디 있겠습니까. 바보가 아닌 바에야 누구나 다 감옥에서 탈옥하려고 들 것입니다.

그러니까 그는 자신의 무죄를 밝히기 위해 탈옥한 것입니다. 그런데 그러다 보니까 본의 아니게 정말로 죄 없는 사람들을 죽이게 된 것입니다.

그는 이제 움직일 수 없는 살인마로 경찰의 추적을 받고 있습니다. 조만간에 사살되거나, 아니면 체포되어 사형대의 이슬로 사라지겠지요.

그처럼 억울하고 어처구니없는 사나이가 또 있을까요. 나이 스물아홉에 그런 신세가 되다니, 참으로 가련하기 짝이 없습니다.

제가 왜 이런 편지를 보내는고 하니, 하나의 사실을 밝힘으로써 가련한 인생을 구제하는 데 조금이라도 도움이 될까 해서입니다.

이렇게 된 마당에 최태오를 구제하는 방법이 있을 리 있겠습니까마는 그래도 밝힐 것은 밝혀서 억울하고 가련한 인생의 영혼을 달래 주어야 한다고 생각했기 때문입니다. 그리고 한편으로 수사진 여러분의 어리석음을 탓하고 싶기 때문이기도 합니다.

그러면, 사실을 밝히도록 하겠습니다.

최태오의 아내 윤영해를 살해한 범인은 다름 아닌 바로 이 사람입니다. 이 사람이 윤영해를 살해한 것입니다. 그럼 이 사람이 누구냐. 그것은 바로 당신들이 해야 할 일입니다. 그것이 바로 당신들의 직업이니까요.

내가 이름을 밝히면 당신들의 일거리가 없어지겠지요. 그래서는 안 되지요.

당신들에게 일거리를 주어야 마땅한 것이지요. 당신들이 편안히 앉아서 월급이나 타먹으려 한다면 그것은 도둑놈 심보나 다름없습니다.

부지런히 뛰세요! 그리고 사건의 진범을 잡아내세요! 그래야 당신들도 떳떳해지는 것 아닙니까?

나도 열심히 뛰겠습니다. 당신들은 모든 면에서 나보다 강력합니다. 따라서 어쩌면 내가 뒤지게 될지도 모르죠.

그러나 나는 포기하지 않고 당신들과 대결해 볼 생각입니다. 만일 결판이 나면, 그때 가서 우리 건배합시다.

건투를 빕니다. 어리석은 자들이여.

편지를 읽고 난 형사들은 한동안 어이가 없어서 서로 얼굴만 쳐다보고 있었다. 그들은 마치 꿀 먹은 벙어리들처럼 그렇게 쳐다보고 있었다.

「어떤 망할 자식이 이 따위 편지를 보냈지?」

성질 급한 젊은 형사 하나가 침묵을 깨면서 분통이 터지는 듯 씩씩거렸다. 기다렸다는 듯이 다른 형사들도 제각기 한마디씩 했다.

「이건 완전히 사람 놀리는 거 아니야?」

「우릴 뭐로 보구…… 원 참, 기가 막혀……」

「이런 놈은 잡아서 혼 줄을 빼내야 해. 나쁜 놈 같으니.」

「혹시 최태오, 그놈이 보낸 게 아닐까?」

「아니야. 그럴 리가 없어.」

잠자코 있던 우 형사가 부정하고 나왔다. 그는 담배를 입에

문채 말했다.

「도망치는데 정신없을 최태오가 이 따위 편지나 쓰고 있겠어? 생각해 봐. 이런 거 보낸다고 해서 그의 죄가 가벼워질 것 같아? 놈은 그런 것 바라지도 않아. 그저 발악하고 있을 뿐이야.」

「그럼 이 편지는 누가 보낸 겁니까? 어떤 놈이 장난하려고 보낸 것일까?」

「아니야. 그렇지는 않을 거야.」

「그럼, 사실이란 말입니까?」

「글쎄, 그럴 가능성도 있지. 덮어 둘 수 없는 문제야.」

실내는 찬물을 끼얹은 듯 조용해져 버렸다. 충격적인 말이었기 때문이다.

「그럴 가능성이 있다니, 어째서 그렇다는 말입니까?」

「무슨 증거가 있어서 그런 건 아니야. 이 편지가 윤영해의 죽음만을 언급하고 있다는 것이 이상하단 말이야. 깊이 관계가 있는 인물이 아니고는 이런 편지를 쓸 수가 없어. 그리고 또 한 가지…… 최태오가 최초의 범행을 끝까지 부인했다는 사실도 주목할 필요가 있어. 그는 윤영해를 죽이지 않았다고 끝까지 버텼었지. 재판에서는 그것이 고려되지 않았지만 말이야. 그리고 탈옥 후에 그가 노린 상대는 나기룡이었어. 왜 그가 죽음을 무릅쓰고 나기룡을 노렸겠어? 단순히 자기 마누라의 정부였기 때문에 그런 것일까? 아니지. 그는 나기룡이 자기 아내를 죽였다고 생각했기 때문이야. 그는 나기룡이한테 칼을 들이대고 네놈이 내 아내를 죽여 놓고 나한테 죄를 뒤집어씌운 거 아니냐고 따진 거야. 그것을 트릭이라고 볼 수 있겠어? 극한 상황에 빠져 있는 그가 그런 짓을 할 수 있겠어? 그는 진정으로 목숨을 내걸고 아내를 죽인 범인을 찾고 있는지도 모르지.」

「그럼 이 편지를 보낸 놈이 정말로 윤영해를 살해한 범인인지도 모르겠군요?」

「그럴 수도 있지.」

「그렇다면 범인이 우리를 놀리고 있는 거 아닙니까?」

「그런 냄새가 다분히 풍겨. 대개의 경우 경찰을 깔보고 도전장을 내는 범인은 이상 심리자가 많아. 정상적인 놈이라면 영원히 잠적해 버리려고 기침 소리 하나 내지 않을 텐데, 이놈은 다르단 말이야. 몸이 근질근질한 거야. 가만히 두고 보니까 경찰이 수사랍시고 벌이고 있는 것이 우스꽝스러운 거지. 그래서 이따위 짓을 한 거야.」

형사들은 아무래도 잘 납득이 안 가는지 고개를 갸우뚱했다. 그러나 우 형사만은 기분이 착잡해져 있었다.

12월 마지막 날이 지나가고 새해 아침이 밝아 왔다.

그들은 새벽의 바닷가에서 일출을 기다리고 있었다. 바닷가에는 그들 이외에 아무도 없었다.

그들은 폐선 위에 걸터앉아 있었는데, 바람이 불 때마다 폐선은 삐걱삐걱 소리를 내고 있었다. 칼날 같은 바람이 불어 왔다. 바람에 파도가 허옇게 일어섰다가 와르르 무너져 내리는 것이 보였다.

「추워요.」

화자가 남자의 품속으로 파고들며 말했다. 태오는 두 팔을 벌려 그녀를 꼬옥 품어 주었다.

「곧 해가 뜰 거야.」

「새해가 와도 세배하러 갈 데가 없어요.」

「나도 마찬가지야. 시골에 늙으신 어머니가 한 분 계시긴 하지만…… 갈 수가 있어야지.」

바람이 그들의 대화를 막았다. 파도가 더욱 높이 치솟고 있었다. 겨울 바다 위로 갈매기 떼가 울부짖으며 날아갔다.

「새해 복 많이 받으세요.」

「고마워. 복 많이 받아.」

그들은 곧 하나가 되어 입을 맞추었다. 절박한 감정이 두 사람을 더욱 뜨겁게 얽어매고 있었다. 그들은 결코 떨어질 수 없다는 듯이 으스러지게 끌어안았다.

「너는 이제 열아홉이 되겠구나?」

「네, 아저씨는 서른이 되고요.」

「음, 벌써 서른이라니 원…… 살 만큼 살았어.」

「서른이 뭐가 많아요?」

「살기 나름이겠지. 백 년을 살다가 죽어도 한이 되는 사람이 있겠지.」

어느 새 수평선이 붉게 물들기 시작하고 있었다.

「어머, 저기 수평선 봐요!」

「아, 드디어 뜨는군.」

바다가 온통 붉어지자 그들의 얼굴에도 붉은 물이 들었다. 그들은 타는 듯 한 눈으로 수평선을 바라보고 있었다.

마침내 불덩이가 수평선 위로 불쑥 솟아올랐다. 거대한 불덩이었다. 불덩이는 흔들리고 있었다.

「어머나, 멋있어요! 나, 저런 거 처음 봐요!」

그들은 다시 끌어안았다. 이번에는 아까보다 훨씬 오래도록 입을 맞추었다. 그들이 키스를 끝내고 났을 때 태양은 이미 수평선 위에 떠 있었다.

태오는 동해의 그 웅장한 일출에 전율을 느꼈다. 그것이 새해의 첫 번째 일출이기에 그는 더욱 가슴이 찢어지는 것 같았다. 그에게 있어서 새해는 희망이 아닌 절망이었다. 활활 타오르는 붉은 태양은 절망의 심연이었다.

자기도 모르게 그의 눈에서는 뜨거운 눈물이 주르륵 흘러내렸다. 그것은 단순히 슬퍼서 흘리는 눈물이 아니었다. 그것은 절망의 심연에서 솟아오르는 눈물이었다. 그래서 더욱 뜨거운 것인지도 몰랐다.

「어머, 울지 말아요!」

그의 눈물을 보고 화자가 울먹이며 말했다. 그는 대꾸하지 않고 태양만 바라보고 있었다.

「울지 말아요!」

그녀가 울음을 터뜨렸다. 참고 참았던 울음을 한꺼번에 쏟아 놓는 듯 그녀는 엉엉 소리 내어 울었다.

새해 아침에 동해의 일출을 바라보며 엉엉 소리 내어 우는 그녀의 모습은 제 삼자가 볼 때는 참으로 이해하기 어려운 기묘한 것이었다.

「자, 그만 울어. 새해 아침을 눈물로 맞아서야 되나.」

그는 화자를 감싸 안고 폐선에서 내려섰다.

파도에 씻긴 모래밭에는 사람의 발자국 하나 없었다.

그들은 모래 위에 찍히는 자신들의 발자국들을 의식하면서 한없이 걸어갔다.

그는 하얀 조가비 하나를 집어서 화자의 손에 쥐어 주었다.

「내가 너한테 줄 수 있는 건 이것밖에 없어. 미안해.」

「어머, 예뻐. 오래오래 간직할게요.」

조금 전에 엉엉 소리 내어 울던 그녀는 천진스럽게 웃었다. 그는 멈춰 서서 그녀를 똑바로 바라보았다.

「왜 그러세요? 아니, 그런 눈으로 보면 싫어요.」

「내가 무섭지 않아?」

「무섭지 않아요. 하나도 안 무서워요.」

「나는 시한부 인생을 사는 사람이나 같아. 언제 죽을지 몰라. 아마 곧 죽을 거야.」

「그런 거…… 생각하는 거 싫어요.」

그녀가 힘없이 머리를 흔들었다. 그는 한숨을 내쉬었다.

「엄연한 사실이야. 시시각각 죽음이 다가오고 있는 것이 내 눈에 보여. 그렇지만 나는 살고 싶어. 이렇게 살고 싶은 적이 일찍이 없었어. 어리석은 생각이겠지만 말이야.」

그는 두 손으로 창녀의 손을 감싸 쥐고 손등에 입을 맞추었다. 그의 눈에는 모든 것이 새롭고 소중해 보였다. 그는 몸을 떨었다.

「시간이 흐를수록 죽는 것이 무서운 생각이 들어. 무서워서 잠이 오지 않아.」

「아무 생각도 하지 마세요.」

「그럴 수가 없어. 넌 왜 떠나지 않는 거지? 왜 나와 함께 있는 거지? 얼마든지 도망칠 수 있을 텐데?」

「모르겠어요. 저도 잘 모르겠어요. 아저씨를 혼자 내버려 두고 차마 떠날 수가 없어요.」

「나를 동정하는 건 싫어.」

「동정하는 게 아니에요.」

「그럼……?」

「모르겠어요! 같이 있고 싶어서 있는 거예요! 그런 거 따지지 마세요! 우리는 같은 운명이라는 생각이 들어요.」

그는 손을 뻗어 그녀의 머리칼을 만졌다. 그녀가 가까이 다가왔다. 머리에서 바다내음이 나는 듯했다.

「어렸을 때 저는 선생님이 되는 게 꿈이었어요. 초등학교 선생님이 그렇게 되고 싶었어요.」

「……」

「그런데 창녀가 되고 말았어요. 창녀가 되리라고는 꿈에도 생각지 않았었는데……」

그것은 가슴을 후벼내는 것 같은 쓰라린 말이었다. 살인자는 눈물이 나오려고 했다.

「과거는 생각할 필요가 없는 거야. 화자는 얼마든지 새롭게 출발할 수가 있어. 화자는 좋은 여자가 될 거야.」

「아니에요. 그렇지 않아요. 저는 불행에서 벗어날 수 없을 거예요.」

「어른 같은 말은 하지도 마.」

「사랑해요!」

그녀가 갑자기 뚱딴지같은 말을 했기 때문에 그는 어리둥절했다.

「이 세상에서 가장 불행한 남자를 사랑할 수 있다니, 저는 정말 불행하면서도 행복한 여자인지도 몰라요!」

「네가 어떻게 그런 말을 다 할 수가 있지?」

그 완숙한 표현력에 그는 사뭇 놀랐다.

그들은 바닷가에 자리 잡은 어느 오막살이에서 방 한 칸을 빌려 쓰고 있었다. 그 집에는 젊은 부인이 어린 아들 하나를 데리고 살고 있었다. 그녀의 남편은 어부였는데, 한 해 전에 바다에 나가 돌아오지 않았다고 했다.

낯선 남녀가 나타나 돈을 후하게 준다는 바람에 그 청상과부는 그들을 집안으로 받아들여 하숙을 쳤다. 그들이 무엇하는 사람들인지, 그리고 왜 바닷가에 나타났는지 그녀로서는 알 길이 없었다.

그들이 집으로 돌아가는데, 어린 아이가 뛰어오며 그들을 불렀다.

「아줌마, 밥 묵으래요.」

그들은 다투어 뛰어갔다.

화자는 깔깔거리며 아이를 덥석 안아들었다. 태오도 웃었다. 그들의 즐거워하는 모습을 과부가 돌담 너머로 무표정하게 바라보고 있었다.

두 여자

청상과부는 스물여섯 살이었다. 스물에 결혼해서 아들을 하나 낳고 가난한 대로나마 행복한 생활을 꾸려 나갔는데, 그만 덜컥 남편을 잃고 만 것이다.

아들 하나가 눈을 초롱초롱 뜨고 있어서 아무 데고 떠날 수가 없었다. 남자들의 유혹이 제일 견디기 어려웠지만 그녀는 이를 악물고 참았다.

그녀는 바다에서 갓 올라온 생선을 받아다가 십 리 저쪽 시내까지 가서 파는 것이 일과였다. 그것으로 두 식구의 생계는 근근이 꾸려 나갈 수가 있었다.

낯선 두 남녀를 받아들여 하숙을 치게 되었을 때 그녀는 별 감정 없이 그들을 대했었다.

그러나 하루 이틀 지나면서 그들 남녀의 불같은 애정을 보게 되었을 때 그녀의 얼어붙은 가슴은 질투의 불길로 서서히 타오르기 시작했다. 그리고 어느 결에 그녀는

"젊은 것들이 대낮부터······"

하고 중얼거리게 되었다. 사실 태오와 화자는 대낮에도 정사를 벌이는 경우가 많았다. 태오의 욕망은 흡사 봇물처럼 끊임없이 터져 나오고 있었던 것이다.

젊은 것들이 나타나지 않았을 때는 어린아이가 혼자서 하루 종일 집을 지키곤 했는데, 그들이 나타나 대신 집을 봐 주게 된 뒤로는 아이가 한사코 엄마를 따라붙었다.

그래서 그 날도 그녀는 어린 아들을 데리고 행상에 나섰다. 생선장수 아줌마라고 하지만 그녀는 거기에 어울리지 않게 고운 데가 있었다. 얼굴에 표정이 좀처럼 나타나지 않은 것이 특징이라면 특징이랄 수 있지만, 가슴속에는 남보다 강한 정열을 숨겨두고 있었다.

시외버스를 타고 그들 모자는 시내로 나갔다.

정초라 시장은 문을 열지 않았다. 시장 한 귀퉁이에서 옹송그리고 앉아 있어 봐야 손님이 있을 것 같지 않았다. 한 시간쯤 거리를 돌며 생선 팔 데를 찾아다니는데, 아이가 춥다고 칭얼거리기 시작했다. 따끈한 호빵을 하나 사 주자 아이는 말없이 따라왔다. 그러나 호빵을 다 먹고 나자 다시 칭얼거리기 시작했다. 그녀는 아이의 머리를 철썩 때렸다. 아이가 기다렸다는 듯이 큰 소리로 울어 댔다.

그녀는 우는 아이를 데리고 어느 식당으로 가서 생선을 모두 헐값에 넘겨 버렸다. 그리고 시외버스 정류장으로 갔다. 거기서

버스를 기다리는데 아이가

「엄마!」

하고 불렀다. 그녀는 아무 대꾸도 하지 않고, 한복 차림으로 지나가는 젊은 부부를 바라보기만 했다. 아이가 다시 그녀를 불렀다.

「엄마, 저기 봐. 아저씨야.」

비로소 그녀의 시선이 움직였다. 그녀는 아이가 가리키는 곳을 쳐다보았다.

그것은 대합실 벽에 붙어 있는 현상 수배 포스터였다. 범인의 얼굴이 크게 찍혀 있었는데, 안경을 끼지 않았다 뿐이지 집에 하숙하고 있는 그 사나이와 비슷해 보였다.

그녀는 아이의 관찰력에 놀라고, 사나이의 정체에 경악했다.

「엄마, 그 아저씨 맞지?」

「쉬!」

그녀의 거친 손이 아이의 입을 틀어막았다. 다행히 그들에게 주목하는 사람은 없었다. 그녀는 포스터에 적힌 글자를 하나도 빠짐없이 읽었다.

아이를 데리고 서둘러 대합실을 빠져 나온 청상과부는 인근 파출소로 향했다. 아이가 미처 따라가지 못해 칭얼거렸지만 그녀는 상관하지 않고 걸음을 빨리 했다. 걸음을 빨리 하지 않고는 몸이 떨려 오줌이라도 쌀 것 같았다.

마침내 파출소가 보였다. 파출소가 가까워 오자 그녀의 걸음

걸이는 갑자기 느려졌다. 그리고 막상 그곳에 이르자 외면을 하고 그곳을 지나쳐 갔다. 한참 걸어가다가 그녀는 다시 돌아섰다. 이번에는 꼭 신고해야 한다고 단단히 마음먹고는 파출소로 향했다.

파출소 앞에는 방한복 차림의 경찰관 한 명이 총을 들고 서 있었다. 발이 시린지 그는 자꾸 발을 움직이고 있었다.

그녀는 파출소 앞에서 머뭇거렸다. 경찰관과 시선이 마주치자 그녀는 얼른 고개를 돌려 버렸다. 차마 경찰관을 바라볼 수가 없었다. 가슴이 콩콩 뛰고 눈앞이 어지러워 정신을 차릴 수가 없었다.

어느 새 그녀는 파출소 앞을 지나치고 있었다. 이래서는 안 된다고 생각했지만 발길은 파출소로부터 자꾸만 멀어지고 있었다.

「엄만, 어디 가?」

아이가 잉잉거리며 울었다.

「울지 마!」

그녀는 아이의 따귀를 철썩 갈겼다.

「엄마 미워! 앙!」

아이는 길 가운데 서서 맹렬히 울어 대기 시작했다. 그녀는 아이를 내버려 둔 채 정류장 쪽으로 걸어갔다. 그 뒤를 아이가 울면서 따라갔다.

「어떻게 하면 좋을까?」

그녀는 대합실에 돌아와 앉아 멀거니 맞은편 벽에 붙어 있는 포스터를 바라보았다. 아이는 울음을 그치고 호빵을 또 먹고 있었다.

「어떻게 하면 좋을까?」

아까와는 달리 그녀는 한쪽 방향으로 마음이 기울어지지가 않았다. 왜 그러는지 자신도 잘 알 수가 없었다. 아까처럼 겁이 나지도 않았고, 그래서인지 몸도 떨리지 않았다.

파출소로 쪼르르 달려간다는 것이 왠지 싫었다. 너무 단순한 행동인 것 같았다. 마침내 그녀는 파출소를 외면한 채 집으로 가는 버스에 올랐다.

집이 가까워 오자 가슴이 콩콩 뛰기 시작했다.

버스에서 내려 걸어가면서 그녀는 아들에게 단단히 주의를 주었다.

「그 아저씨 봤단 말해서는 안 된다. 알았지?」

「으응……」

아이는 엄마가 사 준 팔랑개비에 정신이 팔려 있었다.

「엄마가 뭐라 그랬지?」

「응? 몰라.」

아이는 신이 나서 뛰어가 버렸다.

그녀가 사립짝문을 밀고 안으로 들어섰을 때 방안에서는 남녀의 히히덕거리는 소리가 들려오고 있었다.

그녀는 질투가 섞인 눈으로 방문을 쏘아보다가 머리에 이고 있던 함지박을 마루에다 쿵 하고 내려놓았다.

　웃음소리가 그치더니 방문이 삐걱하고 열리면서 처녀애가 밖으로 고개를 내밀었다. 머리가 헝클어지고 옷매무시가 흐트러져 있었다.

「아줌마, 오늘은 일찍 오셨네요?」

그녀는 무표정하게 처녀애를 바라보았다.

「점심 먹었수?」

「네, 차려 먹었어요.」

「머리에 피도 안 마른 것이……」

그녀는 부엌으로 들어서면서 중얼거렸다.

「저것들을 어떻게 할까?」

그녀는 아궁이 앞에 철퍼덕 주저앉았다.

「저것들을 어떻게 하지?」

그녀는 길게 한숨을 내쉬었다.

　태오는 잠이 든 화자의 얼굴을 가만히 내려다보았다. 더없이 평화스럽고 천진스러운 모습이었다.

　얼굴을 반쯤 가리고 있는 헝클어진 머리칼을 쓰다듬어 준 다음 그는 밖으로 나왔다. 주인 여자가 마루에 우두커니 앉아 있다가 그를 돌아보았다. 강렬한 시선이었다. 너무 강렬하다고 느꼈을 때 그녀는 이미 고개를 돌리고 있었다.

「춥지 않습니까?」

왜 추운데 나와 앉아 떨고 있을까, 하고 생각하면서 그는 물었다.

「괜찮아요.」

그녀가 외면한 채 대답했다. 몹시 외롭고, 무엇인가 기다리고 있는 듯 한 모습이었다.

「아이가 혼자서도 잘 노는군요.」

그는 팔랑개비를 들고 바닷가를 뛰어다니고 있는 아이를 눈으로 쫓았다. 과부는 반응을 보이지 않았다.

「몇 살인가요?」

「여섯 살이에요.」

마지못해 대답하는 눈치였다. 그는 갑자기 과부와 많은 이야기를 나누고 싶어졌다.

「아이를 훌륭히 키우셔야겠군요.」

「여자 혼자서 어떻게……」

「여자 혼자서 자식을 훌륭히 키운 경우가 많습니다. 물론 남 모르는 고통이 많겠지만요.」

「자식만 없다면…… 아무 데로나 훌쩍 떠나고 싶어요.」

그는 과부를 바라보았다. 그녀의 얼굴은 여전히 무표정했다. 그러나 무릎 위에 포개고 있는 두 손이 떨리고 있는 것을 그는 놓치지 않고 바라보았다.

젊은 나이에 과부가 되었으니 그 괴로움이 오죽하랴 싶었다. 아무 데로나 훌쩍 떠나고 싶다는 그녀의 말을 그는 충분히 이해할 수 있을 것 같았다.

「언제까지 여기 계실 건가요?」

그녀가 갑자기 화제를 바꾸는 바람에 그는 멈칫했다.

「글쎄, 사정이 허락하면 오래 있고 싶지만…… 어떻게 될지 모르겠습니다.」

「어디서 오셨나요?」

「서울서 왔습니다.」

그녀가 그런 것을 물어 오기는 처음이었다. 지금까지는 아무런 관심도 보이지 않던 그녀였다.

「두 분은…… 부부 사이인가요?」

그것은 이미 두 사람의 관계를 의심하면서 물어 온 것이었다. 그는 고개를 저었다.

「아, 아닙니다.」

「나이 차이가 많은 것 같아서 물었어요.」

「네, 많습니다.」

「애인 사이인가 보지요?」

「뭐, 아무렇게나 생각하셔도 좋습니다.」

그는 바다 쪽으로 걸어갔다.

아이는 신이 나서 뛰어다니고 있었다. 팔랑개비는 바람을 받아 쉬지 않고 돌아가고 있었다.

그가 웃어 보이자 아이는 팔랑개비 든 손을 높이 쳐든 채 할딱거리면서 그 앞에서 멈춰 섰다.

「재미있니?」

「응…」

「그거 어디서 났지?」

「엄마가 사 줬어.」

아이는 누런 콧물을 훌쩍 들이켰다. 그리고 그를 찬찬히 쳐다보았다.

「내 얼굴에 뭐 묻었니?」

「아니……」

「그럼 왜 그렇게 쳐다보는 거야?」

그는 아이의 머리를 쓰다듬어 주었다.

「나, 아저씨 사진 봤어.」

「내 사진을 봤다고?」

그는 아이의 머리에서 손을 내렸다. 아이는 틀림없다는 듯 끄덕였다.

「어, 어디서 봤지?」

「쩌어기서…… 엄마하고……」

「엄마랑 같이……?」

「응, 엄마도 봤어.」

어느새 태오의 얼굴은 석고처럼 굳어 있었다.

「엄마하고 저어기 버스 타고 갔을 때 봤단 말이지?」

「응…… 그 사진에는 안경이 없어.」

「엄마도 분명히 봤단 말이지?」

「응, 엄마는 한참 봤어.」

그는 고개를 홱 돌렸다. 과부가 이쪽으로 걸어오다 말고 멈춰서고 있었다.

여자는 진홍색 스웨터에 두 손을 찌르고 가만히 서 있었다. 바람에 검정 통치마가 펄럭이다가 하체를 휘감는 바람에 하체의 선이 적나라하게 드러나고 있었다.

태오는 일그러진 표정으로 그녀를 쏘아보다가 주위를 둘러보았다. 그녀가 경찰에 신고했다면 이미 이 일대는 포위되어 있을 것이다.

그러나 그런 기미는 보이지 않았다. 그녀가 아들을 데리고 피하지 않는 것도 이상했다. 혹시 내가 잘못 생각한 게 아닐까. 그가 머뭇거리고 있을 때 과부가 가까이 다가왔다.

두 사람의 시선이 격렬하게 부딪쳤다. 두 사람 다 겁에 질린 표정들이었다. 여자는 무슨 말인가 할 듯 입술을 움직거리고 있었지만 쉽게 입을 열지는 않았다.

태오는 지금이 바로 이곳에서 도망칠 때라고 생각했지만 왠지 그러고 싶지가 않았다. 여자가 보는 앞에서 그런 짓을 하고 싶지가 않았다.

그때 여자가 아들한테 물었다.

「너 아저씨한테 무슨 말했지?」

「아저씨 사진 봤다고 그랬어.」

아이는 천진스럽게 대답했다. 그리고 팔랑개비를 날리며 저

쪽으로 뛰어가 버렸다. 두 사람은 다시 무섭게 쳐다보았다.

「그게 사실인가요?」

「……」

과부는 움츠러들며 고개를 끄덕였다. 금방이라도 도망칠 것만 같았다.

「아주머니도 보셨나요?」

「……」

「경찰이 몰려오겠군요?」

「……」

여자가 도망칠까 봐 그는 움직일 수가 없었다.

「겁내지 마세요. 해칠 마음은 없으니까……」

그는 앞으로 가는 대신 뒤로 한 걸음 물러났다.

「경찰이 잡으려고 몰려오면…… 나는 바다로 뛰어들 수밖에 없습니다.」

「……」

파도 소리가 날카롭게 들려 왔다. 그는 두 팔을 벌렸다.

「나는 이미 죽을 준비가 되어 있습니다. 별로 겁나지도 않습니다.」

그때 여자가 외치듯이 말했다.

「경찰에 말하지 않았어요!」

「……」

이번에는 그가 입을 다물었다.

「파출소까지 갔다가 돌아왔어요! 말해 버릴 수 있었지만…… 어쩐지 그러고 싶지가 않았어요!」

「이상하군요!」

그는 바지 주머니에 두 손을 찔러 넣었다.

「제가 무섭지 않습니까?」

「처음에는 무서워서 떨었어요! 그렇지만 지금은 별로 그렇지 않아요.」

바람이 그들의 말을 막았다. 여자가 몸을 움츠렸다. 그는 폐선이 있는 쪽으로 걸어갔다. 여자는 말없이 그의 등을 바라보다가 뒤따라가기 시작했다.

그들은 폐선을 사이에 두고 마주섰다. 그는 구두를 벗어 모래를 털어 냈다.

「앞으로 어떡하실 거예요?」

「몰라요. 어떻게 되겠지요. 결국 죽는 거지만……」

「살고 싶으세요?」

「물론, 말할 수 없이……」

그는 폐선 위에 걸터앉았다.

「그 여자는 누구예요.」

「오다가다 만난 애지요.」

「알고 있나요?」

「알고 있어요.」

「별난 애군요.」

목소리에 질투가 섞여 있었다. 그의 눈이 이글거리며 여자의 몸을 더듬었다.

「지금 바로 떠나 드리죠. 해를 끼쳐 드릴 마음은 조금도 없습니다.」

「괜찮아요. 가고 싶을 때 가세요. 쫓지는 않겠어요.」

「감사합니다. 사실 갈 데도 없습니다.」

「저도 마찬가지예요.」

말투로 보아 고기나 받아다 팔아먹는 무식한 여자는 아닌 것 같았다. 생각이 깊고 교양이 있는 여자 같았다. 태오는 혼란을 느꼈다.

불안한 밤이었다. 잠이 올 리 없었다. 태오와는 달리 화자는 그동안 창녀 생활을 하면서 설친 잠들을 한꺼번에 몰아서 자기라도 하는 듯 잠꼬대까지 하면서 자고 있었다.

바닷바람에 문이 끊임없이 덜커덩거리고 있었다. 그는 어둠 속에 웅크리고 앉아 불안한 눈으로 문을 바라보곤 했다.

오늘 밤 만일 경찰이 나타난다면 그는 독안에 든 쥐다. 이 방에 갇혀서 꼼짝없이 사살되든지 체포되든지 하겠지. 체포되어 고생을 자초할 필요는 없겠지. 어차피 죽을 거, 사살당하는 편이 낫겠지.

파도가 밀려와 모래밭을 덮치는 소리가 쏴아 하고 들려 왔다. 요란한 파도 소리에 귀를 기울이면서 그는 초조하게 담배를 빨았다.

시간은 이미 자정을 넘어서고 있었다. 문득 위험한 고비를 넘겼다는 생각이 들었다. 과부의 말대로 그녀는 경찰에 신고하지 않은 것 같았다.

현상 수배된 살인범이 자기 집에 숨어 있다는 사실을 알면서도 그녀는 왜 경찰에 신고하지 않았을까. 무슨 이유일까? 그는 과부의 깊은 마음을 아무래도 알 수가 없었다.

잠을 못 이룬 채 어둠 속에 앉아 있자니 가슴이 터져 나갈 것만 같았다. 문을 열고 밖으로 나갔다.

밖에는 달빛이 하얗게 부서져 내리고 있었다. 그는 모래밭 위로 덮쳐오는 허연 파도와 바다의 끝에 잠긴 침묵을 보았다. 바다의 끝으로 걸어가고 싶었다.

문득 그는 과부의 방에 불이 켜져 있는 것을 보고 깜짝 놀랐다. 그 집은 전기 대신 등잔을 사용하고 있었기 때문에 방문 창호지에 비친 불빛이 매우 희미했다. 이 여자가 아직도 안 자고 있었구나! 웬일일까. 하긴 살인범을 옆방에 두고 잠이 올 리가 있겠는가.

그는 자기도 모르게 과부의 방 앞으로 다가섰다. 그때까지도 그는 다른 마음이 없었다. 무심코 다가갔을 뿐이었다.

방문 앞에서 그는 머뭇거리며 가만히 한숨을 내쉬었다. 그녀가 허락한다면, 낮에 못 다한 말을 나누고 싶었다. 그리고 그녀가 경찰에 고발하지 않은 데 대해 감사하다고 말하고 싶었다.

마침내 그는 방문을 조용히 노크했다. 그리고 조심스럽게 물었다.

「주무시나요?」

「……」

아무 대답이 없다. 그 대신 방안의 불이 꺼졌다. 거부의 뜻인가 보다, 하고 생각했을 때 방문이 소리 없이 열렸다.

굴 속 같은 어둠이 입을 크게 벌리고 그를 기다리고 있었다. 그는 그 뜻을 모를 만큼 바보가 아니었다. 여자가 뜻하는 바를 알았기 때문에 당황하지 않을 수 없었다.

그랬었구나! 그는 전율했다. 이것이 그녀의 카드라면 거절할 수 없다. 그녀의 요구에 응하는 동안만은 적어도 이 집에서 안심하고 지낼 수 있겠지.

그는 조심스레 허리를 굽히고 방안으로 들어갔다. 이불이 발에 밟혔다. 굶주린 여자만이 지니고 있는 독특한 냄새가 물씬 풍겨왔다.

과부는 누워 있었다. 이불을 머리끝까지 뒤집어쓰고 누워 있었다. 갑자기 그는 분노에 사로잡혀 여자를 죽일 것 같다는 생각을 했다.

분노를 삭이며 묵묵히 옷을 벗었다. 그것은 이미 탱탱히 발기해 있었다. 유혹에 약한 놈이었다. 이불을 획 젖혔다.

여자는 속치마 바람으로 죽은 듯이 엎드려 있었다. 몸이 뜨거웠다. 몸에 손을 대자 부르르 몸을 떨었다. 속치마를 걷어 내자 알몸이었다. 아직 몸을 맞대지 않았는데도 숨결이 뜨거웠다.

손만 조금 대도 그가 뜻하는 쪽으로 몸을 움직여 주었다.

여자가 몸을 바로 했을 때, 성숙한 여체의 훈훈함과 달콤함이 동시에 풍겨왔다. 두 손으로 여자의 하체를 쓰다듬자 다리가 양쪽으로 열렸다. 어둠에 눈이 익자 여체의 윤곽이 허옇게 드러나 보였다.

익을 대로 익고 퍼질 대로 퍼져 버린 육체가 다리를 벌리고 누워 있었다. 살찐 허벅지와 거대한 엉덩이를 그는 부지런히 쓰다듬었다. 부풀다 못해 처져버린 젖가슴에 입을 가져갔다. 젖꼭지가 껄끄러웠다. 그것이 혀끝에서 구르자 여자의 몸이 바다 위에 표류하는 배처럼 흔들렸다.

뱃속에서부터 신음 소리가 흘러나왔다. 그는 숲을 헤치고 들어갔다. 여자를 질식시켜 죽여 버리고 싶다고 생각하면서 모래를 파헤치듯 아래로 아래로 파 들어갔다.

여자는 미친 듯이 몸부림쳤다. 그의 목을 끌어안고 튼튼한 다리로 그를 휘어 감았다.

여자를 질식시키려고 하던 그는 오히려 그녀에게 흡수되어 녹아버리는 것 같았다. 그녀의 흡반은 그를 빨래처럼 비틀어 마지막 한 방울까지 집어 삼켰다.

그녀는 관계를 하는 동안 내내 흐느껴 울었다. 너무 감격한 나머지 우는 것 같았다. 그는 과부의 섹스가 그토록 강하다는 데 너무 놀라고 있었다.

그가 파도 소리를 들었을 때, 과부도 움직임을 멈추고 있었다. 땀이 식는 바람에 그는 추위를 느꼈다. 이불을 뒤집어쓰자 여자가 그의 가슴에 얼굴을 묻으면서 다시 흐느껴 울었다. 이번의 울음은 조금 전의 그것과는 달랐다. 젊은 과부의 한 맺힌 울음이었다.

그는 여자가 울음을 그칠 때까지 그녀의 머리를 쓰다듬어 주었다. 그녀는 아기처럼 울었다. 육체의 욕망을 처리하기에는 사는 것이 너무 서투른 여자 같았다. 마지 그 자신처럼.

그는 여자가 천천히 흘려 놓는 이야기를 조용히 들었다. 환청 같았다.

그녀의 이름은 염복매(廉福梅)라 했다. 그녀는 어릴 때부터 바다를 무척 좋아했다. 유복한 집안의 셋째 딸이었는데, 부모는 아들 갖기를 소원했다.

어머니가 네 번째 아이를 낳다가 세상을 떠나자 갑자기 집안이 기울기 시작했다.

일 년 후 계모가 들어왔는데 그녀는 아들만 내리 셋을 낳았다. 자연 전실 딸들에 대한 학대가 극심해졌다. 복매는 참다못해 집을 뛰쳐나왔다. 여학교 3학년 여름 방학 때였다. 그녀는 바닷가를 찾았다.

「북평에서 아기 아버지를 만났어요. 먼 일가뻘 되는 집에서 지냈는데 그이는 그 집에서 일하는 사람이었어요. 어부였지요. 마흔 가까이 된 홀아비였고요. 어느 날 밤 배를 태워 주겠다기에 따라갔어요. 오늘처럼 달 밝은 밤이었어요. 바다 가운데로 나가

자 그 사람이 저를 붙잡았어요. 저는 듣지 않았어요. 그 사람이 강제로 그랬다면 저는 끝까지 싸웠을 거예요. 그렇지만 그 사람은 그러지 않았어요. 그이는 애걸했어요. 내가 너무 예뻐서 그런다고, 한 번만 안게 해달라고 그랬어요. 그이가 불쌍해 보이고…… 달이 너무 밝았어요. 저는 모든 것을 허락해 버렸어요. 그런 뒤에 이곳으로 함께 도망쳐 온 거예요. 후회는 하지 않아요. 그렇지만 이제 바다는 싫어요. 그이가 바다에서 돌아올 것만 같아요. 우리가 이렇게 누워 있는 걸 보면 그이가 가만있지 않을 거예요.」

그는 과부의 손을 가만히 잡아 주었다. 조그마하면서도 거친 손이었다.

「어쩌다가…… 어쩌다가 이렇게 되셨나요?」

「모르겠소. 나도 모르겠소. 인생은 우리의 의지와는 다른 방향으로 흘러가는 것 같아요.」

「저 아가씨를 사랑하세요?」

「글쎄, 나도 모르겠소. 나 같은 사람한테 사랑이 무슨 의미가 있겠소.」

「저 아가씨를 어떻게 하실 거예요?」

「모르겠소.」

「정말 사람들을 죽였나요?」

「그래요. 난 살인범이오.」

「말씀해 주세요. 어쩌다가 그랬는지……」

그는 한숨을 내쉬고 나서 엎드렸다. 그리고 담배를 피우면서 천천히 입을 열었다.

과부 염복매와의 관계가 시작되면서 부터 최태오는 생각지도 않았던 곤욕을 치르게 되었다. 일종의 염복(艶福) 같은 것이었지만, 그는 결코 그런 기분에 젖어들 수가 없었다.

두 여자는 하루도 거르지 않고 집요하게 그를 요구했고, 그때마다 그는 어느 쪽도 거절할 수가 없었다.

아직은 화자 쪽에서 눈치를 채지 못하고 있어서 별일은 없었지만, 만일 과부와의 관계가 드러날 경우 아무 일도 생기지 않을 것이라는 보장도 없었다. 엉뚱한데다 성질이 팔팔한 화자가 아무래도 가만있을 것 같지 않았던 것이다.

태오는 불안도 불안이려니와 무엇보다도 피로했다. 밤낮을 가리지 않고 두 여자의 욕구를 채워 주어야 했으니 아무리 무쇠 같은 몸이라 해도 당해 낼 도리가 없었다.

과부 염복매는 여성다움과 집요한 면에 있어서는 어린 화자를 단연 뛰어넘었다. 오랫동안 굶주린 몸이라 그럴 만도 했다. 그녀의 몸은 마치 타오르는 용광로 같았다. 일단 불이 붙은 몸은 꺼질 줄 모르고 맹렬히 타오르기만 했다.

태오는 밤마다 그 용광로 속에서 녹아 버리는 것 같았다. 처음 몇 번은 함께 불이 붙어 정신없이 타오르곤 했지만 횟수가 거듭되면서부터는 체력이 차츰 딸리기 시작했다.

밤마다 그는 복매의 배 위에서 식은땀을 뻘뻘 흘리며 헐떡거렸다. 반면 복매는 문어처럼 팔다리로 그의 몸을 휘어 감고는 마치 열병 환자처럼 헛소리를 지르며 미친 듯이 몸부림쳤다. 그리고 그가 기진해서 내려오려고 하면 기를 쓰고 그에게 매달리는 것이었다.

과부의 그 지칠 줄 모르는 정력에 그는 혀를 내둘렀고, 가까스로 과부의 방을 빠져 나올 때쯤이면 이미 힘이 빠질 대로 빠져 금방이라도 쓰러질 듯 휘청거리는 것이었다.

잘못 걸려들었다고 생각했을 때는 이미 엎질러진 물이 되고 말았다. 하긴 미리 알았다 해도 그의 입장에서는 어쩔 수 없는 일이었다.

과부의 욕구를 충족시켜 주는 한 그는 자신이 안전하다는 것을 잘 알고 있었다.

복매는 말없이 그것을 암시해 주고 있었다. 관계가 되면서부터 우선 그에대한 대우가 눈에 띄게 달려진 것이 그것을 말해 주고 있었다.

그녀는 태오가 지내는데 불편해 하지 않도록 자상하게 신경을 써 주었고, 화자가 보지 않는 곳에서는 그를 마치 남편처럼 받들어 주었다.

한 예로, 그는 한밤중에 그녀의 방에서 맛있는 음식을 받아 먹을 때가 많았는데, 그것은 으레 그녀가 화자의 눈을 피해 숨겨 두었다가 은밀하게 꺼내 주는 것이 대부분이었다. 그 밖에도 그녀는 정력에 좋은 것들만 골라 그에게 주곤 했다.

　날이 갈수록 그는 두 여자 사이에서 질식할 것 같았다. 그러나 그보다 더 안전한 데가 없었기 때문에 참고 견디며 하루하루를 지냈다.

　그런 어느 날 화자가 여자다운 감성을 번득이며 이런 말을 해왔다.

　「주인아줌마 요새 좀 이상해요.」

　「이상하다니, 뭐가?」

　「이상한 거 못 느끼세요?」

　「모르겠는데……」

　그가 시침을 뚝 떼자 화자는 입을 삐죽 내밀었다.

　「아저씨한테 대하는 것이 그 전하고 달라요.」

　「다르다니?」

　「마치 아저씨를 남편을 대하는 것처럼 자상해지고 아저씨를 쳐다보는 눈빛이 이글이글해요. 혹시 아저씨한테 수상한 짓하지 않았어요?」

　「무슨 말하는 거야?」

　그가 눈을 부라리자 화자는 혀를 낼름 내밀었다.

　「괜히 해본 말이에요.」

　「쓸데없는 생각하지 마. 이 집에 있는 것만도 고맙게 생각해야 해.」

　「알았어요.」

그렇게 말은 하면서도 화자는 입술을 삐죽 내밀었다.

「그 여자가 푸대접하면 어떻게 이 집에 붙어 있었어?」

「알았어요. 하지만 그 여자 조심하세요. 언젠가 제 말이 맞을 거예요. 과부는 혼자 못 산대요.」

「닥쳐!」

그가 소리치자 화자는 입을 다물어 버렸다.

그런 일이 있고부터 태오는 더욱 조심하게 되었다. 그러나 꼬리가 길면 밟히는 법이었다.

그 날 밤 따라 화자는 코를 골면서 잤다. 그에게 매달려 기를 쓰며 바둥거리다가 곯아떨어진 모양이었다.

태오는 그녀를 한켠으로 조심스럽게 밀어 놓은 다음 밖으로 가만히 빠져 나와 안방으로 들어갔다.

안방은 언제나처럼 어둠 속에 싸여 있었다. 과부는 벌거벗은 채 이불 속에 누워 있을 것이다.

대화 같은 것은 필요 없었다. 옷을 벗고 이불 속으로 들어가 찍어 누르기만 하면 되는 것이었다. 그것은 강한 묵계였고, 그가 반드시 해내야 할 의무처럼 되어 있었다.

그는 옷을 벗고 이불 속으로 들어갔다. 여자는 몸을 열고 그를 기다리고 있었다.

그들은 말없이 서로를 애무했다. 그의 손이 음모를 부드럽게 쓰다듬자 과부는 이내 신음하기 시작했다. 그는 얼른 끝낸 다음 잠들고 싶었다. 그래서 여자의 배 위로 기어 올라갔다.

그때 여자가 다른 수작을 벌였다. 말은 하지 않았지만 그가 의무적으로 정상위로 재빨리 끝내는 데 대해 불만인 것 같았다. 일테면 다른 여러 가지 방법으로 관계할 수도 있지 않느냐는 그런 뜻인 듯했다.

하는 수 없는 일이었다. 여자가 그렇게 요구하는 데 거절할 수는 없었다. 요구하는 대로 응해 줄 수밖에 없는 것이 그의 입장이었던 것이다.

변칙적인 방법에 부딪치자 과부는 그 어느 때보다도 요란스러워졌다. 소리만 작았다 뿐이지 그것은 차라리 울부짖음이라고 말하는 것이 옳았다. 그녀는 벽을 긁어 대고 몸부림치며 참을 수 없다는 듯 소리 질렀다.

그는 분노를 안고 여자를 짓이겼다. 제발 그녀가 다시는 그러지 않을 테니 살려 달라고 애걸해 주기를 바라면서 혼신의 힘을 다해 그녀를 밀어붙였다.

그런데 그들이 환희의 극치에 막 다다르려고 했을 때였다. 갑자기 방문이 벌컥 열리면서 찬바람이 몰아쳤다.

이어서 성냥불이 드윽 하고 켜지는 순간 그들은 마침내 하나가 되어 하늘 높이 솟구쳤다.

불빛 사이로 화자의 얼굴이 보이고 그녀가 뭐라고 소리쳤지만 환희의 극치에 도달한 그들은 얼른 떨어질 수가 없었다. 바람에 불이 꺼지고, 다시 두 번째의 성냥불이 켜졌을 때까지도 그들은 한데 뒤엉켜 미친 듯이 몸부림치고 있었다.

「야, 이 쌍년아!」

날카로운 고함 소리와 함께 화자가 방안으로 뛰어들었다.

그제서야 그들은 뒤엉킨 몸을 풀었다. 그러나 그들 사이로 화자가 끼어드는 바람에 방안은 순식간에 뒤죽박죽이 되었다.

어두운 방안에서 일어난 일이라 무엇이 어떻게 돌아가는지 도무지 분간할 수가 없었다. 다만 두 여자가 들러붙어 씩씩거리며 싸우고 있다는 것만 느껴질 뿐이었다. 놀라 깬 아이가 어둠 속에서 자지러지게 울어대기 시작했다.

「이 쌍년, 나를 옆에 두고 서방질이야? 몇 번 했어? 몇 번 했어, 이년아?!」

화자가 기세등등한 반면 과부는 아무 말도 하지 않았다. 고통을 이기지 못해 신음 소리만 내고 있었다.

「화자, 나가지 못해?」

태오는 어둠 속에 벌거벗은 채 서서소리를 꽥 질렀다. 그러나 화자는 오히려 되받아 소리 질렀다.

「상관 말아요! 내 이년을 죽여 놓고 말테야!」

비명이 터지고, 아이는 까무러칠 듯 울어대고 있었다.

태오는 우선 급한 대로 석유등잔에 불을 붙였다.

불빛에 드러난 모습은 그야말로 볼썽사나운 것이었다. 화자는 과부의 머리채를 휘어잡고 힘껏 끌어당기고 있었고, 과부는 벌거벗은 몸으로 허리를 굽힌 채 끌려가지 않으려고 기를 쓰고 있었다.

「이거 놓지 못해?」

태오가 주먹으로 화자의 뒤통수를 후려갈겼다.

「왜 때려? 왜 때리는 거야?」

화자는 악에 받쳐 더욱 기세등등했다. 과부가 버티다 못해 무릎을 꺾으며 애원했지만 화자는 더욱 세차게 머리채를 잡아당기고 있었다.

「이 계집애가 미쳤나?」

태오는 머리채를 휘어잡고 있는 화자의 손목을 으스러지게 움켜쥐는 것과 함께 따귀를 철썩 후려갈겼다.

「이거 놔! 이거 놓으라구!」

화자는 얼굴을 일그러뜨리며 머리채를 잡은 손을 풀었다. 그리고 원망이 가득한 이글거리는 눈으로 그를 노려보았다.

「왜 때리는 거야? 네가 뭔데 때리는 거야?」

「일 갈보년이! 조용히 하지 못해!」

그는 다시 불이 나게 그녀의 뺨을 후려쳤다.

「그래! 난 갈보다! 그래도 너 같은 살인자보다는 나아! 너 같은 건 사형당해 마땅해!」

화가 난 끝에 그렇게 내뱉고 난 그녀는 비로소 자신이 말을 잘못했다는 것을 깨달은 듯했다. 그녀의 얼굴이 순식간에 공포의 빛으로 변했다. 그녀는 놀란 토끼 눈을 하고 태오와 과부를 번갈아 바라보았다. 과부도 엎어져 있다 말고 고개를 쳐들고 그를 바라보고 있었다.

그는 갑자기 허탈감을 느끼면서 야릇하게 웃었다.

「그래. 나는 살인자고, 사형당해 마땅해. 네 말이 옳아. 곧 잡혀 죽을 거야.」

그는 벌거벗고 있는 자신의 몸을 내려다보다가 다시 말을 이었다.

「이 아주머니도 내가 어떤 사람이라는 걸 다 알고 있었어. 뭐 내가 사람을 여럿 죽였다는 게 새삼스러운 사실은 아니야. 나는 곧 죽을 몸이지만 당신들은 앞으로도 오래오래 행복하게 살아야 할 사람들이라구.」

그의 말이 끝나자마자 화자는 그의 발치에 엎드려 와락 울음을 터뜨렸다.

「잘못했어요! 잘못했어요! 용서해 주세요! 화가 나서 그런 거예요!」

「내가 무슨…… 용서할 자격이 있나!」

그는 실로 오랜 만에 처음으로 울고 싶어졌다.

두 여자의 흐느끼는 소리를 뒤로 하고 그는 밖으로 나왔다. 옷을 입지도 않고 한 손에 든 채.

밖은 칠흑 같은 어둠이었다. 어둠 저쪽에서 파도가 허옇게 일어서는 것이 보였다. 삭풍에 살점이 떨어져 나가는 것 같았다. 그는 부르르부르르 떨었다.

그런 일이 있고부터 태오는 복매와 화자 사이를 자연스럽게 오갈 수 있게 되었다. 기묘한 생활이 시작된 것이다.

두 여자는 그를 사이에 두고 경쟁이나 하듯 육탄 공세를 가해 왔고, 그 사이에서 그는 여자들에게서 헤어나지 못한 채 밤낮없이 시달려야 했다. 일단 서로가 인정하는 사이가 되자 여자들은 그 전보다 더욱 맹렬히 그에게 덤벼들었고, 반면 그는 점점 위축되어 갔다.

1월이 다 갈 무렵 그의 섹스는 마침내 제 기능을 발휘하지 못하게 되었다. 너무 혹사당한 나머지 그 전처럼 발기 불능 상태에 빠져 버린 것이다.

하는 수 없이 그는 손으로 여자들을 애무해 주어야 했다. 그렇게라도 하지 않고는 배겨 낼 수가 없었던 것이다.

그러나 거기에도 한도가 있었다. 여자들이 애무 정도에 만족할 리가 없었던 것이다.

그는 차츰 초조하고 불안해지기 시작했다. 자신이 이제 쓸모없게 되었다는 것을 안 이상 조만간 어떤 단안을 내리지 않을 수 없었다.

그는 남자로서 섹스의 상대가 되어 줄 때 비로소 존재 가치가 있었다. 그렇지 못할 때는 쓰레기나 다름없었다.

거기에 대비해서 준비해 둔 것이 있었다. 그는 출발을 서둘렀다.

떠나기 전날 밤에는 심한 눈보라가 쳤다.

모두가 잠들기를 기다려 그는 거울 앞에 다가앉았다. 한 달

동안 깎지 않은 채 내버려 둔 바람에 얼굴은 온통 시커먼 수염으로 덮여 있었다. 이윽고 그는 면도를 하기 시작했다. 코밑수염만 남겨 두고 모두 깨끗이 밀어 냈다. 거기다 안경을 쓰자 사뭇 달라 보였다.

다음에는 과부의 남편이 남겨 둔 검정 양복을 입었다. 너무 오래 입어 닳고 닳은 양복이었다.

양복 속에는 주민등록증도 들어 있었다. 그는 거기에 붙어 있는 증명사진을 잠시 들여다보았다. 쪼글쪼글한 중년 사내의 모습이었다. 이름은 방태산(方泰山)이었다. 1935년 5월생이었다. 마지막으로 다음과 같은 편지를 썼다.

「나는 간다. 그대들을 두고 먼저 간다. 우리는 어차피 헤어질 운명이 아니었는가. 그대들과 보낸 그 황홀하고 길었던 밤들은 내가 죽는 날까지 나의 가슴속에 무지개처럼 남아 있을 것이다. 그대들을 두고 눈보라치는 어둠 속으로 떠나려니 가슴이 찢어지는 것만 같다. 으르렁거리는 파도 소리가 왜 저리도 무섭게 들리는가. 자, 안녕. 안녕히.」

재 수 사

6시 조금 지나 그는 고속버스 터미널 부근의 해장국집을 찾아들었다.

난롯가에 앉아 식사하고 있던 순경과 방범대원이 동시에 고개를 돌려 그를 바라보았다. 그는 돌아서서 몸에 허옇게 뒤집어 쓴 눈을 털어 낸 다음 일부러 난롯가로 다가가 앉았다.

「해장국 하나 드릴까요?」

저만큼서 아낙네가 묻는다.

「예, 하나 주슈.」

그는 호주머니에서 담배꽁초를 꺼내 거기에 불을 붙였다.

「어디까지 가슈?」

새파랗게 젊은 방범대원이 곁눈질하며 물었다. 그는 얼굴을 일그러뜨리며 바보처럼 웃었다.

「서울까지 가는구먼요.」

「서울은 뭐하러요?」

「일자리나 하나 구할까 해서유.」

「일자리? 무슨 일자리?」

「뭐 기술도 없응께 아무거나 구하려구요.」

「이 양반, 기술도 없으면서 무슨 일자리를 구한다는 거야. 하다못해 구두 닦는 기술이라도 있어야 먹고 산다구.」

「그건 그렇지요.」

그는 막 가져온 해장국을 숟가락으로 저었다.

「알긴 아는구먼. 자, 한 잔 하슈.」

건너오는 소주잔을 그는 두 손으로 받아들었다.

「아이구, 이거, 고맙습니다.」

소주를 들이키면서 힐끗 보니 순경은 조간신문에 정신이 팔려 있었다.

「취직하려면 그 콧수염부터 깎으슈. 그런 수염 달고 무슨 일을 하겠다는 거요.」

「예예, 심심해서 한 번 길러 본 겁니다요. 헤헤……」

가슴은 쿵쿵 뛰고 있었지만 표정만은 능청스러웠다.

해장국에 소주까지 얻어 마시고 난 그는 7시에 출발하는 서울행 고속버스에 올랐다.

버스 속에서 그는 내내 졸았다. 잠결에 뉴스 해설자가 한 달이 지나도록 아직까지 그를 체포하지 못한 경찰의 무능을 질타하는 소리가 들려 왔지만, 그는 마치 그것이 남의 일이나 되는 것처럼 모른 체하면서 여전히 졸기만 했다.

「탈옥수가 닥치는 대로 인명을 살상하면서 동서남북으로 뛰고 있는데 수만 명이나 되는 전국 경찰은 한 달이 넘도록 범인의 행방조차 모르고 있습니다. 이거 이래서야 되겠습니까?」

서투른 발음과 우직스럽게 쏘아 대는 것을 특기로 삼고 있는 해설자는 때를 만났다는 듯이 좌충우돌하고 있었다.

서울에 다시 잠입하는 데 성공한 태오는 먼저 화장실로 가서 소변부터 보았다. 마침 촌로 하나가 그 옆의 변기에 다가와 섰는데, 머리에 낡은 회색 중절모를 쓰고 있었다.

태오는 노인이 일을 끝낼 때까지 기다렸다가 말을 걸었다.

「저기, 할아버지……」

노인은 작은 눈을 깜박거리며 그를 쳐다보았다. 숱이 적은 수염이 노인의 얼굴을 우스꽝스럽게 만들어 주고 있었다.

「다름이 아니고요…… 그 모자를 저한테 팔지 않으시겠습니까?」

「이 모자를……?」

노인은 모자를 뺏기지 않겠다는 듯 한 손으로 그것을 꽉 움켜잡았다.

「네, 그 모자 말입니다.」

「원, 오래 살다 보니까 별 소리 다 듣겠네.」

노인이 머리를 설레설레 흔드는 것을 그는 포기하지 않고 매달렸다. 노인은 아무래도 이해할 수 없다는 듯 그를 멀뚱히 바라보다가

「이런 헌 모자를 갖다가 뭐 하려고 그러우?」

하고 물었다.

「쓸 데가 있어서 그럽니다. 자, 이거 드리면 안 될까요? 이거면 새 모자를 하나 사실 수 있을 겁니다.」

돈만 원을 받아든 노인은 더욱 놀라는 기색이었다.

「웬 돈을 이렇게 많이……?」

「별로 많지 않습니다.」

「이거이래도 되는지 모르겠네. 서울이 코 베가는 데라는 건 알고 있지만……」

혹시 사기당하는 것이 아닌가 하고 생각하는 눈치였다. 그때는 이미 낡은 중절모가 태오의 손에 들어가 있었다.

노인은 맨머리 바람으로 한동안 거기에 서서 인사도 하는 둥 마는 둥 인파 속으로 급히 사라지는 청년을 멀거니 바라보고 있었다.

태오는 중절모를 머리에 얹은 다음 뒷짐을 지고 어슬렁어슬렁 걸어갔다. 어깨에 걸친 가방이 걸음을 옮길 때마다 덜렁거리고 있었다. 누가 보기에도 시골에서 올라온 촌사람 같았다.

그는 검문 한 번 받지 않고 시내로 잠입할 수가 있었다.

시내 곳곳에는 여전히 집총한 기동경찰들이 곳곳에 서 있었다. 그들을 피하지 않고 그 앞을 유유히 지나치곤 했다.

배가 출출했기 때문에 먼저 식당에 들어가 설렁탕 한 그릇을 먹어치웠다.

그 다음에 들른 곳이 사진관이었다. 그는 안경을 낀 채 증명 사진을 찍었다. 그 자리에서 뽑아 주는 속성 사진이었다.

그 다음에 문방구에 들러 면도날과 쇠자, 그리고 풀을 사들고 여관으로 들어갔다.

문을 걸어 잠그고 작업을 시작했다. 작업이란 염복매의 남편인 방태산의 주민등록증을 변조하는 것이었다.

태오는 주민등록증이 상하지 않게 비닐 커버를 두 쪽으로 조심스럽게 벗겨 내고 사진을 떼어냈다. 그리고 그 자리에 딱 들어맞게 자신의 증명사진을 면도칼로 오려서 거기에다 붙였다. 이제 남은 것은 비닐 커버를 다시 씌우는 일이었다. 그러나 그것은 기술을 요하는 일이었다. 그런 것만 전문으로 하는 곳을 찾아가야 했다.

그런 곳은 어렵지 않게 찾을 수가 있었다. 그러나 주민등록증을 변조한 것을 알면 응해 줄 사람이 있을지 의문이었다. 응해 준다 해도 상대방이 경찰에 신고하지 않는다고 자신할 수 없는 일이었다. 어떻게 할까? 그는 쇼윈도 앞에서 망설이다가 문을 밀고 안으로 들어갔다.

가게 안에는 얼굴이 쭈글쭈글한 늙은 사내 하나가 의자에 앉아 졸고 있었다.

인기척에 놀라 사내가 눈을 떴다. 하품을 길게 하면서
「어서 오십시오.」
한다.

태오는 턱을 내밀고 흐물흐물 웃었다. 그리고 되도록 촌스럽게 보이려고 애를 썼다.

「저그, 뭐 하나 부탁할까 하는디요.」

「네, 말씀하십시오.」

「저그, 그 왜 주민등록증 말입니다.」

「네……」

「비니루가 벗겨져서 그러는디…… 새로 입힐 수 없을까유?」

「할 수 있지요. 파출소에 가서 신고했나요?」

「무슨 신고 말인가유?」

「주민등록증을 고칠 때는 사소한 거라도 신고를 하고 허락을 받아야 합니다.」

「비니루 하나 입히는 데두요?」

「네, 그렇습니다.」

「아, 그렇구만요. 그러문 그렇게 해야지요. 그런디 사람들이 그런 거 할 때 일일이 다 신고하나유? 그냥 대강대강 하문 안 되는 가유?」

「믿을 만한 사람이면 그냥 해 드릴 수 있지요. 하지만 댁 같은 분은 내가 어떻게 믿고 해 드릴 수 있겠소? 잘못 재수 없게 걸리면 난 장사 망치는 겁니다. 몇 푼 되지도 않는 거 해 주다가 말입니다.」

「그, 그렇지요. 조심해야지요. 저야 뭐 시골서 땅 파먹고 사는 사람인께 믿어도 될 겁니다만……」

「요즘 세상에 어떻게 사람을 믿습니까. 하여간 그거 한 번 봅시다.」

「해 주시면 돈은 섭섭지 않게 드리겠습니다.」

태오는 호주머니에서 주민등록증을 꺼내는 척하다가 갑자기 칼을 뽑아 들었다.

「쉿, 조용히! 떠들면 죽인다!」

목에 칼을 들이대자 주인은 눈을 부릅뜨면서 부들부들 떨어댔다.

「시키는 대로 할 테니 살려 주십시오!」

「여기에다 빨리 비닐을 입혀! 앞에 적힌 것을 보려고 하지 마!」

태오는 주민등록증을 꺼내 앞면이 보이지 않게 재빨리그것을 엎었다.

「빨리!」

「네네.」

주인은 작업을 시작했다. 작업이라야 아주 간단한 것이었다. 비닐과 비닐 사이에 주민등록증을 끼운 다음 그것을 기계에 집어넣고 압축시키면 끝나는 것이었다. 압축시킬 때는 동시에 전열(電熱)을 가하도록 되어 있었다. 기계는 별로 크지 않아 손에 들고 다닐 수 있을 정도였다. 압축된 것을 꺼내 절단기로 네모지게 자르자 진짜와 조금도 다름이 없어 보였다.

「다 됐습니다.」

주인은 앞면을 보지 않고 내주었다. 태오가 그것을 받아 챙겼을 때 전화벨이 울렸다.

「손대지 마!」

태오는 눈을 부라리면서 수화기를 집어 들었다. 그리고 그것으로 갑자기 주인의 머리통을 후려갈겼다.

일격에 주인의 몸이 휘청거렸다. 다시 한 번 후려치자 주인은 힘없이 바닥에 나동그라지고 말았다. 태오는 주인이 기절한 것을 확인한 다음 기계를 가방 속에 넣어 가지고 밖으로 나왔다.

그때까지 손님이 들어오지 않은 것이 다행이었다. 그로서는 실패할 것을 각오하고 한 짓이었다. 차라리 실패해서 경찰에 체포되었으면 하는 바람이 없지 않아 있었다. 그러나 결과는 성공적이었다.

재빨리 그 부근을 벗어난 그는 다시 뒷짐을 지고 어슬렁어슬렁 걸어갔다.

두 번 경찰을 만났지만 그는 검문 한번 당하지 않고 무사히 지나칠 수가 있었다. 그때마다 그는

「내가 최태오입니다」

라고 말하고 싶은 충동을 강하게 느끼곤 했다.

얼마 후 그는 지하도 입구에서 또 경찰을 만나게 되었다.

검문경찰은 두 명이었는데, 모두 삼엄한 모습으로 총을 들고 있었다. 태오는 그들과 눈이 마주치기를 기대하면서 곧장 다가갔다.

마침내 경찰 한 명과 시선이 마주쳤다. 옳지, 이제 검문하겠지. 그는 경찰의 시선을 붙잡고 늘어졌다. 그러나 그 경찰은 이내 시선을 다른 곳으로 돌려 버렸다.

「제기랄, 사람을 몰라보다니!」

그는 투덜거리면서 눈에 쉽게 띄게 움직임을 크게 했다.

마침내 경찰이 서 있는 곳까지 다가갔다. 두 명의 경찰은 여전히 그를 묵살한 채 다른 방향에다 시선을 돌리고 있었다. 경찰 앞을 스치듯이 지나치면서 그는 헛기침을 했다. 경찰이 그를 바라보았다. 시선이 마주치자 그는 웃었다.

「수고하십니다.」

「네……」

경찰이 고개를 끄덕였다.

「그건 뭐요?」

다른 경찰이 마침내 그를 눈여겨보면서 물었다.

「네, 아무것도 아닙니다.」

그는 일부러 머뭇거렸다.

「어디 좀 봅시다. 그 가방 열어 봐요.」

그는 가방을 열어 보였다.

「쇳덩이군. 뭐하는 거요?」

「에 또, 그렇께…… 비니루 씌우는 거 만드는 거지요. 전기로 열을 내 가지고 꽉 누르면 되지요.」

「됐소. 증명 좀 봅시다.」

「예, 여그 있습니다.」

그는 거리낌 없이 증명을 꺼내 보였다. 경찰은 주민증을 들여다보면서

「방태산······이름 하나 묘하군.」

하고 중얼거렸다.

「예, 좀 우습지요.······」

「몇 살이오?」

「마흔 여섯이구만요.」

경찰은 볼 것도 없다는 듯 고개를 끄덕이면서 증명을 도로 내주었다.

「됐소.」

「가도 됩니까요?」

「가시오.」

「히히······수고하십시오.」

그는 갑자기 현기증을 느끼고 비틀거렸다. 자신이 그렇게 쉽게 빠져 나갈 수 있다는 사실이 도무지 믿어지지가 않았다.

우동일 형사는 눈을 가늘게 치뜨고 맞은편에 앉아 있는 청년을 째려보았다.

나비넥타이를 한 청년은 두 손을 마주 잡고 초조한 기색으로 앉아 있었다. 눈이 작고 턱이 팽이처럼 뾰족한 것이 볼수록 간사스러운 인상이었다.

그들은 S호텔 15층 20호실에 앉아 있었다. 바로 1년 전, 더 정확히 말해 작년 4월 15일 밤에 윤영해가 살해된 방이었다. 그리고 그 청년은 그 날 밤 최태오가 사건 현장에서 나오는 것을 처음 목격했던 바로 그 호텔 종업원이었다. 그러니까 우 형사는 1년 전의 그 사건을 재현해 보려고 바로 그 장소에 다시 나와 본 것이었다.

　　「가만 있자. 자네 이름이 뭐더라?」

　　「양태조(梁泰祚)입니다.」

　　「음, 양태조…… 나이는?」

　　「스물아홉입니다.」

　　「이 호텔에 들어온 지는 오래 됐나?」

　　「한 1년 됐습니다.」

　　「음, 그래……」

　　우 형사는 고개를 끄덕이고 나서 담배를 피워 물었다.

　　「담배 피우겠나?」

　　「아, 아닙니다.」

　　「뭐 그렇게 긴장할 필요 없어. 마음 푹 놓으라구.」

　　우 형사의 말에, 미동도 하지 않던 양태조는 몸을 조금 움직여보았다.

　　「내가 여기 온 건…… 작년 4월 15일 밤에 바로 이 방에서 일어났던 살인 사건에 대해 좀 더 자세히 조사하기 위해서야.」

　　「그, 그 사건은 끝나지 않았습니까?」

「아직 끝나지 않았어. 그때 그 범인이 탈옥해서 사람을 마구 죽이고 다니는 거…… 자네도 신문 봐서 잘 알고 있을 텐데? 모르나? 최태오 말이야……」

「아, 알고 있습니다.」

「그자는 지금 자기 마누라를 죽인 범인을 찾아다니고 있어. 그래서 탈옥한 거야. 알겠어?」

「자기 마누라를 죽인 놈은 바로 최태오 그놈 아닙니까?」

「최태오는 시종일관 부인하고 있어. 무기 징역을 받기는 했지만 말이야. 그리고 탈옥해서까지 진범을 찾겠다고 돌아다니고 있어. 그 집념이 대단해. 거짓이라고 보기에는 너무 대단해. 만일 진범이 따로 있어 체포된다 해도 최태오는 사형을 면할 수 없어. 탈옥에다 사람을 셋이나 죽였으니까. 그런데도 놈은 포기하지 않고 있어.」

「미친놈이군요.」

「난 그렇게 보지 않아.」

우 형사는 담배를 비벼 끄고 상대를 날카롭게 쏘아보았다.

「그 날 밤 자네는 이 방에서 최태오가 나오는 것을 처음 목격한 사람이야. 그렇지 않나?」

「그, 그렇습니다.」

「최태오가 그 여자를 죽이는 것을 목격했나?」

「죽이고 나오는 것을 목격했습니다.」

「내가 알고 싶은 것은 죽이는 것을 봤느냐 그 말이야?」

「그, 그건 보지 못했습니다.」

「그럼 어떻게 그 여자를 죽였다는 걸 알았지?」

「그, 그건……」

「우물거리지 말고 바른대로 대답해!」

우 형사의 조그만 눈이 세모꼴로 변했다. 그 눈은 상대의 표정 하나 놓치지 않겠다는 듯 미동도 하지 않고 그를 바라보고 있었다.

「처음에는 도둑인 줄 알았습니다. 그래서 도둑이야 하고 소리쳤습니다. 그러고 나서 안에 들어가 본 겁니다.」

「들어가 봤더니?」

「여, 여자가 죽어 있었습니다.」

「어떻게 죽어 있었지?」

「어두워서 먼저 불을 켰습니다. 그랬더니 침대 위에 피투성이가 되어 누워 있었습니다. 시트를 덮고 있었는데 시트가 온통 피에 젖어 있었고, 비린내가 확 풍겨 왔습니다.」

「그래서 죽었다고 생각했나?」

「네……」

「음, 좋아. 가장 중요한 사실은 자네가 죽이는 것을 직접 보지 않았다는 점이야. 그건 그렇고……」

우 형사는 호주머니 속에서 카드 뭉치를 꺼냈다.

「이것은 그 날 밤 15층에 투숙했던 손님들의 숙박 카드야. 그 날 밤 15층에는 40개의 객실중 34개 객실에 손님이 들어 있었어. 자네는 그 날 밤 15층을 맡고 있었지?」

「네……」

「15층 손님들 중 이상한 사람 보지 못했나?」

「보지 못했습니다.」

「오래 돼서 기억이 잘 안 나겠지.」

「네……」

「그 날 밤 최태오는 장홍식이란 가명으로 19호실에 투숙했어. 바로 이 방과 나란히 붙은 방이야.」

「네, 맞습니다!」

「장홍식은 혼자 투숙했었나?」

「네, 혼자 투숙했습니다.」

「21호실에 투숙한 사람 기억나나?」

「기억 안 납니다.」

「음, 이 방 맞은편 방은 35호실인데…… 거기에 투숙했던 사람은 기억나나?」

「안 납니다.」

우 형사는 씁쓸한 듯 입맛을 다셨다. 무엇인가 새로운 것을 찾아보려고 했는데 기대에 어긋난다는 그런 표정이었다.

「알았어. 나중에 필요하면 또 자넬 부를 테니까 가서 일이나 보라구.」

종업원이 나가자 우 형사는 옷을 훌훌 벗고 욕실로 들어갔다. 거액의 돈을 지불하고 정당하게 빌린 방인 만큼 꺼릴 것이 없었다. 몸에 따뜻한 샤워를 받으며 그는 눈을 감았다. 피로가 엄습했다.

최태오는 어떻게 진범에게 접근하고 있을까. 놈은 지금도 나 기룡을 진범이라고 생각하고 있을까. 놈은 지금 어디서 어떻게 지내고 있을까. 놈이 철통같은 수사망을 미꾸라지처럼 빠져 다닐 수 있는 비법은 무엇일까. 놈은 언제까지 도망자 생활을 할 것인가.

최태오, 제발 좀 붙잡혀라. 네놈 때문에 나는 연말연시 휴가도 없이 이 고생을 하고 있다. 내 앞에 나타나 허심탄회하게 이야기를 나누는 게 어떨까. 사나이 대 사나이로 말이야. 뭐, 싫다고? 으음, 이 새 끼, 붙잡히기만 해 봐라. 내 손으로 찢어 죽이고 말 테다!

욕실을 나온 그는 침대 위로 가서 벌렁 드러누웠다. 천장을 멀거니 바라본다. 자신이 마치 바보처럼 생각된다. '바보 같은 자식' 하고 중얼거렸다. 이 나이에 이게 뭐람.

문득 자신이 지금 윤영해가 살해되었던 침대 위에 누워 있다는 것을 깨닫자 오싹 소름이 돋는다.

작년 4월 15일 밤, 윤영해는 나체로 이 침대 위에 이렇게 누워 있었다. 자, 지금부터 내가 윤영해가 되는 거다.

지금까지는 수사관의 입장에서 객관적으로 관찰해 왔지만, 이제부터는 윤영해의 입장에서 당해 보는 거다. 의외의 사실이 발견될지도 모르지 않는가.

그는 일어나서 방안의 불을 껐다. 이미 날은 어두워져 있었다. 다시 침대 위에 누워 시트로 몸을 덮었다.

4월 15일 밤 10시가 조금 지난 시각. 나기룡 씨가 올 시간이 되었다. 나는 벌거벗은 채 침대 위에 누워 있다. 그 미남 탤런트가 나타나 나를 짓밟아 주기를 기다리고 있는 것이다. 그래서 일부러 문고리도 벗겨 놓았다.

나는 그를 맞을 준비가 다 되어 있다. 아무 말 없이 나를 안아 주면 좋겠다. 문이 열린다. 누군가가 안으로 들어선다. 그 사람이겠지. 그림자처럼 움직인다.

내가 자는 줄 아나 보지. 이렇게 벌거벗고 자고 있을 때 낯선 남자가 나타나 범하면 기분이 어떨까. 강간당하는 기분은 아마 보통 섹스할 때의 기분하고는 영 다를 꺼야. 어쩌면 그 이상의 쾌락이 있을지도 모르지. 강간 한 번 당해 봤으면…….

아이, 내가 왜 이러지. 미쳐도 단단히 미쳤나 봐. 자는 체 해야지. 자, 어서 오세요. 나기룡 씨, 오늘 밤은 저를 강간해 주세요. 다른 사람처럼 전혀 다른 무드로 말이에요. 여러 가지 테크닉 잊지 말아요.

「아악!」

우 형사는 신음 소리와 함께 벌떡 일어나 앉았다. 숨이 턱에 차서 헐떡거리고 있었다. 마치 가슴에 비수가 들어박힌 것 같은 기분이었다. 온몸이 땀에 젖어 있었다.

방안을 둘러본 다음 그는 한숨을 내쉬면서 도로 침대 위에 벌렁 드러누웠다. 드러누운 채 담배를 피웠다. 그리고 다시 생각에 잠긴다.

윤영해를 살해한 범인은 들어올 때처럼 조용히 밖으로 사라졌을 것이다.

뒤이어 최태오가 칼을 들고 나타난다. 침대로 다가서서 그녀를 죽이려 하다가 주춤하고 물러선다. 그녀는 이미 죽어 있었던 것이다. 경악한 최태오는 허둥지둥 밖으로 나간다. 그리고 문앞에서 호텔 종업원과 부딪친다. 당황해진 그는 앞뒤 가릴 사이도 없이 도망친다.

그렇다면 진짜 범인은 어디로 사라졌을까. 미리 다른 방을 잡아 놓고 그 방으로 피신했겠지. 아니면 곧장 호텔 밖으로 도망쳐 버렸는지도 모른다. 그자는 누굴까. 왜 그녀를 죽였을까.

최태오가 범인이 아닐 가능성은 충분히 있다. 그의 주장대로 그는 살인 미수범인지도 모른다.

진범이 따로 있다면 무엇 때문에 그녀를 죽였을까. 계획적으로 죽인 것일까, 아니면 우발적으로 죽인 것일까.

그는 침대에서 내려와 옷을 입었다. 그리고 소파에 앉아 서른 네 장의 숙박 카드를 들여다보기 시작했다. 그것들은 1년 전 사건이 일어났을 때 경찰에서 압수해서 보관중이다가 폐기 직전에 그가 건져 낸 것이었다.

최태오가 현장에서 체포되었기 때문에 그것들은 한 번도 조사 대상에 오르지 않고 처박혀 있었다.

거기에 적힌 34명을 일일이 찾아본다는 것은 혼자로서는 벅찬 일이다. 그는 밖에 드러나지 않게 조용히 협조해 줄 사람이 필요했다.

우선 카드를 남녀별로 구분해 보았다. 여자가 4명이었고 나머지는 모두 남자들이었다. 여자들이 혼자서 호텔에 투숙하는 경우는 거의 없다. 남녀가 함께 투숙한다 해도 카드에는 거의 남자 이름만 적게 마련이다.

이 여자들은 뭐 하는 여자들이기에 이름을 당당히 밝히면서 호텔에 투숙했을까. 34명 중 인적 사항을 가짜로 적은 사람도 몇 명 있을 것이다. 아니, 의외로 많을지도 모른다.

불륜의 사랑을 나누기 위해 투숙한 남녀가 이름과 주소를 곧이곧대로 적었을 리 없는 것이다. 호텔은 그런 남녀들이 밀회하기에 가장 좋은 곳이다.

호텔을 나온 우 형사는 설렁탕 한 그릇으로 저녁을 때운 다음 택시를 집어타고 나기룡의 집으로 향했다.

며칠 전 병원에서 퇴원한 나기룡은 집에 틀어박혀 꼼짝하지 않고 있었다.

그가 윤영해를 살해했을 가능성은 거의 희박했다. 그는 사람을 죽일만한 위인도 못 되었고, 그날 밤의 알리바이가 입증되고 있었다.

그가 1월 15일 밤, 녹화를 끝내고 스튜디오를 나선 것은 10

시 5분경이었다. 그는 마침 같은 방향으로 가는 동료 탤런트의 자가용에 편승해서 S호텔에 도착했다.

그때가 10시 15분이었다. 그리고 엘리베이터를 타고 15층에 올라왔을 때 장발의 사나이가 뛰어가는 것이 보였다. 그 뒤를 호텔 종업원이 소리 지르면서 뒤쫓고 있었다.

이상이 나기룡의 알리바이였다. 동료 탤런트와 호텔 종업원의 증언에 의해 그의 알리바이는 입증되었다.

나기룡은 집에 있었다.

자리에 누워 있던 그는 밤중에 형사가 갑자기 나타나자 매우 놀라면서 벌떡 일어나 앉았다.

「아, 괜찮아요. 괜찮아. 그대로 누워 있어요.」

그렇게 말하는 우 형사의 눈은 낯선 여인을 더듬고 있었다.

그녀는 스물 한 두 살쯤 되어 보였는데, 대단한 미인이었다. 조그만 얼굴을 따뜻하게 감싸고 있는 긴 흑발이 유난히 탐스러워 보였다.

나기룡의 옆에는 안경을 쓴 어린 소녀가 앉아 있었는데, 만화책을 보다 말고 토끼 눈을 하고 그를 바라보고 있었다. 아이 같지가 않고 눈치 빠른 어른 같은 모습이었다.

「따님인가요?」

우 형사는 소녀의 머리를 쓰다듬으면서 물었다. 나기룡은 당황해서 대답했다.

「네, 딸애입니다. 애, 인사드려.」

「안녕하세요!」

소녀는 기계적으로 인사했다.

「예쁘게 생겼구나. 이름이 뭐지?」

「나애미예요.」

「이름도 예쁘구나. 몇 살이지?」

「여덟 살이에요.」

「학교 다니니?」

「네.」

소녀는 적대감을 보이며 뛰어가 버린다.

젊은 여자가 차를 준비하려고 자리를 뜨자 우 형사가 기다렸다는 듯이 물었다.

「저 여자는 누굽니까?」

「그냥 아는 사이예요. 제 열렬한 팬인데…… 저를 간호해 주러 온 겁니다.」

「대단한 아가씨군요. 여기서 자기도 합니까?」

「네, 집에 가라고 해도 듣지를 않습니다.」

「결혼할 건가요?」

「생각 중입니다. 정성이 지극하고…… 사랑스러워요.」

「염복이 많군요.」

그는 빈정거리듯 말했다.

나기룡은 그 동안 상처도 많이 아물어져 있었고, 충격에서 벗어나 이제는 정상적인 상태에 놓여 있었다.

「저 아가씨 이름은 뭡니까?」

「김인혜라고 합니다.」

여자가 차를 가져왔기 때문에 우 형사는 입을 다물었다.

잠시 후 둘만 남게 되자 그는 본격적으로 질문을 던지기 시작했다.

「지금 나는 윤영해 살인 사건을 재수사하고 있습니다.」

「그럼 최태오는 내버려 두는 겁니까?」

일순 나기룡의 얼굴이 공포로 굳어지고 있었다.

「아니죠. 그렇지는 않아요. 최태오를 그대로 내버려 둘 수는 없지요. 그는 발견 즉시 사살해도 좋다는 지시가 내렸습니다. 조만간에 사살되거나 체포되겠지요. 그건 그렇다 치고…… 최태오가 자기 아내를 살해했다는 사실은 현재 불확실한 것으로 나타나고 있습니다.」

「대법원 판결까지 다 난 거 아닙니까?」

「그렇죠.」

「그걸 이제 와서 뒤엎겠다는 건가요?」

「법원 판결이 어떻게 났든 사실은 사실 그대로 밝혀져야 합니다.」

「……」

나기룡은 갑자기 조용해졌다. 우 형사를 외면한 채 밑으로 시선을 떨어뜨리고 있었다.

「최태오가 범인으로 확인되어 그런 판결을 받기까지에는 나 선생의 증언이 무엇보다도 크게 작용했습니다. 그렇죠?」

「글쎄, 저는 제가 아는 범위 내에서 증언했을 뿐입니다.」

나기룡은 형사의 눈치를 보면서 조심스럽게 대답했다. 우 형사는 가지고 온 차에는 손도 대지 않고 있었다.

「그 증언이란 것이 객관적인 것이 아니라…… 최태오가 살인범이라는 것을 전제로 한 증언이 아니었던가요? 다시 말해 그런 증언을 할 때 나 선생은 최태오가 틀림없이 살인범이라고 믿고 있었지요?」

「네, 그렇습니다.」

나기룡은 동의했다.

「어떤 이유로 최태오를 살인범이라고 믿었나요?」

「그가 도망치는 걸 봤습니다. 두 눈으로 똑똑히 봤습니다.」

「죽이는 걸 봤습니까?」

「그건 보지 못했습니다. 그렇지만……」

「잠깐! 그때의 상황을 좀 자세히 말씀해 보세요.」

나기룡은 움찔했다가 말했다.

「네, 말씀드리겠습니다. 그 날 밤 녹화를 마치고 윤영해가 기다리고 있는 S호텔에 도착한 것은 10시 15분경이었습니다. 엘리베이터를 타고 15층까지 올라가 막 밖으로 나가는데, 거기에 한 사내가 서 있었습니다. 엘리베이터를 기다리고 있었던 모양인데, 저를 보더니 계단 쪽으로 막 도망치더군요. 그러자 호텔 보이가 '도둑 잡아라' 하고 소리치면서 따라가기에 저도 무턱대고 따라갔지요.」

「그러니까 처음에는 도둑인 줄 알고 따라갔군요?」

「네, 그렇습니다. 조금 후에 누가 살인범이라고 소리치기에 그런 줄 알았습니다.」

「누가 살인범이라고 그랬나요?」

우 형사의 눈이 세모꼴로 변했다.

「누가 그랬는지는 모르겠습니다. 하여튼 그렇게 들었습니다. 정신없이 때렸지요.」

「범인을 때렸단 말인가요? 당신이?」

「네, 다른 사람들과 함께……」

「그때까지도 윤영해가 죽었는지 모르고 있었군요?」

「네, 나중에야 알았습니다.」

「윤영해의 남편인 것은 언제 알았나요?」

「그것도 나중에야 알았습니다. 믿어지지 않았습니다.」

「윤영해를 죽인 범인이 최태오가 아닌, 다른 사람일지도 모른다고 생각해 본 적이 있나요?」

「어, 없습니다.」

「왜요?」

「의심할 여지가 없었으니까요.」

우 형사는 편지 한 통을 꺼내 나기룡 앞에 던졌다.

「그거 한 번 읽어 봐요.」

「이게 뭡니까?」

「글쎄, 읽어 봐요.」

나기룡은 조심스럽게 봉투에서 편지를 꺼내 펴든다. 백지에 볼펜으로 또박또박 눌러 쓴 편지로 졸필이었다. 굵직굵직한 것이 남자 글씨 같았다.

편지를 읽는 나기룡의 얼굴이 차츰 창백하게 변하기 시작했다. 나중에는 손까지 떨리고 있었다.

「아니, 이럴 수가……」

편지를 모두 읽고 난 나기룡이 핏기 하나 없는 얼굴로 중얼거렸다.

「얼마 전에 수사본부로 날아든 겁니다. 그런 글씨를 본 적 없나요?」

「어, 없습니다.」

「대담한 놈이에요. 그런 편지를 보내다니……」

「이 편지를 믿으십니까?」

「난 믿고 싶어요.」

「장난친 게 아닐까요?」

「아니에요.」

우 형사는 고개를 저었나.

「장난 같지가 않아요.」

「그럼 이 편지 주인공을 범인으로 믿으십니까?」

「거기에 쓰여 있는 대로죠. 자기가 범인이라고 쓰지 않았습니까?」

「네, 그렇게 썼습니다.」

「범인은 자신만만한 놈이에요. 우리 경찰을 조롱하고 있어요. 나쁜 놈 같으니!」

우 형사는 벌떡 일어서더니 윗목에 놓여 있는 책상 앞으로 다가섰다.

책상 위에는 연극 영화에 관한 책들과 대중 잡지, 그리고 베스트셀러 몇 권이 쌓여있었다.

「대학에서 뭘 전공하셨죠?」?

「연극 영화를 전공했습니다.」

「좀 봐도 되겠습니까?」

「네, 얼마든지 보십시오.」

우 형사는 눈을 굴리다가 메모철을 집어 들었다.

「이거 나 선생이 쓰시는 겁니까?」

「네, 제가 쓰는 겁니다.」

우 형사는 메모철에 적힌 글자들을 유심히 관찰해 보았다. 글씨는 작았고 달필이었다. 정체불명의 편지 글씨와는 아주 딴판이었다.

네 개의 방

최태오는 주머니를 뒤져 돈을 헤아려 보았다. 모두 해서 만 원도 못 되는 돈이 남아 있었다.

큰일이라는 생각이 들었다. 오늘 저녁쯤이면 돈이 바닥이 나서 움쭉달싹 할 수 없을 것이다. 돈이 없으면 도망자 생활은 끝장이다.

돈이 많으면 많을수록 도망 다니는 데는 유리하다. 그만큼 도망자 생활은 많은 돈을 필요로 한다.

그는 여관에 틀어박혀 그 문제를 골똘히 생각해 보았다. 아무리 생각해도 정상적인 방법으로는 돈을 모을 길이 없는 것 같았다. 손쉬운 방법으로는 노동판에 나가 막일을 하는 것도 있었지만, 그것으로 생기는 적은 수입 가지고 도망자 생활을 하고 싶은 마음은 없었다. 목적하는 일을 끝내고 나면 그는 자살을 해버릴 생각이었다.

목적하는 일이란 그의 아내를 죽인 범인을 찾는 일이었다.

그자는 그의 아내를 죽였을 뿐 아니라 그에게 죄를 뒤집어씌워 오늘날 그를 살인마가 되게 만든 장본인이었다. 그자를 찾아내야만 그는 죽어도 눈을 감을 수 있을 것 같았다.

그자가 나기룡이라는 생각은 이제 많이 흐려져 있었다. 처음에는 그자가 아내를 죽인 줄 알았었다. 그래서 그를 노리고 접근했던 것인데, 시간이 흐르면서 곰곰이 생각해보니 자신의 생각이 잘못된 것 같았다.

무엇보다도 나기룡이 윤영해를 살해해야 할 이유가 없는 것이다. 그들은 서로 사랑했고, 결혼하려고 했다. 그런데 왜 여자를 죽이겠는가.

둘째, 윤영해가 살해된 시간에 나기룡은 스튜디오에서 녹화하고 있었다. 그것은 그가 S호텔에 투숙하기 전에 전화를 걸어 확인한 사실이 아닌가. 하긴 나기룡이 알리바이를 교묘하게 만들어 놓고 윤영해를 살해할 수도 있다. D방송 스튜디오와 S호텔 사이는 자동차로 불과 10분 거리이기 때문에 계획만 잘 세우면 알리바이 조작이 가능하다.

그렇지만 나기룡이 과연 그렇게 교활하고 잔혹한 위인일까. 어쩐지 믿어지지가 않는다. 그가 보기에 그는 한낱 플레이보이에 불과하다. 얼굴이 반반한 건달인 것이다.

셋째, 왜 하필이면 호텔같이 눈에 띄는 곳에서 그런 짓을 했겠느냐는 것이다. 나기룡은 얼굴이 널리 알려진 탤런트다. 그가 윤영해와 함께 S호텔 15층 20호실에 투숙한 것은 호텔 보이들이 다 알고 있는 사실이다. 그들은 공공연히 거기에 투숙해서 육체를 불태운 것이다. 그런 판에 어떻게 거기서 그녀를 살해하겠는가.

일단 나기룡이 범인이 아니라고 생각하자 여러 가지 생각들이 걷잡을 수 없이 그를 혼란에 빠뜨렸다.

날이 저물기를 기다려 그는 거리로 나왔다.

그는 번화가로 나가 우선 저녁 식사를 배불리 먹었다. 그리고 적당한 상대를 찾아 거리를 어슬렁어슬렁 돌아다녔다. 구겨진 중절모를 삐뚜름히 쓰고 뒷짐을 진 채 어슬렁거리는 촌스러운 사내를 눈여겨보는 사람은 아무도 없었다.

시간을 보내기 위해 그는 극장으로 들어갔다. 국산 코미디 영화였는데, 그는 한 번도 기분 좋게 웃을 수가 없었다. 그것은 웃음이 아닌 구토를 불러일으키게 하는 영화였다. 영화가 끝나기 직전에 그는 자리에서 일어났다.

출구 쪽으로 걸어가는데, 매표구에서 여직원이 나오는 것이 보였다. 벽에 걸려 있는 거울 속으로 여직원이 계단을 올라가는 것이 보였다. 손에 돈다발을 들고 있었다.

그녀를 따라 계단을 올라갔다. 이층으로 올라간 그녀는 총무과라고 쓰인 방으로 사라졌다.

그는 주위를 둘러보았다. 아무도 보는 사람이 없었다. 복도는 쥐 죽은 듯 고요했다.

마침내 그는 노크했다.

「네……」

안에서 반응이 왔다. 그는 못 들은 체하고 계속 노크했다.

또각또각 하이힐 소리가 다가오더니 문이 벌컥 열렸다. 여직원이 의아한 눈으로 그를 쳐다본다.

「어떻게 오셨어요?」

「네……」

그는 우물쭈물하면서 어깨 너머로 안을 들여다보았다.

안에는 여직원이 또 한 사람 있었는데, 그녀는 고개를 숙인 채 주판을 놓느라고 정신이 없었다.

「무슨 일이세요?」

여직원이 눈을 사납게 뜨면서 문을 닫으려고 했다. 그는 바싹 다가서면서 히히 웃었다.

「히히…… 다름이 아니라 치칸에 좀 갈려구요.」

「그게 무슨 말씀이세요?」

「치칸 말입니다.」

「치칸이요?」

여직원이 의아한 표정을 짓는다.

「치칸이 뭐예요?」

「아, 치칸도 몰라요? 나 원 참, 이거 원…… 아 오줌도 누고 뭣도 하는 데를 치칸이라고 허지요.」

「어머머머……」

여직원은 얼굴을 확 붉히더니

「여긴 화장실이 아니에요! 저쪽으로 가 보세요!」

하고 소리쳤다. 그리고 문을 꽝 하고 닫았다.

그 문을 태오는 힘껏 밀어붙이고 들어갔다.

「아니, 왜 이러세요?」

여직원은 날카롭게 소리치다 말고 멈칫했다. 그도 그럴 것이 눈앞에서 칼이 번뜩이고 있었던 것이다.

「떠들면 죽인다! 저쪽으로 가서 엎드려! 빨리!」

여자들은 그가 시키는 대로 구석 쪽으로 몰려가 바닥에 엎드렸다.

「꼼짝 말고 그대로 있어! 허튼수작 하면 찔러 버릴 테다!」

엉덩이를 걷어차자 여직원들은 후들후들 떨면서 숨넘어가는 것 같은 신음을 토했다.

책상 위에 놓여 있는 현금상자 속에는 돈이 가득 들어 있었다. 뒤쪽에 있는 금고도 문이 열려 있었는데, 그 속에도 돈이 가득 들어차 있었다.

그는 닥치는 대로 돈다발을 백 속에 집어넣었다. 더 이상 담을 수 없을 때까지 돈을 집어넣었을 때 문을 두드리는 소리가 들려왔다.

「문 열어!」

거친 남자 목소리였다. 태오는 식은땀이 흘렀다.

「문 열란 말이야! 안에서 뭣들 하는 거야?」

주위를 둘러보았지만 도망칠 데라곤 없었다. 창문이 있긴 하지만, 창살이 있어서 탈출한다는 것은 불가능했다.

문은 부서질 듯 흔들리고 있었고, 그는 다급했다. 망설이다가 문고리를 벗기자 건장한 사내가 거칠게 문을 열어젖뜨리고 들어섰다.

그들은 잠시 마주 쳐다보고 있었다. 40대의 사내는 놀란 듯이 그를 바라보고 있었다. 부리부리한 눈이 너는 웬 놈이냐고 묻고 있었다. 그때 날카로운 외침이 들려 왔다.

「강도! 강도예요.」

사내가 비로소 사태를 눈치 채고 대항할 태세를 갖추는 순간 태오의 주먹이 앞으로 힘차게 뻗었다.

「어이쿠!」

얼굴에 강한 일격을 받은 사내는 벽에 머리를 쿵 하고 부딪히면서 힘없이 나가떨어졌다.

태오는 비호처럼 뛰어나갔다. 마침 영화가 끝나자 관객들이 쏟아져 나오는 바람에 통로는 몹시 혼잡했다.

「도둑이야!」

「강도야!」

「강도 잡아라!」

뒤에서 사내와 여직원들이 악을 쓰며 따라오고 있었다. 태오는 칼로 앞을 휘저으며 뛰어갔다. 사람들이 아우성쳤다. 사람들은 서로 뒤엉켜 쓰러지고, 밑에 깔린 사람들은 비명을 질러 댔다. 아래 층 홀은 순식간에 아수라장을 이루고, 태오는 그 사이를 빠져 나가려고 발버둥 쳤다.

사태를 짐작한 극장 직원들이 출입구를 봉쇄하고 그를 기다리고 있었다. 그러나 뒤로 물러날 수 없게 된 그는 그대로 돌진했다. 꽉 닫힌 유리문이 산산조각이 나면서 흩어졌다.

그는 차도를 건너뛰었다. 그 뒤를 수십 명이 따라오면서 아우성쳤다.

「저놈 잡아라!」

「도둑이야!」

「강도야!」

그는 골목으로 뛰어들었다. 발길 닿는 대로 죽을 힘을 다해 뛰어갔다. 눈앞은 뿌연 안개에 덮여 있었다. 자신의 거친 숨소리만이 머릿속에 가득 찼다.

잡히면 안 된다! 여기서 잡히면 맞아죽을 거다! 나는 살고 싶다! 살고 싶다! 살고 싶다!

다리가 풀리고 숨이 막혀 더 이상 도망칠 수가 없었다. 그는 벽에 기대서서 허덕거렸다. 아우성 소리는 더 이상 들려오지 않았다. 그는 다시 뛰었다.

한잠 후 차도로 나와 다짜고짜 택시를 집어탔다.

「갑시다!」

「어디로 모실까요?」

「서울역으로 갑시다!」

30분 후 그는 서울역 광장 한쪽 구석에 앉아 겨우 한숨을 돌렸다.

빠져 나온 것이 꼭 꿈만 같았다. 속옷은 땀으로 흠뻑 젖어 있었다. 곧 비상망이 펴지겠지. 변장을 바꾸어야 한다.

서울역 탑시계가 10시 35분을 가리키고 있었다.

그는 화장실로 들어가 먼저 구겨진 중절모를 벗어 버렸다.

백 속에 들어 있는 돈을 들여다보았다. 눈어림으로 수백만 원은 될 것 같았다.

「흐흐흐…… 이만하면 당분간 안심이다. 어디로 갈까?」

대합실로 나온 그는 부산행 특급 침대칸 표를 하나 샀다. 이미 개찰이 시작되고 있었으므로 그는 개찰구를 빠져 나가 열차에 몸을 숨겼다.

열차는 23시 10분에 출발했다.

그는 침대 위에 비스듬히 누워 담배에 불을 붙여 물었다.

우 형사는 R제약 회사 수위실 앞에 서서 손등으로 이마에 번진 땀을 닦았다. 먼지가 잔뜩 낀 듯 입안이 칼칼했다.

그는 이틀째 숙박 카드에 적힌 주소의 인물들을 찾아다니고 있었는데, 이제 열 번째 인물을 만나려 하고 있었다. 열 번째 인물은 숙박 카드에 직장까지 착실히 명기해 놓고 있었다. 뒤가 구린 데가 없으니까 그랬을 것이다.

수위실을 통해 열 번째 인물이 그 앞에 나타난 것은 5분쯤 지나서였다.

우 형사는 감색 싱글 차림의 호리호리한 젊은이가 복도를 급히 걸어오고 있는 것을 눈여겨보았다. 저 친구는 아니야. 마음속에서는 이미 이렇게 단정을 내리고 있었다.

서른 안팎의 그 젊은이는 여자처럼 고운 얼굴에 몸의 움직임까지 나긋나긋해 보였다. 우 형사는 곁눈질로 상대를 째려보다가 고개를 끄덕하면서

「한성수(韓成洙)씨 되십니까?」

라고 물었다.

「네, 그렇습니다만……」

그렇지 않아도 하얀 얼굴이 더욱 하얗게 된다.

「실례합니다. 경찰입니다.」

우 형사는 신분증을 꺼내 보이는 둥 마는 둥 하면서 버릇처럼 상대를 훑어보았다. 바위처럼 떡 벌어진, 조그만 눈의 중년 사나이가 앞을 가로막고 서서 수사관 신분증을 내보이는 바람에 젊은이는 단번에 기가 질린 듯했다.

「네, 무, 무슨 일인가요?」

「시간 좀 낼 수 없을까요? 잠깐이면 됩니다.」

「여, 연행하시는 겁니까?」

연행하겠다고 하면 와들와들 떨어 댈 것 같다. 우 형사는 표정 없이 상대를 바라보았다.

「연행이 아니라, 요 아래 다방에 내려가서 이야기 좀 했으면

합니다. 괜찮겠습니까?」

상대가 대답하는 것을 기다리지도 않고 우 형사는 앞장서서 지하 다방으로 내려갔다. 그 뒤를 한성수는 겁먹은 얼굴로 따라 갔다.

다방에 들어가 용건을 이야기하자 그는 소스라치게 놀라는 것이었다. 그도 그럴 것이 1년 전의 살인 사건에 관계된 조사를 받게 되었기 때문이었다. 자신이 조금치도 관계가 없는 사건이라 해도 아무튼 1년이 지난 일로 조사를 받는다는 것은 누구에게나 불쾌하고 놀라운 일일 수밖에 없을 것이다.

「이렇게 예고도 없이 찾아와 오래 전의 일을 들추게 돼서 미안합니다. 이해하시고 잘 좀 생각해서 대답해 주십시오.」

우 형사는 레지를 불러 커피를 시켰다.

「작년 4월 15일 밤, 한 선생은 S호텔 15층 33호실에 투숙한 걸로 돼 있는데 맞나요? 이거 한번 보세요.」

우 형사는 숙박 카드를 내밀었다. 그것을 받아들고 뚫어지게 들여다 본 한성수는

「네, 맞습니다. 이거, 제가 쓴 겁니다.」

하고 말했다.

우 형사는 레지가 날라 온 커피 잔을 천천히 들었다.

「차 드세요.」

「네……」

한성수는 조심스럽게 찻잔을 들었는데, 손끝이 떨리는 바람

에 커피가 밖으로 줄줄 흘러내렸다.

「그 날 밤 무슨 일로 거기에 투숙했던가요?」

「친구들과 술을 마시다가 너무 늦는 바람에 집에 돌아갈 수가 없어 거기서 잔 것입니다.」

「그때가 몇 시쯤이었나요?」

「12시가 거의 다 되었을 때였습니다.」

「그럼 살인 사건이 일어난 뒤에 투숙했군요?」

「네, 다음날 아침 신문을 보고서야 알았습니다. 살인 사건이 일어난 방은 33호실과 복도를 사이에 두고 오른쪽으로 대각선 관계에 있었습니다.」

「정확히 기억하고 계시는군요?」

「네, 그 방 앞에 경찰들이 지키고 있었으니까.」

창백한 표정과는 달리 말은 조리 있게 잘하고 있었다.

「에 또, 그 비싼 호텔에 혼자 투숙했습니까? 더블 침대인데……」

「사실은 여자가 있었습니다.」

한성수의 목소리가 갑자기 작아지고 있었다. 부끄러운 듯 시선을 떨어드린다.

「그 여자는 누구었나요?」

「모르는 여자였습니다.」

「모르다니요?」

우 형사의 눈이 세모꼴로 변했다. 한성수는 창피한 듯 얼굴을 붉혔다.

「나이트클럽에서 우연히 만난 여자였습니다.」

「아, 그래요? 그럼 우연히 만나 재미 보신 거군?」

「네……」

두 사람은 쑥스러운 듯 웃었다.

「하긴 미남이시니까 여자들이 많이 따르겠지요.」

「아닙니다. 그렇지 않습니다.」

「우리 같은 놈한테는 그런 여자가 안 걸려요.」

우 형사는 조금 소리 내어 웃다가 문득 정색을 했다.

「그 여자 이름이나 연락처도 모르시나요?」

「네, 모릅니다. 알려고 하지 않았습니다.」

「별로 재미가 없었나 보지요?」

「그런 데서 만난 여자는 으레 하룻밤 지낸 걸로 끝납니다. 이름 같은 거 서로 알려고 하지도 않고 엔조이하는 걸로 끝나는 거죠. 그게 깨끗합니다.」

「그러니까 하룻밤 즐긴 걸로 끝나는 거군요. 거 참, 깨끗한 데……」

「부담도 없죠. 그리고 그런 여자는 질이 별로 안 좋으니까 깊이 사귈 필요도 없죠.」

「콜걸인가요?」

「그런 여자도 있고 그렇지 않은 여자도 있습니다.」

「그 여자는 콜걸인가요?」

「그런 것 같지는 않았습니다. 돈을 요구하지 않았습니다. 돈을 줘도 받지 않았구요.」

우 형사는 재미가 있었다. 사건 자체는 덮어 두고 호기심에 끌려들고 있었다.

「처녀였나요?」

「유부녀 같았습니다. 몸은 작았는데…… 기술이 뛰어났고, 적극적이었습니다.」

「그럼 실컷 재미를 보셨군?」

「네, 원 없이 놀았습니다.」

「몇 살이나 된 여자였나요?」

「서른은 넘은 것 같았습니다. 그 여자는 빨간 코트를 입고 있었습니다.」

「빨간 코트……?」

「네, 그리고 잠자리 안경을 끼고 있었습니다. 색깔 있는 안경이었습니다.」

「그 여자와 헤어진 건 언제였나요?」

「다음날 10시쯤이었습니다.」

「회사에 출근하지 않았나요?」

「그 날은 일요일이었을 겁니다.」

「아, 그렇지. 그동안 경찰이 방문하지는 않았나요?」

「그런 거 없었습니다.」

「하긴, 범인이 바로 잡혔으니까 손님들까지 조사할 필요는 없었겠지. 후유…… 실례 많았습니다.」

우 형사는 한숨을 내쉬면서 일어섰다.

장삼자락을 펄럭이며 서울역 출구를 빠져 나온 스님은 대합실을 지나 광장 쪽으로 휘적휘적 걸어갔다. 빡 빡 깎은 머리가 햇빛을 받아 반들반들 빛나고 있었다. 눈에 검은 테의 안경을 끼고 있었고, 한 손에 염주를, 다른 한 손에는 작은 보퉁이를 들고 있었다.

서울역 광장에는 집총한 경찰관들이 삼엄한 경비를 펴고 있었지만, 그 스님은 검문 한번 받지 않고 그곳을 통과했다. 그 스님은 경부선 새마을 열차로 부산에서 올라오는 길이었다.

지하도를 빠져 나온 그는 배가 출출했던지 먼저 식당을 찾아 들어갔다.? 비빔밥을 시키는데 고기를 빼 달라고 말하는 것이 제법 무게 있는 수도승 같았다.

그는 아주 천천히 밥을 먹었다. 곁눈질하는 법 없이 단정히 앉아서 식사했다.

이윽고 식사를 끝낸 그는 밖으로 나와 석간신문을 한 장 사 들고 이번에는 다방으로 들어갔다. 그리고 구석진 자리에 앉아 조용히 신문을 들여다보기 시작했다.

그가 다방을 나온 것은 한 시간쯤 지나서였다.

거기서 H일보까지는 걸어서 10분 내외의 거리에 있었다.

10분 후 그는 H일보 정문을 통과했다.

「스님, 무슨 일로 오셨습니까?」

「수위가 그를 불러 세웠다.」

「작년에 발행된 신문을 좀 보려고 왔는데요.」

스님은 두 손을 모으고 공손히 말했다.

「그럼 도서실로 가서야 합니다. 5층으로 올라가서 도서실을 찾으세요. 담당 직원한테 부탁하면 될 겁니다.」

5층 도서실 여직원은 친절했다. 찾아온 용건을 이야기하자 그를 신문철을 꽂아 둔 곳으로 안내했다.

스님은 작년 4월 신문철을 꺼내들고 탁자로 가서 조심스럽게 자리를 잡고 앉았다.

거의 두 시간 동안 그는 거기에 앉아 신문을 읽었다. 그가 정독한 것은 4월 15일 밤 S호텔에서 발생했던 윤영해 살인 사건에 관한 기사였다. 그는 필요한 것들을 모두 메모한 다음 자리를 털고 일어섰다.

우 형사는 후배 형사 두 명과 함께 서른네 장의 카드를 분류했다. 만 이틀간 세 사람이 비지땀을 흘리며 조사한 결과는 다음과 같았다.

34명 중 5명은 외국인이었기 때문에 조사에서 일단 제외되었다. 29명 중 4명은 여자 손님들이었는데, 이름과 주소가 모두 가짜였기 때문에 한 명도 만날 수가 없었다. 내국인 남자 손님 25명 중 조사가 완료된 사람은 19명이었다. 나머지 6명은 역시 이름과 주소가 엉터리였기 때문에 조사가 불가능했다.

「그렇다면 보자…… 내국인 29명 중 조사가 불가능한 자는 남자가 6명, 여자가 4명, 모두 10명이군.」

「네, 맞습니다.」

「이것들을 어떻게 한다?」

우 형사는 이름과 주소가 가짜로 적힌 열 장의 카드를 뒤적이며 난처해했다.

후배 형사들도 별 뾰족한 수가 없는지 피곤한 표정으로 침묵을 지키고 있었다.

그런데 카드를 뒤적이던 우 형사의 조그만 눈이 갑자기 불이라도 붙은 듯 번쩍 빛났다.

「어? 이거…… 이, 이럴 수가?」

「왜 그러십니까?」

후배 형사들이 그의 책상으로 몰려들었다.

그는 네 장의 카드를 펼쳐 놓았다.

「자, 이것 보라구! 여자들 카드인데 글씨가 모두 똑같아! 이건 뭘 의미하지?」

형사들의 얼굴에 경악의 빛이 나타났다. 그들은 금방이라도 그 놀라운 사실을 보고 '앗!' 하고 소리칠 것만 같았다.

「지금까지 몰랐다니, 이럴 수가 있나!」

우 형사는 기가 막힌다는 듯 혀를 차면서 고개를 내둘렀다.

「한 사람이 방 네 개를 얻어 놓은 거 아닙니까?」

「그렇지. 한 여자가 방 네 개를 얻은 거야. 방마다 모두 틀린 가명을 써서 말이야.」

「18·21·35·36호실이라면 서로 이웃 방들이 아닙니까?」

「음, 그러고 보니까 그런데……」

메모지에다 방위치를 그려보던 우 형사는 책상을 주먹으로 꽝 쳤다.

「이 여자를 잡아!」

젊은 형사들은 어리벙벙한 얼굴로 우 형사를 쳐다보기만 했다. 우 형사 자신도 그렇게 소리치기는 했지만, 별로 뾰족한 수가 없었기 때문에 멀거니 앉아 있기만 했다.

이윽고 우 형사는 메모지에다 이름까지 적어 가면서 젊은 형사들에게 설명하기 시작했다. (그림 참조),

1518 여인A	1519 최태오	1520 윤영해	1521 여인A

복　　　　　도

1533 한성수	1535 여인A	1536 여인A

[그림] S호텔 15층 사건현장 약도

「범인을 A라고 부르겠어. A는 이제 여자일 가능성이 많아졌어. A는 방 4개를 얻었는데, 방 4개가 윤영해가 투숙한 20호실을 포위하고 있어. 범행을 용이하게 하기 위해 얻었던 것 같아. 옆방에 방해가 되지 않고…… 나중에 수사선상에 올라도 혼란이 일게 말이야. 아주 교묘하고 대담한 여자야. A는 네 개의 방을 마음대로 돌아다니면서 윤영해를 노린 거야.」

「19호실과 33호실은 왜 얻지 않았을까요?」

「글쎄, 나도 그 점이 얼른 납득이 안 가는데…… 19호실은 최태오가 먼저 얻었기 때문이 아닐까? 수사 기록을 보면, 최태오는 그날 밤 9시 조금 지나서 S호텔에 전화를 걸어서 19호실을 예약했다고 되어 있어. 그러니까 A는 그 이후에 방을 얻은 것이라고 설명할 수 있겠지. 33호실의 한성수 씨는 나이트클럽에서 여자 하나를 데리고 자정 가까이 투숙했다는 거야.」

「그 방은 그럼 A가 먼저 얻어 놓을 수도 있었는데, 왜 포기했을까요?」

「글쎄, 그 방까지 얻을 필요가 없었기 때문인지도 모르지.」

우 형사는 거기까지 말해 놓고 무엇인가 생각하는 것 같더니, 갑자기 자리를 박차고 일어났다.

「어디 가십니까?」

「지금 몇 시지?」

「두 시 조금 지났습니다.」

「미리 전화를 걸고 가야겠군.」

그는 수화기를 집어 들고는 급히 다이얼을 돌렸다.

「한성수 씨 계십니까? 좀 부탁합니다!」

「네, 전화 바꿨습니다.」

「아, 한성수 씨, 나, 어제 찾아갔던 우 형사올시다.」

「아, 네……」

두려움에 잠긴 목소리가 가늘게 흘러들어왔다.

「지금 곧 찾아뵐까 하는데, 어떻습니까?」

「네, 괜찮습니다만 무슨 일로……?」

「어제 그 일입니다. 30분 후면 도착할 거요. 지하 다방에서 만납시다!」

상대방의 대답도 기다리지 않고 그는 수화기를 철컥 내려놓고는 곧바로 뛰어나갔다.

그러한 우 형사를 후배 형사들은 어이없다는 듯 바라보고만 있었다.

나이트클럽 댄서

택시에서 내린 우 형사는 땀을 흘리며 지하 다방으로 뛰어 내려갔다.

한성수는 미리 와서 초조한 모습으로 기다리고 있었다. 형사가 큰일이라도 난 듯 하도 다급하게 설치는 바람에 그는 몹시 놀라고 있었다.

우 형사는 맞은편 자리에 털썩 주저앉으면서

「아, 이거, 바쁘신데 미안합니다. 뭐 하나 미진한 게 있어서……」

하고 말했다.

커피를 시킨 다음 엽차 한 잔을 단숨에 들이키고 난 그는 헛기침을 한 번 했다.

「그 날 밤 투숙했던 방 말입니다. 15층 33호실 말입니다.」

「네……」

「그 방에 든 것이 자정 가까이 되어서였다고 그랬죠?」

「네, 그렇습니다.」

「정말입니까?」

「네, 정말입니다.」

한성수는 마른 침을 꿀꺽 삼켰다. 우 형사는 콧잔등에 맺힌 땀을 닦아냈다.

「그렇다면 자정 가까이 돼서 그 방을 얻은 건가요, 아니면 미리 예약해 둔 건가요?」

「미리 예약했던 것 같아요.」

「같다니, 그게 무슨 말이죠?」

「제가 얻은 게 아니라 그 여자가 구해 둔 거니까요.」

「하아, 그랬었군!」

한성수의 말에 의하면, 나이트클럽에서 블루스 곡에 맞춰 춤을 출 때 그녀가 피로하다고 하면서 호텔 방에 가서 쉬고 싶다고 말했다는 것이다.

「저 좀 데려다 줘요. 취한 것 같아.」

그때 여자는 비틀거리고 있었다. 성수는 여자의 가는 허리를 바싹 끌어당겼다. 그리고 뜨겁게 속삭였다.

「당신 품에서 나도 쉬고 싶어요.」

「아, 맘대로 해요. 15층 33호실로 가세요. 열쇠는 저한테 있어요.」

그래서 그들은 나이트클럽을 나와 곧장 15층으로 올라갔다는 것이다.

「그 여자에 대해서 생각나는 거 있으면 말해 봐요. 하나도 빠뜨리지 말고……」

「별로 없는데요.」

「그러지 말고 잘 생각해 봐요.」

우 형사는 상체를 앞으로 기울이면서 잡아먹을 듯이 상대를 쏘아보았다. 그러한 그는 꼭 맹수 같았다.

한성수는 난처한 표정으로 초조하게 형사를 바라보았다.

「어제 말씀드린 것 외에는 생각나는 게 없습니다.」

「아, 그러지 말고 잘 생각해 보라니까. 잘 생각해 보면 뭔가 있을 거라구. 난 그 여자를 찾아내야 해요.」

「그 여자가 범인입니까?」

「아직 몰라요. 그런 건 알 필요 없고, 그 여자를 찾을 수 있는 단서 같은 걸 생각해 봐요.」

「글쎄, 갑자기 생각하려니까, 생각이 잘 안 나는데요.」

「맥주 한 잔 하겠소?」

「아, 아닙니다. 지금 근무 중이라……」

두 사람은 입을 다물고 처음 보는 듯 서로를 쳐다보았다.

침묵과 긴장이 한참 흐르더니, 문득 한성수의 시선 속에서 무엇인가 반짝이는 것이 있었다.

「아, 한 가지 생각나는 게 있습니다.」

「뭐, 뭐요?」

우 형사는 호흡을 정지하고 상대를 쏘아보았다.

「나이트클럽에서 춤을 출 때, 다른 남자와 춤을 추던 여자가 옆으로 지나치면서 그 여자를 보고 언니라고 불렀습니다.」

「그리고?」

「그게 전부였습니다.」

「젠장, 그래 가지고는 어디……」

「그 여자는 나이트클럽 댄서 같았습니다.」

「뭐라구?」

우 형사의 뭉툭코가 벌름거렸다. 콧구멍에서는 거친 숨결이 터져 나오고 있었다.

그는 갑자기 탁자를 두드렸다.

「한성수 씨, 거짓말하면 안 돼요! 거짓말하면 어떻게 된다는 거 알고 있죠?」

「거짓말이라니요! 전 절대로 거짓말을 하지 않았습니다! 믿어 주십시오!」

청년의 흰 얼굴이 더욱 하얘지는 것 같았다.

우 형사는 눈을 떼지 않은 채 말했다.

「당신, 조금 전에 말하기를 그 여자가 33호실을 얻어 놓았다고 했는데, 그럼 숙박카드에는 어떻게 해서 당신 이름이 적혀 있지? 당신이 얻은 것처럼 말이야.」

「그 여자가 자기 이름으로 방을 얻은 것이 아무래도 불안하다고 하면서 제 이름으로 바꾸자고 해서, 뭐 어려울 것도 없고 해서 그러자고 그랬습니다. 웨이터한테 팁을 좀 집어 주었더니 잘해 주었습니다. 카드를 방으로 직접 가져왔기에 제 인적 사항을 적어 주고 여자 것은 찢어 버렸습니다.」

「용의주도하군.」

「네?」

「아, 아무것도 아니야.」

우 형사는 상대방을 무슨 물건을 보듯 찬찬히 바라보았다.

「당신 말을 그대로 믿겠어. 한데 그 나이트클럽 댄서…… 지금 보면 알아볼 수 있겠소?」

「글쎄, 자신 없는데요. 춤추면서 얼핏 봤기 때문에 뚜렷이 기억에 남아 있지가 않습니다. 더구나 어두운 곳에서 봤기 때문에……」

「스쳐가면서 봤더라도 머릿속에 뚜렷이 인상이 박혀 있을 수가 있지. 사람의 두뇌란 이상해서 말이야.」

우 형사는 반말 비슷하게 나가면서 상대에게 심리적으로 압박을 가하고 있었다. 그것은 오랜 수사 생활에서 익힌 일종의 버릇 같은 것이라고도 할 수 있지만, 상대방의 입장에서는 그것을 꽤나 위압적으로 받아들이게 마련이었다.

「한번 잘 생각해 봐요. 특징 같은 거를 기억할 수 있으면 좋은데 말이야.」

「……」

한성수는 고개를 숙인 채 찻잔을 내려다보고 있었다. 생각나지 않는 사람을 한사코 생각해 보라니, 그로서는 몹시 난처한 일이 아닐 수 없었다.

뚱보 형사는 바위처럼 버티고 앉아 일어설 기미를 보이지 않는다.

「당신은 그 댄서를 기억해 낼 수 있어. 나는 확신해, 왜냐 하면 당신은 그 여자를 슬쩍 보고도 댄서 같다고 생각했으니까 말이야. 상대방의 직업을 한순간에 알아보았다는 것은 상대방의 인상이 머리에 뚜렷이 박혔기 때문이야. 인상이 특이했다든지…… 그렇게 생각지 않아요?」

「글쎄요, 그런 것 같기도 합니다만…… 아무래도 잘 생각이 안 나는데요.」

「허어, 잘 생각해 보래두. 그럼 어째서 슬쩍 보고도 댄서 같다고 생각했지?」

「글쎄, 잘 모르겠습니다. 오래 된 일이라 놔서…… 그때는 그렇게 생각된 모양입니다.」

「혹시 그 나이트클럽 단골이 아닌가?」

「제가 말입니까?」

「음, 그래.」

「뭐, 단골이라고까지 할 수는 없지만 그래도 자주 가는 편입니다.」

「월급 받아 가지고 그런 데 자주 출입할 수 있나?」

청년을 얼굴을 붉혔다.

「월급 가지고는 어림없습니다. 주로 회사 돈으로 술 마십니다. 저는 판촉과에 있기 때문에 손님들을 대접해야 할 경우가 많습니다.」

「판촉과에 있다면 그렇겠군. 요즈음도 거기에 자주 가나?」

「네……」

「그럼 그 댄서를 봤겠군?」

「통 보지 못했습니다.」

「언제부터……?」

「글쎄요.…… 그때 이후 보지 못한 것 같습니다.」

「그것 보라구. 인상에 남아 있으니까 그 여자가 눈에 띄지 않는다는 것을 아는 거 아니야? 기억이 안 나면 도대체 그 여자가 있는지 없는지도 모르지 않을까? 그 전에도 클럽에서 본 적이 있는 여자 아니야?」

우 형사의 지적은 날카로웠다. 한성수는 아무 말도 못하고 머뭇거리기만 했다.

「이봐요. 그래도 생각 안 나?」

「조금 생각이 나는 것 같은데…… 자세히는 안 납니다.」

비로소 그가 반응을 보이기 시작했다. 우 형사는 앞으로 상체를 기울이고 상대의 얼굴을 들여다보다시피 했다.

「조금이라도 좋으니까 말해 봐요. 그 여자의 특징 같은 거 말해 봐요.」

「잘 생긴 여자 같았습니다. 머리가 길고…… 네, 그 전에도 본 적이 있습니다.」

「그러면 그렇지. 어, 어디서 봤지?」

「클럽에서 본 것 같습니다.」

「인상을 말해 봐.」

「그 여자 눈이 크고…… 몸이 늘씬했고…… 얼굴이 유난히 하얬습니다.」

「그리고?」

「그밖에는 생각이 안 납니다. 직접 부딪치면 생각이 날지도 모르겠는데…… 지금으로서는 더 이상 생각이 안 납니다. 용서해 주십시오.」

그는 무슨 죄나 지은 듯 고개까지 숙여 보였다. 우 형사는 어이가 없었다.

「이봐요. 나는 당신이 무슨 죄를 지었다고 말하는 게 아니니까 용서해 달라느니 그런 말은 하지 말아요. 나는 어디까지나 당신을 참고인 정도로 만나고 있으니까 그렇게 알고 자연스럽게 이야기해요.」

그래도 한성수는 굳은 표정을 펴지 않고 있었다.

「눈이 크고…… 몸이 늘씬하고…… 얼굴이 하얗다…… 그런 여자는 어디서나 볼 수 있단 말이야. 그것 참……」

우 형사는 입맛을 쩝쩝 다시다가 안 되겠다 싶었는지

「이봐요. 이따 퇴근 후에 시간 좀 낼 수 있어요?」

하고 물었다.

「퇴근 후에는 약속이 있는데요.」

「웬만하면 취소하고 나하고 좀 만납시다.」

「그건 좀……」

「아, 그러지 말고 협조해 줘요. 한 시가 급해서 그러니까 부탁합시다. 술값은 내가 낼 테니까, 7시에 어때요?」

약혼녀와 만나기로 되어 있다는 것을 우격다짐으로 취소시키고 S호텔 나이트클럽에서 저녁 7시에 만나기로 결정하자 청년은 울상을 지었다.

한성수는 약속대로 나이트클럽에 나타났는데, 주눅이 들린 모습이 측은해 보이기까지 했다.

초저녁이라 손님이 거의 없었다.

한성수를 보자 웨이터와 여자들이 반갑게 아는 체를 하는 것이 꽤나 출입이 잦은 것 같았다. 그들은 구석진 곳에 자리를 잡고 앉았다.

웨이터가 술을 가져온 다음 두 손을 비비며

「아가씨를 부를까요?」

하고 묻자 한성수는 좋다는 듯 끄덕였다.

「데려오는 건 좋은데 여기서 1년 이상 근무한 아가씨들을 데려와.」

「참한 애들이 많은데 왜 하필 늙다리들을……」

웨이터가 우물쭈물하자 한성수는 신경질을 부렸다.

「데려오라면 데려와. 참한 애들보다는 잘 안 팔리는 애들이

난 좋단 말이야. 여기서 제일 오래된 늙다리 아가씨 둘…… 참,
그리고 자네는 여기 근무한 지 얼마나 됐지?」

「3년 됐습니다.」

「음, 좋아.」

웨이터가 가고 나자 우 형사는 한성수의 어깨를 툭 치며 만
족한 표정을 지었다. 자기 앞에서는 도무지 사족을 못쓰던 그가
일단 클럽에 들어서자 제왕처럼 설치는 것을 보니 절로 웃음이
나왔다.

조금 있자 호스티스 두 명이 나타났는데, 나이든 것을 감추
려고 화장을 두껍게 했기 때문에 마치 가면을 쓴 것 같았다.

「3번 미스 오예요.」

「8번 미스 홍이에요.」

그녀들은 기계적으로 말하면서 남자들 곁에 짝지어 앉았다.

밖에서 여자처럼 보이던 한성수는 일단 술이 두어 잔 들어가
자 영 딴 판으로 변했다. 행동이 거칠어지고 입이 험해지기 시작
했다. 우 형사에게만은 깍듯이 예의를 지켰지만 여자들에게는
말끝마다 욕지거리였다.

그러나 여자들은 전혀 개의치 않는 눈치였다. 으레 그러려니
하고 받아들이는 것이었다.

맥주가 댓 병쯤 비었을 때 한성수는 마침내 우 형사가 기다
리던 것을 슬그머니 꺼내 놓았다. 음악 소리가 시끄러웠기 때문
에 우 형사는 상체를 앞으로 기울이고 귀를 곤두세웠다.

「참, 하나 물어 볼 게 있는데……」

「뭔데요?」

여자들이 마른 오징어다리를 씹다 말고 그를 쳐다보았다. 청년은 글라스를 비우고 나서 그것을 우 형사 앞에 탁 놓았다.

「이름은 잘 모르겠는데…… 거 왜 늘씬하고 잘 생긴 애 있지 않아?」

「어떤 애 말이에요?」

「여기서 일하던 계집애 말이야.」

「그렇게 말씀하시면 어떻게 알아요? 늘씬하고 예쁜 애가 어디 한둘인가요?」

「멍텅구리 같은 것들…… 한 마디 하면 척 알아들어야 할 것 아니야. 고 계집애를 만나야겠는데, 요새 통 안 보인단 말이야. 딴 데로 간 모양인데, 어디로 갔는지 알 수가 있나?」

여자들은 답답하다는 듯 그를 바라보았다.

「이름이 생각 안 난단 말이야. 아주 참한 애였는데, 그만둔 지 한 1년 됐을 거야. 참한 애라구. 첫눈에 반해 가지고 고민했는데, 아 고것이 감쪽같이 사라졌단 말이야. 가슴에 불을 질러 놓구 말이야. 날이 갈수록 보고 싶은데 어떡하지? 어디 가면 만날 수 있지?」

「어머나! 누굴까?」

여자들의 눈이 호기심으로 반짝이기 시작했다. 자기들의 친구 중에 손님을 반하게 한 애가 있다니 놀라운 일일 수밖에 없었

다. 우 형사는 그들의 반응을 가만히 지켜보고 있었다. 한성수는 담배 연기를 한숨처럼 길게 내뿜고 나서

「춤도 기막히게 잘 추는 애야.」

라고 말했다.

「도대체 누구 말이에요?」

「어떻게 생겼는지 자세히 말해 봐요!」

여자들은 한꺼번에 말하면서 허리를 비틀어 댔다.

「늘씬한 미녀라니까. 눈이 크고 얼굴이 하얘.」

「아이, 그렇게 말씀하면 어떻게 알아요?」

「그애 특징 같은 거 말씀해 보세요. 1년 전에 그만둔 애라면 누굴까?」

「관둬. 관둬. 다른 이야기나 해.」

한성수는 신경질을 부렸다. 그럴듯한 제스처에 우 형사는 그의 양면성을 보는 것 같아 어리둥절했지만 겉으로는 그들을 따라 웃고 있었다.

여자들은 이제 호기심에 사로잡혀 그에게 자세히 이야기해 달라고 조르기 시작했다.

「모른다니까. 한마디로 기막힌 미인이야. 그렇게 밖에는 달리 말할 수가 없어」

「차암, 딱하기도 하셔. 특징을 말씀해 보래두요.」

「특징이 없는 여자야.」

「한데 그 여자 왜 찾으세요?」

「왜 찾긴 왜 찾아. 그리워서 찾지. 그리워서 상사병이 날 지경이야.」

「어머나, 누군지 행복하겠다. 만나서 어떡하실 거예요?」

「어떡하긴. 데리고 사는 거지 뭐.」

「어머, 결혼하신 줄 알았는데요?」

그가 바지 지퍼를 내리려고 하자 여자들은 허리를 틀어 대며 까르르 웃었다.

「그거 본다고 숫총각인지 아닌지 알 수 있나요 뭐?」

「그럼 알 수 있지.」

「에이, 거짓말 말아요.」

「정말이라구.」

「그럼 숫총각은 어떻게 생겼어요?」

「숫총각은 말이야, 그게…… 쓰윽…… 흐흐……」

그가 묘하게 웃는 바람에 여자들도 그의 어깨를 치며 덩달아 따라 웃었다.

「혹시 함께 찍은 사진 없어?」

「누가 사진 찍으려고 하나요?」

그러자 3번 아가씨가 8번의 어깨를 툭 쳤다.

「아니야. 하나 있어. 작년 봄에 야유회 가서 찍은 거 있지 않아?」

「아, 그래. 하나 있다.」

「크게 뽑은 거, 방안에 걸려 있지 않아?」

「그거 가져와 봐.」

한성수의 얼굴에서 웃음이 사라지고 있었다.

「어머, 정말 상사병에 걸리셨나 봐. 찾으면 한턱 톡톡히 내셔야 해요?」

「그럼, 내고말고.」

8번 아가씨가 손뼉을 쳐 담당 웨이터를 불렀다.

귀엣말을 들은 웨이터는 고개를 갸우뚱하면서 사라졌다가 잠시 후에 사진 액자를 들고 왔다.

한성수는 그것을 빼앗다시피 들고 뚫어지게 들여다보기 시작했다.

그것은 컬러로 찍은 사진이었는데, 서른 명쯤 되는 호스티스들이 어울려 찍은 것이었기 때문에 얼굴이 하나같이 조그맣게 나와 있었다.

정신없이 사진을 응시하던 청년은 마침내 손가락으로 얼굴 하나를 짚었다.

「이 여자야!」

그녀는 맨 오른쪽에 서서 웃고 있었는데 머리를 짧게 커트한 모습이었고 사진이 잘못 나와서인지 별로 그렇게 미인도 아니었다.

「어머, 미스 최 아니야?」

두 여자가 동시에 말했다. 그리고 놀림을 당했다는 듯

「어머, 세상에……」

하면서 한성수를 흘기기까지 했다.

「이 아가씨한테 정말 반하신 거예요?」

「음, 왜?」

「차암, 제 눈에 안경이라고······」

「안경이라니? 그 여자가 어때서?」

「그 애를 미인이라고 생각하세요?」

「음, 그래.」

「눈이 나쁘신가 봐.」

여자들은 조롱기 섞인 눈으로 그를 바라보면서 자기들끼리 웃었다.

「그 애는 사팔뜨기에다, 뻐드렁니에다, 그것도 없고······」

「그것도 없다니, 뭐가 없어?」

「아이, 그것도 몰라요?」

여자들은 재미있어 죽겠다는 듯 깔깔거리고 웃어 댔다. 한참 웃고 나서 말하는 것이, 여자의 나야 할 곳에 털이나지 않았다는 거였다.

그러자 그때까지 꾸어다 놓은 보릿자루처럼 앉아 있던 우 형사가 배를 쓸며 허허허 하고 웃었다. 그러나 정작 당사자는 웃지 않았다.

「깨끗해도 좋아. 하여간 만나야겠어. 미스 최 어디 있어?」

「몰라요.」

여자들은 약속이나 한 듯 머리를 설레설레 흔들었다.

「잡아떼지 말고 말해 줘. 자, 만 원……」

청년은 만 원짜리 한 장을 탁자 위에 탁 놓았다. 여자들의 눈빛에 긴장이 서리기 시작했다.

「몰라? 좋아. 2만 원!」

그는 만 원짜리 한 장을 다시 내놓았다. 담당 웨이터가 무슨 일인가 하고 다가왔다.

「그래도 몰라?」

「……」

「3만 원! 어때?」

「……」

「4만 원! 싫어?」

「……」

「5만 원! 마지막이야.」

「……」

「할 수 없지.」

한성수는 꺼내 놓은 돈을 주섬주섬 챙겼다.

그때 호스티스와 귀엣말을 주고받던 웨이터가 나섰다.

「제가 가르쳐 드리죠.」

「자네가 알고 있나?」

「네, 저하고 친했습니다.」

「어디 가면 만날 수 있어?」

그는 숨 가쁘게 물었다. 웨이터는 망설이는 눈치였다.

「무, 무슨 일로 그러십니까?」

「이봐, 알 필요 없지 않아? 자, 돈 받으라구!」

5만 원을 받아든 웨이터는 주위를 둘러보고 나서 한성수의 귀에다 입을 갖다 대고 속삭였다.

「비밀 지키셔야 합니다!」

「그래! 그래!」

「저기, 사, 사창가에 있습니다.」

「어, 어디서?」

「영등포역 부근인데……」

「정확히 말해 봐!」

「지리가 복잡해서 설명하기 곤란합니다.」

「자네가 좀 안내해 줘!」

「안 됩니다! 그건 안 됩니다! 제가 알려준 걸 미스 최가 알면 난리 납니다.」

성수는 귀엣말로 우 형사에게 설명해 주었다. 우 형사는 비로소 자신의 신분을 밝혔다. 웨이터도 호스티스들도 깜짝 놀라는 눈치였다.

「협조해 줘야겠어. 지금 당장!」

그렇게 말은 했지만 그것은 완전히 위협적인 부탁이었다.

「미스 최가 무, 무슨 죄를 졌나요?」

「아니야. 뭣 좀 알아볼 게 있어서 그래.」

우 형사는 술값을 치르고 한성수에게 5만 원을 내준 다음 웨이터의 팔을 잡아끌었다.

밖으로 나온 그들은 택시를 잡아탔다. 그런데 차 속에서 웨이터 문득 이런 말을 했다.

「아까도 어떤 여자가 미스 최를 찾았습니다.」

「뭐라구?」

우 형사는 잡아먹을 듯이 웨이터를 노려보았다.

「어떤 여자가?」

「미스 최가 있을 때 한번 인사한 적은 있는데, 뭐하는 여자인지는 모르겠습니다.」

「언제 왔어!」

「아까 여섯 시쯤에……」

「가르쳐 주었나?」

「네, 하도 조르기에 안내해 주었습니다.」

「바보 같은 자식! 팁 얼마 받았어?」

「5만 원 받았습니다.」

「짜아식, 오늘 수입 좋구나! 그 여자 혹시 빨간 코트 입지 않았어?」

「검정 코트 차림이었습니다. 색안경을 끼고……」

「키는?」

「좀 작은 편이었습니다.」

「빌어먹을! 운전사, 빨리 좀 갑시다! 비상 라이트를 켜도 좋아요! 내가 책임질 테니까!」

택시 속에서 웨이터가 말한 바에 의하면, 미스 최는 시골 출신으로 수년 전 상경해서 공단을 전전하다가 박봉에 견디다 못해 술집에 발을 들여놓았다고 했다.

그러다가 불법 영업소에서 발가벗고 춤추는 스트립 쇼 걸이 되었고, 끝내는 창부로 전락했다는 것이다.

30분 후 택시에서 내린 그들은 사창가 골목으로 뛰어 들어 갔다. 미스 최가 기거하고 있는 그 집 안에는 사람들이 잔뜩 몰려서 있었고, 정복 경찰이 그들을 쫓느라고 애를 먹고 있었다.

「무슨 일이야?」

우 형사가 신분증을 비치며 순경한테 물었다.

「살인 사건입니다!」

최을숙은 이미 숨이 끊어져 있었다. 사인은 자살이 아닌 타살이었다. 검시의로부터 독살된 것이라는 말을 들었을 때 우 형사는 털썩 주저앉고 싶은 기분이었다.

범인은 자기 정체를 알고 있는 최을숙의 입을 막아 버렸다. 경찰이 가까이 접근하고 있다는 것을 알고서…….

범인에게 한 발 뒤지고 있다고 생각하면서 그는 서럽게 울고 있는 한 창부의 어깨를 가만히 쓰다듬었다.

「자 그만 울고 우리 이야기 좀 하자구.」

그녀는 최을숙과 가장 가까이 지낸 사이로 최을숙을 독살시키고 달아난 범인의 인상착의를 비교적 소상히 알고 있었다.

「여섯 시 조금 지났을 거예요. 한 여자가 나타났는데, 30대

부인처럼 보였어요. 작은 키에 색안경을 끼고 있었고…… 검정
코트를 입고 있었어요. 미스 최하고는 잘 아는 사이 같았어요.
미스 최가 언니라고 불렀어요. 그 여자가 미스 최를 보고…… 이
런 데서 일한다고 책망하자 미스 최가 막 섧게 울었어요. 그 언
니라는 여자도 미스 최를 붙잡고 울었어요. 저는 옆방에 있었는
데 말하는 소리가 다 들렸어요. 나중에 두 사람은 맥주를 사다가
마시는 것 같았어요. 그런데 갑자기 미스 최가 신음하는 것 같아
가 봤더니…… 그 여자는 보이지 않고 미스 최 혼자서만 배를 잡
고 신음하고 있었어요. 왜일이냐고 물었더니 그때는 이미 혀가
굳어져서 말을 못했어요. 가까운 병원에 업고 갔을 때는 이미 숨
이 끊어져 있었어요.」

「청산가리를 먹였으니 금방 죽지.」

우 형사는 혀를 끌끌 찼다. 창부는 눈물을 훔치면서 하소연
을 했다.

「미스 최는 정말 불쌍한 애였어요. 시골에 어머니와 남동생
이 하나 있는데, 여기서 버는 쥐꼬리만 한 돈을 한 푼도 쓰지 않
고 꼬박꼬박 시골에 부쳐 드렸어요. 그런 효녀가 어디 있겠어
요? 아무리 몸을 파는 여자라고 하지만 그 애 같은 효녀는 눈을
씻고 봐도 없을 거예요. 그 애가 죽으면서 뭐라고 한 줄 아세요?
자기가 죽으면 집에다 연락하지 말아 달라고 그랬어요. 홀어머
니를 생각해서 그런 거지요. 그 애가 죽은 걸 아시면 홀어머니
마음이 어쩌겠어요?」

「미스 최 고향이 어디지요?」

「전라도 K군이라고 들었어요. 얼마 전에 동생한테서 온 편지가 있을 거예요.」

우 형사는 최을숙의 시체가 안치되어 있는 방으로 다시 들어가 보았다.

그녀의 시신은 흰 천에 덮인 채 윗목에 뉘여 있었다. 그 앞에 조그만 소반이 놓여 있었고 그 위에서 향불이 타고 있었다. 소반 위에서 펄럭이고 있는 두 개의 촛불이 방안의 분위기를 한층 음산하게 만들어 주고 있었다.

그는 감정이 무딘 편이었다. 아니, 원래는 그렇지 않았는데 강력 사건들을 접하면서 숱한 시체들을 보아 왔기 때문에 자기도 모르는 사이에 닳고 닳아 감정이 무디어져 있었다.

그는 시체 쪽을 무표정하게 힐끗 보고 나서 한켠에 모아 놓은 그녀의 유품들을 하나하나 뒤적여 보았다.

그녀의 동생이 얼마 전에 보냈다는 편지는 쉽게 발견할 수 있었다. 발신자의 주소 성명을 수첩에 적은 다음 그는 그 방을 조용히 나왔다.

여장 남자

밤늦게 비가 내리고 있었다. 갑자기 날씨가 풀리면서 내리는 겨울비였다.

안경을 쓴 그 스님은 어느 건물의 베란다 밑에 서서 비를 피하고 있었다. 어깨를 웅크린 채 차량과 행인들을 바라보고 있는 것이 꽤 추위를 타고 있는 것 같았다.

이윽고 스님은 그 곳을 떠나 으슥한 골목으로 들어갔다. 장삼자락을 펄럭이며 매우 느릿느릿 걷는 것이 갈 길이 바쁜 몸은 아닌 것 같았다. 그보다는 갈 데가 마땅치 않아 망설이는 것 같았다. 어느 여관 앞에서 걸음을 멈춘 것이 그것을 말해 주고 있었다.

여관 직원을 따라 방안으로 들어간 그는 불도 켜지 않은 채 방바닥에 그대로 누워 담배를 피워 댔다.

무엇인가 손에 잡힐 듯 하면서 잡히지 않는 것이 눈앞에 있었다. 그는 그 정체를 잡아내려고 무진 애를 쓰고 있었다. 그러나 그것은 잡힐 듯 하면서도 잡히지 않고 그를 괴롭히고 있었다. 그는 한숨을 내쉬고, 몸을 뒤채고, 담배를 비벼 끄고, 담배에 다시 불을 당기고, 천장을 향해 담배 연기를 길게 내뿜었다.

의식의 저 밑바닥 캄캄한 곳에 침전되어 있는 것. 그것을 끌어올리기 위해 어둠 속으로 손을 뻗어 본다. 그리고 손을 휘저어 본다. 아무리 휘저어도 손에 걸리는 것이 없다. 분명히 있을 텐데 손에 걸리지 않는다.

그는 담배를 깊이 빨았다. 불꽃이 그의 눈 위에서 빨갛게 타들어갔다. 그가 갑자기 몸을 일으킨 것은 그때였다.

그는 어두운 허공을 한참 동안 쏘아보고 있었다. 하나의 색깔이 뚜렷하게 드러나고 있었다.

그것은 1년 전 그 날 그가 S호텔 복도를 정신없이 도망칠 때 스치듯 얼핏 보았던 색깔이었다.

「확실히 빨간색이었어.」

그는 심한 갈증을 느끼면서 담배를 깊이 빨아댔다.

빨간색이 방안으로 재빨리 사라진다. 그것은 여인의 빨간 코트였다. 빨간 코트의 여인이 복도에 서 있다가 방안으로 들어간 것이다.

그것은 번개처럼 스쳐간 장면이었기에 그의 의식 속에 남아 있지 못했던 것이다. 그리고 의식의 밑바닥에 오랫동안 침몰된 채 앙금처럼 가라앉아 있다가 어떤 계기로 서서히 떠오르기 시작했던 것이다.

그 어떤 계기라는 것은 지난 연말에 있었다. 나기룡을 노리다가 그와 접촉하는 한 조그만 빨간 코트의 여인을 목격하고 나서 부터였다.

그날 그는 자기도 모르게 그녀를 극장까지 미행했다가 놓쳤었다. 그런데 그 이후 그 빨간 코트의 영상이 뇌리에 박혀 그를 끈질기게 따라다니고 있었다. 어디서 본 것 같은 느낌이 그를 줄곧 괴롭히고 있었다.

어디서 보았을까 하고 아무리 생각해 보았지만 좀처럼 알아낼 수가 없었다. 잡힐 듯 하면서도 잡히지 않는 그것을 놓고 그는 생각에 생각을 거듭했다. 그것을 생각해 내면 사건의 실마리가 풀릴 것 같은 느낌이 들었던 것이다. 그리고 그는 마침내 오늘 밤 그것을 생각해 내는 데 성공한 것이다.

「지난 연말에 미행했던 빨간 코트의 여인은…… 내가 1년 전 S호텔 복도에서 얼핏 보았던 바로 그 여인이야. 얼굴을 보지는 못했지만 안경과 빨간 코트. 그리고 자그마한 몸뚱이가 서로 비슷한 느낌이 들어.」

그 날 밤 그는 아내가 투숙하고 있는 방에 들어갔다가 아내가 이미 살해되어 있는 것을 발견하고는 뛰쳐나왔다.

그때 호텔 보이와 마주친 것이다. 보이의 외침을 들으며 그는 복도를 미친 듯 달려갔는데 그때 빨간 코트의 여인이 그의 눈 앞에서 복도의 왼편에 붙어 있는 방으로 재빨리 사라지는 것이 보였다. 그 다음 그는 계단에 나뒹굴었고 많은 사람들로부터 정신없이 얻어맞았다.

그 빨간 코트의 여자…… 그 여자는 누구일까?

그는 잠을 이루지 못한 채 뜬눈으로 밤을 지샜다.

9시 조금 지나 여관을 나왔다.

안국동에서 택시를 내려 조계사 입구에 있는 불교 관계의 물건들을 파는 가게로 들어갔다. 거기서 그는 목탁과 불경을 한 권 샀다.

가게를 나와 다방으로 들어갔다. 구석진 자리에 앉아 커피를 시켜 놓고 불경을 펴들었다. 그런 책을 보기는 처음이라 이리 뒤적 저리 뒤적 하다가 반야심경(般若心經)이라고 쓰인 곳에서 시선을 고정시켰다.

그리고 뜻도 모르는 내용을 중얼중얼 읽기 시작했다. 그렇다고 모든 내용을 다 읽는 게 아니었다. 다섯 줄 정도만 거듭해서 읽었다. 암기하기 위해서였다.

한 시간 후 레지가 눈치 하는 것 같아 그 다방을 나와 다른 다방으로 들어갔다. 차를 시켜 놓고 역시 반야심경의 첫 부분을 암송하기 시작했다.

세 군데의 다방을 거치고 났을 때 그는 거침없이 불경을 욀 수 있었고, 시간은 12시 가까이 되어 있었다.

택시를 타고 곧장 나기룡이 살고 있는 아파트로 향했다.

나기룡은 3층에 살고 있었다.

계단을 천천히 올라가 3백 17호실 앞에서 멈춰 섰다. 주위를 둘러보고 숨을 들이킨 다음 초인종을 눌렀다.

「누구세요?」

잠시 후 안쪽에서 아름다운 여자 목소리가 들려 왔다. 헛기침을 보냈다.

「네에, 절에서 왔사옵니다.」

문이 열렸다.

아름다운 아가씨 하나가 조심스럽게 이쪽을 쳐다본다. 누굴까. 빨간 코트의 그 여자는 아닌 것 같다. 합장하고 목탁을 두드리기 시작했다.

「마하반야바라밀다심경관자제보살행심반야바라밀다시조견오온개공도일체고액사리자색불이공공불이색색즉시공공즉시색……」

아가씨가 돌아 들어갔다. 그는 날카로운 눈으로 안을 살피면서 같은 내용을 되풀이 읊어 댔다.

다시 나타난 아가씨가 부끄러운 듯 5백 원짜리 지폐를 내민다. 독경을 그치고 돈을 받은 다음 합장하면서

「나무관세음보살……」

하고 읊었다.

마침 화장실에서 나기룡이 나왔는데, 잠옷 바람이었다. 시선이 마주쳤지만 이쪽을 못 알아보는 것 같았다.

「인혜, 무슨 일이야?」

「아무것도 아네요. 스님이 시주 오셨어요.」

「워언, 아파트까지 일일이 찾아다니나.」

나기룡이 안쪽으로 사라지는 것을 지켜보고 나서 그는 발길을 돌려 계단을 내려 왔다.

그가 막 아파트 출입구를 나왔을 때 저만큼 단지 입구 쪽에 택시가 한 대 달려와 멎으면서 빨간 코트 차림의 여인이 내리는 것이 얼핏 보였다.

그는 안경을 벗었다가 도로 썼다. 그리고 단지 입구 쪽으로 천천히 걸어가기 시작했다. 택시에서 내린 여인도 이쪽으로 걸어오고 있었다.

두 사람의 거리가 차츰 가까워지고 있었다.

그는 안경 너머로 여인을 뚫어지게 바라보았다. 자그마한 몸집에 빨간 코트 차림, 그리고 얼굴을 가리고 있는 브라운 빛깔의 잠자리 안경 등이 지난 연말 그가 미행했던 바로 그 여자였다.

옆으로 지나칠 때 여인이 그를 힐끗 쳐다보았다. 무심코 쳐다보는 눈길이었다. 그는 여인을 묵살한 채 지나쳤다.

단지를 빠져 나오면서 얼른 뒤를 돌아보니, 그 여인은 어린이 놀이터에 앉아 아이들이 노는 것을 구경하고 있었다.

그 부근에서는 여인을 감시할 만한 장소가 마땅치가 않았다. 생각 끝에 택시를 한 대 대절, 단지 안으로 들어가 주차시켜 놓았다.

대절한 차를 굴리지 않고 주차시켜 놓자 중년의 운전사는 의

아한 표정을 지었다. 더구나 손님은 스님이었다. 그러나 스님이 충분한 보수를 약속하는 바람에 운전사는 잠자코 시키는 대로 했다.

태오는 택시 뒷자리에 몸을 깊숙이 묻고 앉아 차창 너머로 빨간 코트의 여인을 감시했다. 거기서는 여인의 움직임이 잘 보였다.

마침 그곳에는 다른 차들도 여러 대 주차해 있었기 때문에 눈치 채이지 않고 감시하기에 안성맞춤이었다.

한 시간이 지났다.

여인은 가끔씩 초조한 눈길로 나기룡의 아파트 쪽을 바라보곤 했다. 무엇인가 기다리고 있는 눈치가 분명했다.

안경을 낀 어린 소녀 하나가 아파트를 나와 놀이터 쪽으로 뛰어갔다. 학교에서 돌아오는 길로 바로 뛰쳐나온 것 같았다.

여인이 소녀에게 슬금슬금 접근하더니 말을 건다. 소녀가 머리를 저으며 상대해 주려고 하지 않자 여인은 웃으며 더 바싹 접근했다. 집요하게 눌어붙고 있었다.

「언제까지 이러고 있을 건가요?」

운전사가 답답해 못 견디겠다는 듯 물었다.

「가고 안 가고는 상관하지 마시오…… 차비는 섭섭지 않게 드릴 테니까 시간이나 잘 재 두시오.」

운전사는 더 말 못하고 아예 눈을 감아 버렸다.

한참 후 빨간 코트의 여인은 소녀를 데리고 놀이터를 빠져 나왔다. 소녀의 손에는 조그마한 인형이 하나 들려 있었다.

그들이 아파트를 벗어나 택시에 오르는 것을 보고 태오는 마침내 운전사에게

「갑시다!」

하고 말했다.

우 형사는 후줄그레한 모습으로 고속버스에서 내렸다. 독살당한 최을숙의 고향에 다녀오는 길이었다.

구내매점에서 요구르트를 하나 사 마시면서 그는 이제 결정을 내려야 할 때가 다가온 것을 깨달았다.

택시를 타고 달리는 동안 그는 권총을 꺼내 손질했다. 철컥하고 장탄하자 운전사가 놀라서 뒤돌아보았다.

택시에서 내린 그는 아파트 계단을 뛰어올라갔다. 마지막으로 그래도 확인해 보고 싶어서 나기룡을 찾아간 것이다.

그런데 나기룡은 집에 없었다. 그의 집에서 가사를 돌봐 주고 있는 처녀 김인혜의 말에 의하면 딸 애미를 찾으러 나갔다는 것이다.

「언제나 놀이터에서 놀곤 했는데, 갑자기 없어졌어요. 애들 말로는 어떤 여자가 데려갔대요. 나 선생님은 울면서 뛰어나갔어요.」

그렇게 말하는 인혜도 눈에 눈물이 글썽해 있었다.

「어떤 여자가…… 어떤 여자가 말이오?」

「어떤 여자인지는 모르겠어요. 애들 말로는 빨간 코트를 입고 안경을 쓴 여자였대요.」

「나기룡 씨는 어디로 갔나요?」

「모르겠어요. 애미를 찾는다고 뛰어나갔으니까요. 칼을 들고 나갔는데, 무슨 일이나 없는지 모르겠어요.」

「칼을?」

우 형사는 계단을 두서너 개씩 뛰어 내려갔다. 계단이 쿵쿵 울리고 있었다.

그가 찾아간 곳은 R제약 회사였다. 택시에서 내려 안으로 뛰어 들어가자 수위가

「여보! 여보!」

하고 그를 불렀다.

그러나 그는 상관하지 않고 2층으로 올라가 판촉과로 뛰어들었다.

「한성수, 한성수 나왔소?」

살기어린 눈으로 실내를 둘러보았지만 한성수는 보이지 않았다. 느닷없이 뛰어든 낯선 사람을 보고 직원들은 어이없다는 표정을 짓고 있었다.

「뭐요? 당신 뭐요?」

회전의자에 앉아 있던 간부 직원이 일어서면서 퉁명스럽게 쏘아붙였다. 뒤따라온 수위가 그의 팔을 낚아채면서 끌고 가려고 했다.

「이거 놔요! 나는 형사요! 사과는 나중에 하고, 한성수 어디 갔소?」

직원들은 더욱 놀라는 빛이었다. 회전의자의 사나이가 조금 전과는 달리 공손히 말했다.

「미스터 한은 오늘 결근했습니다. 몸이 좀 불편하다고 하면서…… 한데 왜 그러십니까?」

「그럴 일이 있어요. 여기 한성수 집 아는 사람 없소?」

「최근에 이사한 걸로 알고 있습니다만……」

회전의자 사나이의 눈이 창가에 엉거주춤 서 있는 여직원을 바라보았다.

「미스 오, 몰라요?」

유난히 깡말라 보이는 여직원은 창백하게 질리면서 얼어붙은 눈으로 우 형사를 바라보았다.

「수고스럽지만 좀 안내해 주시오! 빨리!」

위압적인 말에 그녀는 조심스럽게 따라 나왔다.

「한성수 씨 하고는 어떤 사이지요?」

택시 속에서 우 형사가 물었다. 그녀는 고개를 떨어뜨린 채 아무 말도 하지 않았다.

한성수는 조그만 서민용 아파트에 살고 있었다.

미스 오가 아파트의 호수를 가르쳐 주자 우 형사는 그녀의 어깨를 짚었다.

「고맙소. 이제 돌아가시오.」

「저도 들어가 보겠어요.」

여자가 처음으로 자기 의사를 나타냈다.

「안 돼요! 돌아가는 게 좋을 거요!」

그는 밖으로 나와 택시 문을 쾅 하고 닫았다.

바로 그때 유리창이 깨지는 소리와 함께 처절한 비명이 주위를 울렸다. 뒤이어 사람 몸뚱이가 시멘트 바닥에 철썩 부딪치는 소리가 들려왔다.

우 형사는 그쪽으로 돌진했다.

5층에서 떨어진 사람은 빨간 코트의 여인이었다. 코트의 안쪽은 검정색으로 뒤집어 입을 수 있게 되어 있었다. 머리가 먼저 부딪쳤는지 안경은 산산조각이 나 있었고 얼굴은 알아볼 수 없게 피투성이가 되어 있었다.

우 형사는 피에 젖은 머리칼을 움켜잡고 잡아당겼다. 머리가 몽땅 빠지면서 남자 머리가 나타났다.

한성수의 떨리는 손이 그의 다리를 움켜잡았다.

「사랑해요…… 사랑해요…… 사……랑……해……요.」

우 형사는 권총을 뽑아들고 출입구로 돌진했다.

계단을 허둥지둥 뛰어 올라가는데 마침 뛰어내려오는 스님과 부딪쳤다.

「어이쿠!」

두 사람은 서로 물러서면서 상대를 쏘아보았다.

우 형사는 피 묻은 장삼자락을 쥐고 있는 스님이 누구인지 알아볼 수 있었다.

「최태오……」

그는 조용히 상대방을 불렀다. 그리고 최태오가 칼을 쳐들면서 덮쳐오는 순간 방아쇠를 당겼다.

귀를 찢는 총성이 긴 여운을 남기며 사라질 때까지 그는 누워 있었다. 자기 몸을 덮친 채 움직이지 않고 있는 최태오의 등을 그는 가만히 두드렸다.

「일어나. 이제 모든 게 끝났어. 일어나라구.」

그러나 최태오는 움직이지 않았다.

우 형사는 그를 밀어젖히고 몸을 일으켰다.

우 형사가 쏜 총알은 최태오의 하복부를 관통했는지 그의 하체는 검붉은 피로 질펀하게 젖어 있었다. 우 형사의 몸도 온통 피투성이였다.

나기룡은 책상 위에 엎드려 흐느껴 울었다.

우 형사는 담배를 꼬나문 채 찌푸린 눈으로 그를 내려다보다가 책상을 두드렸다.

「자. 지금은 시간이 없으니까 빨리 끝냅시다. 그만 울고 고개 들어요.」

「죄, 죄송합니다.」

「자. 말 해봐요. 마지막 순간을 말 해봐요.」

「저는 한성수가 애미를 유괴한 걸 알고는 그놈 집으로 달려갔습니다. 예상한 대로 제 딸애는 거기에 가 있었습니다. 저는 더 이상 참을 수가 없었습니다. 그래서 그놈을 죽이려고 했는데…… 그때 스님이 나타났습니다. 그의 손에는 칼이 들려 있었습니다. 그는 바로 최태오였습니다. 최태오는 한성수를 보고

「네년이 내 아내를 죽이고 나를 이 지경으로 만든 년!」

이라고 소리쳤습니다.

「그 말은 맞아.」

「그는 그때까지도 한성수가 여자인 줄로 알고 있었습니다.」

「그래서?」

「한성수는 그의 칼을 피해 창문을 깨고 밖으로 뛰어내렸습니다. 그게 마지막이었습니다.」

우 형사는 천장을 향해 담배 연기를 높이 뿜어 올렸다.

「한성수가 범인이란 걸 최을숙의 고향에 갔을 때 알았어. 당신과 한성수, 그리고 최을숙은 같은 고향이더군. 한성수는 여자처럼 예쁘고 목소리까지 가냘퍼서 명절 때는 으레 여자로 분장하곤 했지. 당신은 그 상대가 되고 말이야. 두 사람의 동성애 관계가 어쩌면 그때부터 시작되었는지 모르지. 두 사람이 서울에 와서 붙어 다닌다는 건 고향에서도 다들 알고 있더군. 당신의 호모 때문에 당신은 아내한테 이혼까지 당했어. 뒤늦게 당신은 정신을 차리고 윤영해에게 접근했지. 진짜 여자와 재미를 보기 시작한 거야. 한성수는 배신당한 걸 알고 질투한 나머지 윤영해를 죽이고…… 당신이 이번에는 김인혜와 놀아나자 애미까지 유

괴한 거야. 이 사건은 영영 미제로 남을 뻔했어. 한성수가 미끼를 내놓는 등 너무 자신만만하게 군 게 잘못이었지.」

그는 담배를 비벼 끄고 상체를 뒤로 젖혔다. 그리고 피로가 한꺼번에 몰려드는 것을 느끼면서 눈을 스르르 감았다.

<끝>

김성종

1941년 중국 제남시 출생. 전남 구례에서 성장기를 보냈다.
구례 농고와 연세대학교 정외과 졸업한 후 언론매체에 종사하다가
전업 작가로 전업.
1969년 조선일보 신춘문예 단편소설 당선
1971년 현대문학 소설추천 완료
1974년 한국일보 장편소설 공모에 「최후의 증인」 당선
장편 대하소설 「여명의 눈동자」 (전10권)는 TV드라마로 방영
장편 추리소설 「제5열」, 「부랑의 강」 등 50여 편의 작품을 발표하였다.

나는 살고싶다
김성종 장편소설

발   행——2018년 05월 10일
1쇄 인쇄——2018년 05월 15일
저   자——金聖鍾
발 행 인——金仁鍾
발 행 처——도서출판 남도
등 록 일——서기 1978년 6월 26일 (제2009-000039호)
주   소——경기도 성남시 중원구 둔촌대로 464
                중일아이스플라츠 507호
전   화—— 031-746-7761 서울 02-488-2923.
팩   스—— 031-746-7762 서울 02-473-0481
    Email—— ndbook@naver.com

ISBN 978-89-7265-578-7   03810
파본이나 잘못된 책은 교환하여 드립니다.

정가: 16,000원

이 도서의 국립중앙도서관 출판예정도서목록(CIP)은
서지정보유통지원시스템 홈페이지(http://seoji.nl.go.kr)와 국가자
료공동목록시스템(http://www.nl.go.kr/kolisnet)에서 이용하실 수
있습니다. (CIP제어번호 : CIP2018013074)